VERLAG ANTJE
KUNSTMANN

ANTONIO ORTUÑO

DIE VERSCHWUNDENEN

Roman

Aus dem Spanischen
von Hans-Joachim Hartstein

Verlag Antje Kunstmann

Für Olivia
Für meine Töchter
Für die Superschurken-Liga
Für die Clique von El Amaretto,
auch bekannt als der Orden der Kapuzineräffchen

Möge das ferne Grollen der Zwietracht uns nie erreichen.
Inschrift auf der Fassade des Teatro Degollado in Guadalajara

Gerechtigkeit, Weisheit und Standhaftigkeit wachen
über diese loyale Stadt.
Inschrift auf dem Sockel der Minerva-Statue in Guadalajara

Das Finanzministerium der Vereinigten Staaten veröffentlicht regelmäßig eine Liste von Unternehmen weltweit, die beschuldigt werden, für das organisierte Verbrechen Geld zu waschen. Mehr als die Hälfte der auf dieser Liste verzeichneten mexikanischen Unternehmen befindet sich in Guadalajara.
Ein reizender Ort

DAS FERNE GROLLEN DER ZWIETRACHT

»Die Flores werden dich kaltmachen.« Während Rechtsanwalt Piña im Vorraum der Krankenstation des Gefängnisses darauf wartete, dass die Stichwunde, die man einem anderen seiner Mandanten zugefügt hatte, desinfiziert und genäht wurde, konfrontierte er Aurelio Blanco mit der Gewissheit, dass er umgebracht werden würde. »Mach dir keine Illusionen. Wenn du rauskommst, werden sie zwei, drei Monate warten und dich dann abknallen.« In den fünfzehn Jahren Knast hatte Blanco keine Zeit und keine Kraft gehabt, diese simple Überlegung anzustellen, oder er war nicht in der Geistesverfassung gewesen. Doch er wusste, dass das, was er soeben gehört hatte, stimmte. Die Flores, seine angeheiratete Familie: Wegen ihnen saß er im Gefängnis. Und sie würden ihn abmurksen. Das Gespräch hatte an einem der kleinen Aluminiumtische im Besucherraum des Gefängnisses begonnen, im Licht von Neonlampen, zwischen Trennseiten, inmitten verstreuter Zettel mit Notizen, in Gesellschaft der üblichen Armee von Fliegen. Mürrische Häftlinge, bedrückte Ehefrauen, schläfrige Rechtsreferendare. Es roch nach Reinigungsmitteln, Zigaretten, halb verdautem Essen. Der Wärter kam, um seine Aussage zu der Messerattacke zu machen. Der Verwundete konnte natürlich nicht zur Unterzeichnung des obligatorischen Protokolls erscheinen. Blanco unterschrieb seine eigenen Formulare mit dem vergoldeten Füllfederhalter des Anwalts, und dieser stopfte die Dokumente rasch in seine Aktenmappe. Dann wurden beide in den Raum neben dem Operationssaal geführt. Piña wollte mit seinen Warnungen fortfahren, aber er brauchte auch noch die Unterschrift des Geschädigten oder musste gegebenenfalls dessen Tod feststellen. Blanco trug die milchkaffeebraune Sträflingsuniform, aber keine Handschellen oder Fußketten. Dieser Gefängnistrakt hatte die geringste Sicherheitsstufe, bestimmt für Kleinkriminelle mit dem nötigen Geld, um für gewisse Annehmlichkeiten zu zahlen, und es stand nicht zu befürchten, dass Blanco auszubrechen versuchen würde. An einer Biegung des Korridors, der dritten, korrigierte er die Route des Wachpersonals. Er kannte sich hier aus. Er hatte die letzten fünfzehn Jahre in diesem Labyrinth von gesicherten Fluren verbracht. »Du hörst mir nicht zu, Yeyo.« Der Anwalt war ein Kommilitone seiner Schwester gewesen und sprach mit der Autorität und der Gereiztheit eines Vormunds zu ihm. »Das hab ich mir nicht ausgedacht, und es stammt auch nicht aus einer beschissenen Fernsehserie, die ich gesehen habe, um dir jetzt Vorschriften zu machen. Den Flores geht es finanziell nicht gut, sie werden dir keinen Centavo geben. Und wenn es mit den Leuten bergab geht, werden sie gefährlich, wie Comandante Cuervo sagt. Du musst was tun, Yeyo, oder du bist am Ende der Dumme. Wir haben schon Anfang November. Vor den Weihnachtsferien unterschreibt der Richter die Entlassungspapiere ganz bestimmt nicht, aber ich schätze, im Januar werden sie dich rauslassen. Mitte Januar, denke ich. Und im Mai oder so bist du tot.« Der, den der Anwalt »Comandante« nannte, war einer seiner Berater, ein ehemaliger Polizist in den Sechzigern, der sich damit brüstete, ein Spezialist in Sachen lokaler Kriminalität zu sein. Trotz seiner Angeberei kannte sich der verfluchte Comandante tatsächlich bestens aus. Unter seiner Anleitung erreichte Blanco zur gegebenen Zeit seine Verlegung in den Trakt mit der geringsten Sicherheitsstufe, den einzigen, der vom Staat und nicht von einer der Banden kontrolliert wurde, was bedeutete, dass die Verkommenheit hier zwar dieselbe, der Terror aber fast beherrschbar war. Die »Casita« nannten die anderen den Trakt voller Verachtung oder mit einem gewissen Neid: »In der Casita passiert nichts, sie essen, was sie wollen, man lässt ihnen ihr Telefon, versorgt sie sogar mit Weibern. Und ohne die Prügeleien wie bei uns.«

»Komisch, dass sie Marquitos attackiert haben«, sagte Blanco, ohne auf das Thema einzugehen, das der Anwalt ihm aufdrängen wollte. »Hier passiert so was nie.« »Marquitos?« »Dein Mandant, du Blödmann.« Er zeigte auf die Tür zum OP. »Ja, Marquitos.« Piña lächelte entschuldigend. »Es ist im Hof passiert«, mischte sich der Wärter ein. Die drei zuckten mit den Achseln, denn diese Information brachte kein Licht in die Angelegenheit. »Nein, sie wissen nicht, wer. Sie haben ihn in einer Ecke gefunden, hinter den Müllcontainern. Sie haben ein Jammern gehört und gedacht, es wär 'ne Katze. Aber er hat dichtgehalten, jawohl, hat hartnäckig geschwiegen, hat niemanden beschuldigt.« Piña blies die Backen auf und schnaubte, damit der Wärter endlich den Mund hielt. Dem Anwalt schien es ziemlich egal zu sein, was Marquitos, der fünf Meter weiter verarztet wurde, zugestoßen war. Seine Gleichgültigkeit ärgerte Blanco. Und wenn sie mich abgestochen hätten? Aber sein Fall lag anders.

Der Anwalt war ein stattlicher Mann gewesen, damals, als er ihn vor Gericht vertreten hatte. Doch die Jahre hatten ihm zugesetzt, er war fett geworden, hatte ein aufgedunsenes Gesicht, und seine Hände zitterten wie bei einem Trinker. Blanco nahm an, dass er ein Freund oder sogar der Liebhaber seiner Schwester Anita gewesen war oder es noch war und sich deshalb bereit erklärt hatte, seinen Fall zu übernehmen: aus Solidarität. Und gegen das entsprechende Honorar natürlich, das er pünktlich erhielt. Dennoch hatten sie mit der Zeit so etwas wie Zuneigung zueinander gefasst. Piña machte ihm Mut. »Du bist kein verdammter Krimineller. Was du gemacht hast, war ein Wirtschaftsdelikt«, versicherte er ihm immer wieder.

»Es ist ein Fehlurteil. Fünfzehn Jahre hast du gebrummt, Yeyo. Du musst mir zuhören, sonst machen sie dich so richtig fertig. Denk nach, denk nach, verdammt noch mal, denn bald hast du deine Strafe abgesessen. Wenn die Feiertage vorbei sind, werden sie dich freilassen. Und dass die Flores dich hier reingebracht haben, dass sie dich gezwungen haben, dich scheiden zu lassen, und dich nicht ein einziges Mal deine Tochter haben sehen lassen, haben sie bestimmt nicht getan, um sich jetzt bei dir zu entschuldigen, du Blödmann. Sie werden dich kaltmachen. Ich an deiner Stelle würde mich so schnell wie möglich aus dem Staub machen. Zu einem Verwandten oder einem Freund, so weit weg wie möglich, zu dem musst du gehen. Oder über die Grenze in die Staaten. Ab durch die Mitte.« Blanco hörte ihm zu, ohne zu begreifen, was Piña sagte. Er hatte Angst vor den Flores, aber er respektierte sie auch. In der ersten Zeit seiner Haft war er davon überzeugt gewesen, dass sein Schwiegervater ihn in ein paar Monaten rausholen würde. Spätestens in ein paar Jahren. Das hatten sie ihm versprochen. Ich werde rauskommen, werde zu meiner Familie zurückkehren, zu meiner Frau, meiner Tochter, werde in wenigen Monaten so viel verdient haben wie sonst vielleicht in den vergangenen fünfzehn Jahren. Das dachte er. Den anderen Häftlingen gegenüber war er einsilbig oder sprach nur in kurzen Sätzen, denn er war sicher, dass es überflüssig war, Freundschaften zu schließen. »Ich habe eine Abmachung«, sagte er zu dem Einzigen, der ihn zu fragen wagte, wie lange er sitzen müsse. Und saß die ganzen fünfzehn Jahre ab, auf gepackten Koffern, hinter tausend Türen, die niemand öffnete.

Vielleicht war der Wärter verärgert darüber, dass er von dem Gespräch ausgeschlossen war, jedenfalls ging er hinaus, ohne einen Vorwand zu murmeln. Doch als gäbe es die Anweisung, Blanco und den Anwalt nicht unbeaufsichtigt zu lassen, kam eine Minute später ein Krankenpfleger mit Aknepickeln im Gesicht herein. Er schob einen blutbespritzten Rollstuhl vor sich her und setzte sich neben die Tür des Operationssaals. Mit starrem Blick und gespitzten Ohren. So schien es Blanco jedenfalls. Denn in einem Gefängnis weiß jeder am Ende alles. Die Häftlinge hören zu, geben ihren Kommentar ab und käuen immer dieselben Geschichten wieder, die so verdreht sind, dass sie unmöglich noch weiter verfälscht werden können. Gerüchte, Beobachtungen und Getuschel anstatt Offenheit. »Beobachte und lerne«, murmelte Piña, und Blanco zog es vor, den Pseudo-Aphorismus des Anwalts nicht auf etwas Konkretes zu beziehen. »Halte dich fern und lass die Zeit vergehen, wer weiß, was passiert, und vielleicht regelt sich ja alles von selbst. Deine Tochter wird größer werden und schon wissen, ob sie nach dir suchen soll oder was auch immer. Aber jetzt ist erst mal wichtig, Land zu gewinnen, Yeyo.« Die Tür öffnete sich, ein Arzt trat in das Neonlicht des Warteraums. Runde Schweißflecken zeichneten sich unter den Achseln ab und färbten den himmelblauen Arztkittel dunkel. »Der Patient ist außer Lebensgefahr«, sagte der Chirurg in offiziellem Ton. Aber mit der Unterschrift müsse man auf jeden Fall noch warten, denn Marquitos, der Verwundete, sei ruhiggestellt worden und das müsse noch eine Weile so bleiben. »Er ist über den Berg? Dann wollten sie ihn nicht umbringen, sondern nur warnen«, zischte der Pfleger, wie um zu zeigen, dass er wusste, was die Diagnose zu bedeuten hatte. »Wenn sie gewollt hätten, hätten sie ihn kaltgemacht ... « Der Anwalt nickte Blanco zu. »Siehst du? So, genau so läuft das. Marquitos hat auch eine Abmachung, wie du. Und du siehst ja, was es ihm genützt hat: einen Dreck. Denk darüber nach, Yeyo. Du hast noch etwas über einen Monat. Denk nach. Du holst dir doch eh keinen mehr runter, du vögelst nicht, du machst nichts Anständiges mehr in deinem Scheißleben. Denk nach. Denk nach.«

»Leck mich doch am Arsch«, brummte Blanco. Bei einem früheren Treffen, in einem schwachen Moment der Niedergeschlagenheit, hatte er Piña anvertraut, wie verzweifelt er war wegen seiner endlosen Enthaltsamkeit, ohne damit zu rechnen, dass sein Geständnis schließlich die Runde machen würde. Eine von vielen Geschichten, die inzwischen über ihn in der Casita erzählt wurden. Eine lächerliche Anekdote, die dazu führte, dass er von niemandem mehr ernst genommen wurde. Er war von oben bis unten blamiert. Man hatte ihn nicht rausgeholt, und draußen erwartete ihn kein glückliches Leben. Nicht mal einen Körper hatte er zur Verfügung, um sich daran zu reiben wie die anderen. »Fünfzehn Jahre sind eine lange Zeit«, fügte der Anwalt hinzu. »Ganz ohne Vögeln, ohne ein Leben, Yeyo. Und von der Kohle, die sie dir schulden, will ich gar nicht reden. Aber sieh mal, sobald wir von dem Richter hören, geben wir dir Bescheid, was mit dem Entlassungstermin ist. Bis dahin, denk nach, du Blödmann, denk nach.«

Blanco ging in seine Zelle zurück, wo ihn der übliche Uringestank empfing. Sein Zellennachbar lag nicht auf der oberen Pritsche, trieb sich wohl auf dem Hof oder im Esssaal herum. Der Gefängnistrakt, in den verlegt zu werden ihm im ersten Monat seiner Haft gelungen war, unterschied sich sehr von den Kreisen der Hölle, die er bei seiner Verhaftung so gefürchtet hatte. Hier hatte er das Gefühl, auf unbestimmte Zeit in einer Schule eingesperrt zu sein, zusammen mit den langweiligsten Klassenkameraden der Welt. Und ohne Frauen. Das machte ihm zu schaffen. Er legte sich auf seine durchgelegene Pritsche, und wie immer spürte er sogleich den Schmerz im Rücken. Wie er sich auch drehte und wendete, die Matratze bohrte sich ihm unerbittlich in den Rücken, wie die Lanze, die sich Christus in die Seite bohrte, auf dem Bild in der Gefängniskapelle, die zu besuchen er schon seit Langem nicht mehr die geringste Lust verspürte. Blanco war versucht, auf den Boden zu spucken, entschied sich dann aber dafür, es sein zu lassen. Seit er kein Sexleben mehr hatte, verkniff er sich alles. Erstens, weil er keine Lust auf die Zärtlichkeiten in den Zellen hatte und niemand in der Casita sich wie ein Wolf auf einen Mithäftling stürzte. Hier holte man sich seine Streicheleinheiten wie in einem Büro oder einem Fitnessraum, und man musste den Verführer spielen, nie den wilden Mann, sonst bestand die Gefahr, dass jemand sauer wurde und den Wärtern Geld zusteckte, damit sie einen windelweich prügelten. Doch Blanco stießen seine Mithäftlinge ab, von niemandem fühlte er sich angezogen, nicht mal aus Langeweile. Zweitens, weil er sich in den fünfzehn Jahren nicht hatte dazu durchringen können, die Dienste von Huren in Anspruch zu nehmen, die von einem der Wärter vermittelt wurden und auf die die anderen zurückgriffen. In der ersten Zeit vielleicht aus Treue zu seiner Frau, dann, nachdem sie ihm mitgeteilt hatte, dass sie ihn nicht mehr besuchen würde und sie vor mehr als zehn Jahren geschieden worden waren, aus Enttäuschung, Lustlosigkeit und Trägheit.

So blieb ihm nichts anderes übrig, als sich einen Kaffee zu kochen. Der Wasserkessel und das Glas mit dem löslichen Kaffee waren sein einziger Trost. Und die Zigaretten. Seine Freuden waren die eines Einsiedlers: hin und wieder ein bitterer Geschmack im Mund, ein träges, einsames Leben. Wie immer schmeckte der Kaffee nach trockener Erde. Die Marter, die die stinkende Matratze für ihn darstellte, und die drei Mal fünf Jahre auf dieser Folterbank vergällten ihm jede Lust. Obwohl Blanco, wie jedes andere menschliche Wesen, gerne masturbierte, hatte er das Bedürfnis, es an einem geheimen Ort zu tun, was sich wegen der Menschenmassen in Strafanstalten nur schwer bewerkstelligen ließ. Und schon gar nicht hier in der Zelle. Er teilte sie mit einem dicken, gutmütigen, schwitzenden Hünen, der sich zwei oder drei Mal in der Woche nachts auf seiner Pritsche über Blanco einen runterholte, um gleich darauf einzuschlafen und zu schnarchen. Ihm kam das Onanieren des Typen immer schmutzig vor, vielleicht aus Neid darüber, dass er selbst keinen geeigneten Ort dafür fand. Die Gemeinschaftstoiletten standen allen offen und wurden von Kameras überwacht. Und nur die Gefangenen, die nach ein paar Jahren des Eingesperrtseins durchdrehten, legten in den Gemeinschaftsräumen Hand an sich, sogar in diesem braven Gefängnistrakt, wo nur selten etwas passierte, um das man sich ernsthaft hätte Sorgen machen müssen. Alle lachten über diese Verrückten. Und normalerweise war ihr Schicksal besiegelt: Eines Morgens wachten sie mit schwarzem, aufgedunsenem Gesicht auf, das Laken um den Hals, von eigener Hand an den Eisengittern aufgehängt.

Obwohl Blanco mit den Jahren die Fähigkeit perfektioniert hatte, sich in die Welt seiner Träume zurückzuziehen, die sich mangels eines Fernsehers jede Nacht wiederholten, gab er sich heute Mühe, sich auf den wesentlichen Punkt zu konzentrieren. Er machte es sich auf der Matratze bequem, so gut es ging, und lenkte seine Gedanken auf die Flores, das unlösbare Problem. Was tun? Er war eine unverbesserliche treue Seele. Er dachte immer noch an sie wie an seine Familie. Niemals hatte er es Piña erlaubt, auch nur eine der Absprachen, die ihn ins Gefängnis gebracht hatten, zu hinterfragen oder dagegen Einspruch zu erheben, selbst dann nicht, als sie Blanco kaputt gemacht hatten, indem sie ihn daran hinderten, seine Tochter zu sehen. Er stand zu dem gegebenen Wort: Er hatte die Schuld auf sich genommen. Und die Jahre im Gefängnis. Man hatte nicht unbedingt davon ausgehen können, dass es so kommen würde, aber so war es gekommen. Wie lange war er so vermessen gewesen, zu glauben, dass sein Aufenthalt im Gefängnis nur vorübergehend und sogar von Vorteil sein würde? Vielleicht in den ersten Monaten. Dann blieben die Briefchen von seiner Tochter aus, seine Frau hörte auf, ihn zu besuchen, und die Flores waren wie vom Erdboden verschluckt. Außer dass sie dem Anwalt Geld zukommen ließen, damit der Aufenthalt in der Casita pünktlich bezahlt wurde, vergaßen sie ihn. Ein Pullover, den man im Lager einer Wäscherei zurücklässt und den niemand abholt, weil es einfacher ist, einen neuen zu kaufen, als extra wegen ihm noch einmal wiederzukommen. Es wurde bereits kühl. Er bedeckte sich mit einer staubigen Decke, die ihn, wie immer, anekelte, weil sie stank, obwohl sie frisch gewaschen war. In der Zelle war es generell kalt, zwar nicht übermäßig, aber eben andauernd, und das setzte ihm zu. Es fühlte sich fünf Grad kälter an, als ihm lieb war. Und nur die Mittagssonne, die er in den immer häufigeren Momenten der Verzweiflung auf dem Hof in sich aufsog wie ein Büschel Portulak, konnte ihn ein wenig wärmen. Dabei war die ursprüngliche Idee so einfach gewesen, sagte sich Blanco, während er sich die größte Mühe gab, sich nicht in den Fantasien zu verlieren, die er heraufbeschwor, wenn er alleine war: Indem er die Verantwortung für den vermeintlichen Betrug in Olinka, einem Bauprojekt seines Schwiegervaters, auf sich nahm, würde das Verschwinden einiger Pächter vertuscht und die Familie Flores vor Strafverfolgung geschützt werden. Und ja, er würde ein paar Jahre im Gefängnis verbringen, aber nur, um den Schein zu wahren. Und als Gegenleistung würde er eine fantastische Entschädigung erhalten. Zwei Millionen jährlich, vier Mal so viel wie das, was er als Buchhalter des Familienbetriebs verdiente, dazu eine Villa auf seinen Namen in Olinka, sobald sie fertiggestellt sein würde. Das hatten sie vereinbart. Und sie würden ihm den besten Anwalt von Guadalajara zur Seite stellen und ihm eine monatliche Summe für alle entstehenden Kosten überweisen.

Doch die Flores hielten sich nicht an die Abmachungen. Keine renommierte Kanzlei wolle den Fall übernehmen, sagten sie, und so kam es, dass Blanco Piña in die Hände fiel, einem Freund seiner Schwester, den man in letzter Sekunde verpflichten konnte. Und Piña legte alle erdenklichen Rechtsmittel ein, wurde aber vor Gericht in der Luft zerrissen. Immerhin wurden ihm die monatlichen

Gebühren überwiesen, aber ob die Entschädigung irgendwann einmal gezahlt werden würde, stand in den Sternen. Fünfzehn Jahre waren eine sehr lange Zeit, das wusste Blanco nur zu gut, und seine Forderung stieg ins Unermessliche. Immer wieder zählte er mithilfe seiner Finger die oft errechnete und aktualisierte Summe zusammen: Dreißig Millionen schuldeten sie ihm. Dreißig Millionen verdammte Pesos. Und niemand schien es eilig zu haben, sie zu bezahlen. In unzähligen schlaflosen Nächten hatte Blanco sich vorgestellt, was er mit dem Geld machen würde, wenn er es denn bekäme. Sein größter Wunsch, musste er erkennen, beschränkte sich auf bodenständige Dinge. Er gestand es sich nicht gerne ein. Mal dachte er an ein weißes Haus direkt am Meer, mal an eine Blockhütte hoch oben in den bewaldeten und, wenn möglich, schneebedeckten Bergen. Das waren nicht die Träume eines Häftlings, sondern die eines Angestellten. Doch immer stellte er sich vor, dass er mit seiner Tochter spielen würde. Das war absurd, denn Carlita würde bereits über zwanzig Jahre alt sein und ganz sicher nicht mit ihrem Vater spielen wollen. Und noch trauriger war es, wenn Blanco sich in seinen Fantasien vorstellte, Alicia würde zu ihm zurückkehren, seine Frau. Wenn er sich solch süßen Träumereien hingab, konnte ihn kein handfestes Argument davon abbringen. Aber zu mehr fehlte ihm, der mit jeder Woche, jedem Monat einsamer wurde, der Mut.

Er schloss die Augen und streckte sich auf der Pritsche aus, die, wie bei ihrem jämmerlichen Zustand nicht anders zu erwarten, mit einem Knarren antwortete. Die Einsamkeit war so sichtbar wie seine Hände, die er mindestens dreißig Mal am Tag anschaute, um sich zu vergewissern, dass es noch seine waren. Er war allein. Ein Kaktus. Ein Autoreifen im Straßengraben. Ein Ziegelstein ohne Haus drum herum. Alicia hatte ihn ein knappes Dutzend Mal besucht, aber nie in einem der für Eheleute vorgesehenen Räume.

Gleich bei ihrer ersten Begegnung an einem Aluminiumtisch im großen Besuchersaal hatte sie klargestellt, dass es für sie nicht infrage komme, in einer Zelle mit einem Wärter vor der Tür zu vögeln, auch nicht mit dem Mann, mit dem sie durch das Gesetz verbunden war. Anfangs zumindest hatte sie verweinte Augen und sie wirkte niedergeschlagen, aber nach einigen Monaten, vor allem nachdem das Urteil gesprochen worden war – fünfzehn Jahre ohne die Möglichkeit einer vorzeitigen Entlassung auf Kaution –, wurde deutlich, dass sie es satthatte. Carla, seine Tochter, ließen sie nicht ein einziges Mal zu ihm. Alicia brachte Blanco zwei oder drei Briefchen mit der ungelenken Handschrift des Mädchens, dann aber sorgte sie dafür, dass der Kontakt abbrach. Und als Blanco sie auf sein Recht aufmerksam machte, seine Tochter sehen zu dürfen, antwortete sie, dass Carlita darunter leide und es besser sei, sie von ihm fernzuhalten. Und auch sie selbst hielt sich fortan von ihm fern. »Kann dein Vater nicht etwas tun?«, fragte Blanco sie bei ihrem letzten Besuch, doch statt zu antworten, spuckte Alicia auf den Boden und sagte, sie werde seine Sachen in Kisten verpacken und er solle sie abholen lassen, wenn er wolle.

Er war also allein. Er rollte sich unter seiner Decke zusammen wie ein Wurm. Die Kälte schwächte ihn. Seine Widerstandsfähigkeit nahm im selben Maße ab, wie seine Haare silbern wurden. Jedes graue Härchen auf Blancos Unterarmen war ein weiterer vertrockneter Baum im Wald. Seine Schläfen grau meliert. Er erwischte sich dabei, wie er sich seiner Lieblingsfantasie hingab – Berg, Spiel, Familie –, und er wusste, dass seine Konzentration gleich wieder nachlassen würde. Ich lebe zwischen Mauern, und das Einzige, das mir noch bleibt, ist, zu fantasieren, sagte er sich resigniert. Doch es gelang ihm, sich an noch etwas anderes zu erinnern: das honorige Profil von Carlos Flores, dem Patriarchen der Familie, von dem Blanco ebenfalls nichts gehört hatte seit dem Tag, als er die Verantwortung für das Debakel von Olinka übernommen und anstelle seines Schwiegervaters ins Gefängnis gewandert war. »Er macht sich bestimmt in die Hose bei dem Gedanken, dass du ihm nur den Platz anwärmst«, hatte Piña zu ihm gesagt, bevor er gegangen war. »Don Carlos wird um keinen Preis in den Knast gehen. Eher lassen dich die Flores verschwinden oder machen dich fertig oder reißen dir die Haut in Streifen vom Leib. Darum musst du nachdenken. Denk darüber nach, Yeyo.

Denk nach.

Denk nach.«

Die Krankenstation roch nach Desinfektionsmitteln, doch bald bahnte sich der Gestank menschlicher Ausdünstungen den Weg in die Nase und überlagerte alles andere. Das Licht einer Straßenlaterne fiel in einem Winkel von fünfundvierzig Grad durch die halb hochgezogene Jalousie auf das Bett, in dem Marquitos lag. Eine ungeschickte Hand hatte darauf verzichtet, die Jalousie, die sich verklemmt hatte, wieder in Ordnung zu bringen. Laut dem Krankenpfleger machte die Gesundheit des Patienten Fortschritte. Er hatte nur eine Nacht Fieber gehabt, und als die Wirkung des Sedativums nachließ, erlangte Marquitos sein volles Bewusstsein wieder. Nach zwei Wochen ging es ihm schon so gut, dass er Blanco, der sich auf den Plastikstuhl neben seinem Bett setzte, den Kopf zuwenden und sich mit seiner Chamäleonzunge über die Lippen lecken konnte. Sein Magen rebelliere, und die Wunde brenne beim Trinken, erzählte Marquitos, darum ziehe er es vor, weiter am Tropf zu hängen und sich durch die Nadel im Unterarm Flüssigkeit zuführen zu lassen, anstatt zu trinken. Das Essen, das sie ihm servierten, Huhn mit Gemüse und weißer Soße, verursache ihm Brechreiz, doch da sei nichts zu machen: Der Arzt sei nicht bereit, einem Patienten eine Magensonde zu legen, wenn der es nicht unbedingt benötige, und das sei bei ihm nicht mehr der Fall. Die Haare hingen Marquitos in Strähnen herunter, und seine Schultern waren mit Schuppen übersät. Offenbar hatte ihn in der Woche, die er zur Genesung hier herumlag, niemand mit einem nassen Schwamm abgerieben, denn er stank. Blanco stellte sich dumm und wollte nichts von dem blutigen Vorfall hören, der Marquitos hergebracht hatte. Er wollte nicht, dass ihm jemand den Moment der Messerattacke in allen Einzelheiten schilderte. Er würde nur in Panik geraten, und seit man ihm eingeredet hatte, dass die Flores ihn möglicherweise lieber umbringen wollten, als ihn zu bezahlen, hatte er eine Heidenangst vor der Angst. Er bot dem Verletzten mit einer scherzhaften Geste eine Zigarette an, die dieser ablehnte, ohne zu merken, dass es ein Scherz sein sollte, ein Versuch, das Thema zu wechseln. Trotzig das Schild missachtend, das in Augenhöhe an der Wand hing, fing Blanco an zu rauchen. Normalerweise tat er das nicht vor den anderen, denn die Zigaretten waren seine einzige Freude hier drin und er wollte nicht von denjenigen angeschnorrt werden, die sich für ihr Geld lieber andere Freuden kauften – Frauen oder einen guten Fernseher. Sie entschieden sich für beides und kriegten das Beste ab, was Blanco unentschuldbar fand. Die können mich mal, dachte er. Und er setzte es in die Praxis um, indem er sich weigerte, mit ihnen zu teilen.

»Die wollten mich nur warnen, mehr nicht«, sagte Marquitos, nachdem er ein paar Mal gehustet hatte, ohne dass der Besucher Anstalten machte, die Zigarette auszudrücken. »Sie haben mich gewarnt und, na ja, jetzt bin ich im Arsch. Sie: meine Chefs.« »Du bist ihnen was schuldig, oder«, sagte Blanco vorsichtig. Der Verwundete leckte sich erneut über die Lippen, die immer wieder trocken wurden, rissig, wie eine ausgetrocknete Mauer. »Ich verdanke ihnen mein Scheißleben, Yeyo. Sie zahlen dafür, dass ich hierbleiben kann, einigermaßen in Sicherheit. Du weißt schon.« Ja, sie wussten es beide, die Casita stellte auf jeden Fall eine Erleichterung dar. Im restlichen Gefängnis war es gefährlicher. Wenn sie hörten, was in anderen Blöcken passierte, unter dem Kommando der jeweiligen Anführer, bekamen sie weiche Knie. »Und du hast ihnen nicht gehorcht, oder die haben noch eine andere Rechnung mit dir offen.« Marquitos schnaubte, aber er war nicht sauer. Er klang eher wie jemand, der tief Luft holt, bevor er ins Wasser springt. »Ich hab sie gebeten, Edith ein wenig Kohle zu geben, für das Haus. Die Scheißhypotheken fressen uns auf. Ich bin jetzt fünf Jahre hier drin, und sie hat getan, was sie konnte, hat die Autos verkauft und ihren Schmuck.« »Dann schulden sie dir also was.« »Nein, im Moment nicht. Wenn ich rauskomme, dann ja. Die Abmachung gilt für danach, wenn ich draußen bin, so ist es abgesprochen. Aber Edith braucht das Geld jetzt, und ich hab noch sechs Monate, alles in allem. Sechs verfluchte Monate. Wegen sechs verfluchten Monaten wollen sie mir das Haus wegnehmen. Leck mich doch am Arsch.«

Der Pfleger kam grußlos herein und fummelte am Tropf herum, um sich zu vergewissern, dass die Flüssigkeit in Marquitos' Venen floss. Anschließend ging er aber nicht wieder hinaus, sondern lehnte sich gegen Blancos Rückenlehne und beugte sich zu ihm vor, als wollte er ihm etwas ins Ohr flüstern. Er war korpulent, sehr jung und sanft wie ein Haustier. Blanco spürte sein Becken im Nacken und rückte ärgerlich ab. Doch der Kerl blieb dort stehen und presste sein Gemächt gegen seinen Rücken, bis Blanco begriff und ihm die Schachtel und das orangefarbene, durchsichtige Feuerzeug hinhielt, beides Dinge, die im Gefängnis natürlich verboten waren und ihm eigentlich sofort hätten weggenommen werden müssen. Als Dankeschön bekam er nur einen Klaps auf die Schulter. Aber zumindest hatte er erreicht, dass der Pfleger sich entfernte. Sogar in der friedlichen Casita musste für jede Annehmlichkeit prompt bezahlt werden. »Und, hat Piña dir was erzählt?« Marquitos schnaubte wieder, als er den Namen des Anwalts hörte. Diesmal war es ein sarkastisches Pusten. »Dieser Arsch … Er will ihnen sagen, dass sie sich beruhigen sollen. Mal sehen, vielleicht kann er ihnen etwas Kohle für Edith abschwatzen, zumindest für die Zinsen.« »Ist schon heftig, dass sie dir einen Messerstecher geschickt haben«, bemerkte Blanco. »Nein, Alter, nicht wirklich. Ich hab Scheiße gebaut. Hab ihnen durch Edith ausrichten lassen, dass ich sie reinreiten werde, wenn sie nichts rausrücken. Und zwar so richtig: mit dem Bluff um die Grundstücke in Lomas del Roble, den Namen ihrer verdammten Investoren, mit allem. Damit kriegen sie sie dran, ihre Investoren haben nämlich keine Genehmigung, hier Geld zu investieren. Die kommen von außerhalb und dürften sich gar nicht in der Stadt aufhalten. Sie gehören zu einer anderen Bande, und das wissen sie. Aber ich hab's vergeigt, weil, so läuft das nicht. Hätte sie bitten müssen, aber ich wollte sie unter Druck setzen. Deswegen die Attacke. Und im Grunde bin ich billig davongekommen. Sie hätten mich leicht kaltmachen können, und Edith gleich mit.« »Nein, auch das wird sie teuer zu stehen kommen«, widersprach Blanco, denn er begriff zwar, in welcher Lage sich Marquitos befand, gab aber die Hoffnung auf die Abmachungen, die man jeweils mit ihnen getroffen hatte, nicht auf. »Sie können es sich nicht erlauben, überall Leichen zu hinterlassen, so viel Aufmerksamkeit können sie nicht gebrauchen.« Marquitos biss sich unwillkürlich auf die Unterlippe, ließ es aber sogleich wieder: Die Lippen taten ihm weh, sie waren rissig und dünn wie Zigarettenpapier, am Ende würden sich noch Geschwüre bilden. »Die können machen, was ihnen in den Kram passt. Und lieber ist mir der Ärger mit Edith, wenn sie uns das Haus wegnehmen, als dass die Chefs uns fertigmachen.« Blanco seufzte. Er konnte die Überlegungen nachvollziehen. »Aber mit ihr verstehst du dich gut, oder?« »Mit Edith? Klar, sie liebt mich. Ich wenigstens komm zum Vögeln, Alter«, sagte der Patient mit einem erstickten Lachen, was Blanco wie ein Schlag ins Gesicht traf. Es gab nur eine Möglichkeit, wie der Verwundete von seiner Enthaltsamkeit hatte erfahren können, und zwar von Piña, ihrem gemeinsamen Anwalt. Und wenn Marquitos es wusste, dann wusste es wahrscheinlich das ganze Gefängnis.

Sie wechselten das Thema, weil auf dem Korridor Schritte zu hören waren. Der Krankenpfleger kam zurück, diesmal mit Marquitos' Frau am Arm. Sie lachten über irgendetwas Lustiges, das sie sich zugeflüstert hatten, und schwiegen, als sie das Zimmer betraten. Wie immer, wenn Blanco Edith sah, lief ihm vor Neid das Wasser im Mund zusammen. Sie hatte ein breites Gesicht und eine dunkle Haut, und immer trug sie ein eng anliegendes Kleid, das ihre Rundungen betonte. Sie ließ keinen der wöchentlichen Besuchstermine für Ehepaare aus und verlor, zumindest vor Fremden, keine Zeit mit Beschwerden: Sie fiel ihrem Mann um den Hals, sobald sie ihn sah. Ihre Anwesenheit war für Blanco wie ein unbeabsichtigter Vorwurf. Seit dem Abend, an dem er ins Gefängnis gegangen war, hatte Alicia, seine Ex, ihn nicht mehr angerührt, und nach ein paar Monaten hatte sie die Scheidung von ihm verlangt. Marquitos hatte seine Liebe, er dagegen nichts als die Erinnerung an eine Katastrophe. Blanco verabschiedete sich, damit sie sich in Ruhe abschlecken und küssen konnten. Er ging mit dem Pfleger hinaus. Bevor dieser sich entfernte, hielt er Blanco mit einer beinahe zärtlichen Geste an der Schulter zurück. »Noch eine Zigarette, Kumpel?« Es war die vorletzte in der Schachtel, und er überließ sie ihm besser ganz. Er wartete, bis der Pfleger das Feuerzeug benutzt hatte, um es zurückzuverlangen. Es war neu und wurde ihm hier drin vier Mal so teuer wie draußen verkauft. Er würde es ihm nicht einfach so schenken.

Wer warnt, ist kein Verräter, sagte Piña, der Redewendungen liebte. Und Blanco musste lachen, denn die Flores hatten ihn bis jetzt noch nicht gewarnt. Marquitos zumindest hatte seine Strafe und damit die Gelegenheit bekommen, zu bereuen. An dem Tag, an dem man mir ein Messer schickt, wird man mich gleich umbringen. Das dachte er. Den restlichen Weg zu seiner Zelle legte er in Gedanken versunken zurück.

»Der Richter wird nach den Feiertagen an der Bandscheibe operiert und hat vorgearbeitet. Im Ernst. Man hat uns gestern Abend informiert, aber Piña ist nach Anaheim geflogen und wird dort die Feiertage verbringen. Weihnachten fällt auf einen Sonntag, nicht wahr? Morgen, Freitag, beginnen die Gerichtsferien. Deswegen also heute. Wir kommen heute raus. Es blieb keine Zeit mehr, irgendetwas daran zu ändern, also bin ich hergekommen, um dir behilflich zu sein.« Mit diesen Worten teilte Estrella Paredes Blanco mit, dass er einen Monat früher als vorgesehen aus der Haft entlassen wurde. Piña hatte seine Angestellte im Laufe der Jahre immer dann geschickt, wenn er selbst keine Lust hatte, den Weg ins Gefängnis auf sich zu nehmen. Oder nichts Dringenderes auf den verdammten Tisch legen konnte als ein Papier, das zu unterschreiben war, oder eine der »Annehmlichkeiten«, die die monatlichen Zahlungen der Flores ermöglichten, wie zum Beispiel Zigaretten oder Kaffee. Estrella redete so schnell, dass Blanco ihr kaum folgen konnte. Sie war eine hübsche, unauffällige Frau von weit über dreißig Jahren. Ihr blond gefärbtes Haar war zu einem Pferdeschwanz gebunden. Sie trug ein Kostüm (der Rock war für die antiquierten Ansichten des Häftlings immer zu kurz) und war dezent geschminkt. Sie roch nach Seife. Sie war professionell. Er hatte zu viel Zeit fern von Frauen verbracht, und so hatte er sich von Besuch zu Besuch mehr für die Anwältin selbst als für das interessiert, was sie zu sagen hatte. Diesmal jedoch war die Situation eine andere, und er wusste, dass er etwas dazu sagen musste. Er schloss die Augen, und ihm wurde schwindlig. Er hatte einen bitteren Geschmack im Mund und spürte, wie sich sein Magen zusammenzog. Atme, verdammt noch mal, atme, ermahnte er sich.

»Hier der Stapel Dokumente, die du unterschreiben musst«, unterbrach sie seine Gedanken. »Ich nehme an, dass sie dir einen Karton für deine Sachen geben werden. Ich muss noch darauf warten, dass sie alles abstempeln und ins System eingeben, aber die Entlassungspapiere sind fertig und unterschrieben. Am besten suchst du jetzt deine Sachen zusammen.« Die Anwältin gab ihm Anweisungen, während sie ihr Handy konsultierte und dann mit spitzen Fingernägeln auf ihr Display tippte. Sie sah nicht das verstörte Gesicht Blancos, der die Hand zum Mund geführt hatte und mit Zeigefinger und Daumen die Lippen zu einer Schnute zusammenschob wie ein kleiner Junge. Trotz Piñas eindringlicher Aufforderung, nachzudenken, hatte Blanco den Moment hinausgezögert, sich die ersten Schritte nach seiner Entlassung zu überlegen, und jetzt hatte er nicht die geringste Ahnung, was er tun sollte. Auf der Pritsche in seiner Zelle hatte er geträumt und fantasiert, hatte sich alle möglichen Szenarien ausgemalt und die wichtigen Entscheidungen auf die Zeit nach Weihnachten verschoben. Doch bis dahin waren es noch drei Tage, und das Gefängnis wollte ihn vorzeitig loswerden. Er fühlte sich so verloren, als wäre es der Tag seiner Geburt.

»Wie lange kann das dauern? Tage?« Blanco wollte sich lieber an die Möglichkeit klammern, dass es sich um einen Irrtum handelte, und stellte die Frage in der Hoffnung, wieder festen Boden unter die Füße zu bekommen. Die Anwältin lächelte ihn an, vielleicht gerührt. »Nein, nicht mal zwei Stunden. Der Richter muss wohl Druck gemacht haben in den Büros, denn es ist alles fertig. Deine Akten, das Entlassungsurteil, die unterschriebenen Papiere, die Formulare. Hat Anwalt Piña dir nichts gesagt?« »Na ja, dass ich mich bereithalten soll, aber ich hab nicht gedacht, dass es so schnell gehen würde.« »Na, und dann?« Estrella fragte Blanco aus, ohne sich über seine Verwirrung lustig zu machen. Sie stand mit verschränkten Armen da, ein schwaches Lächeln um den Mund, auf dem Gesicht einen Ausdruck von Geduld, den sie in all den Jahren immer aufgesetzt hatte, wenn Piña sie bat, ins Gefängnis zu gehen und die Unterschrift des Mandanten für irgendein Schriftstück einzuholen oder ihm neue Informationen über seinen Prozess mitzuteilen. Oder ihm zu versichern, dass die Kanzlei ihn nicht im Stich lassen werde, solange die Anwaltskosten beglichen würden. Obwohl Blanco die Anwältin attraktiv fand, ärgerte er sich immer über ihr Auftauchen, weil er wusste, dass es nur um Routineangelegenheiten ging und nicht um die Hauptsache. Sie zu sehen hieß normalerweise, dass es keine Neuigkeiten gab. Doch jetzt brachen die Neuigkeiten über ihn herein wie ein Hagelsturm, und er fand nicht die Kraft, Estrella seine Sorgen anzuvertrauen, die in seinem Kopf schwirrten und von Sekunde zu Sekunde höher stiegen. »Wenn du willst, fülle ich die Formulare aus, während du deine Sachen in eine Kiste packst«, schlug sie vor. »Ich bringe dich in die Stadt, aber ich kann nicht den ganzen Morgen hierbleiben. Im Büro wartet noch Arbeit auf uns, und später habe ich ein Essen mit der Familie. Ab morgen ist Weihnachten!« Es war weniger ein Angebot als die Bekanntgabe der Tagesordnung. Blanco hatte weder Kleidung noch Geld, Handy oder andere Dinge, die nötig waren, um wie ein normaler Mensch draußen herumzulaufen. Er musste gehorchen. Linkisch erhob er sich von dem Aluminiumtisch, den er beinahe umstieß, nickte wie ein Golem und eilte fort, um zu tun, was ihm aufgetragen worden war. Er war blass. Sein Gehirn arbeitete nicht. Trotz der fünfzehn Jahre Erfahrung bog er im Gewirr der Flure falsch ab und musste einen Umweg machen, um in seine Zelle zu gelangen. Die Wärter, die ihm entgegenkamen, grüßten ihn, ohne zu wissen, dass der Mann, der hier herumstolperte, kurz davorstand, ihrem Einflussbereich zu entkommen.

Auf der oberen Pritsche lag sein Zellennachbar. Er war damit beschäftigt, mit seinen wulstigen, aber geschickten Fingern eine Weihnachtsgirlande zu basteln. Blanco blieb wie angewurzelt stehen, als er sah, dass man eine Kiste aus verstärktem Karton auf die untere Pritsche gestellt hatte. Er schaute hinein, als enthielte sie etwas Bedrohliches. Eine Hand, einen Finger, seinen eigenen Kopf. »Du wirst vorzeitig entlassen«, sagte der Dicke. »Ein Wärter hat den Karton vor fünf Minuten gebracht und mir erzählt, dass du uns verlässt.« Er hob den Blick nicht von seiner Girlande, schien aber gekränkt zu sein, so als hätte Blanco vor der entscheidenden Schlacht die gemeinsame Sache verraten. »Und, bist du jetzt glücklich? Wie man hört, wollten sie dich schon vor dreizehn Jahren oder mehr rausholen, stimmt's? Das heißt, sie haben sich endlich an dich erinnert.« Blanco fühlte sich gedemütigt und wusste nicht, was er antworten sollte. Dem Dicken rann ein Schweißtropfen über die Schläfe. Trotz seiner Stichelei schien er vollkommen in seine Bastelarbeit vertieft zu sein. Er biss sich auf die Zungenspitze. »Ich wusste nichts davon«, antwortete Blanco schließlich. »Angeblich soll der Richter operiert werden, darum musste er das Verfahren vorziehen …« Noch ehe ihm klar wurde, dass es Schwachsinn war, dem Dicken Erklärungen abzugeben, begann Blanco, seine Habseligkeiten in der Kiste zu verstauen. Die Kochplatte. Das Glas mit dem Kaffee. Zwei Schachteln Zigaretten und das orangefarbene, durchsichtige Feuerzeug. Auch den Bleistift mit der stumpfen Spitze, dessen Besitz und Gebrauch ihm erlaubt waren. Das Notizbuch, in dem er im Laufe der Jahre seine Überlegungen festgehalten und kleine Zeichnungen angefertigt hatte. Ein gerahmtes Bild von Carlita, seiner kleinen Tochter. Ein weiteres, ziemlich verschlissenes von Alicia am Tag vor ihrer Hochzeit, charmant lächelnd. Die Kiste wurde natürlich nicht voll, höchstens zu einem Drittel. Er ließ sie dort stehen, so als könnte im nächsten Moment ein Dienstmann kommen und ihm anbieten, sie zum Ausgang zu bringen. Weil das aber nicht geschehen würde, hob er sie schließlich auf und ging zögernd zur vergitterten Tür, bevor der Dicke sich unwirsch zu ihm umdrehte. »Nicht mal eine Umarmung, nicht mal ein Küsschen. Du fühlst dich superwichtig, weil du gehst. Was soll's, dir ist ja alles egal. Nicht mal vögeln tust du.« Die letzten Worte stieß er genüsslich hervor. Blanco zwang sich, nicht stehen zu bleiben, und beschleunigte seine Schritte, während sein Nachbar leise loslachte und an den roten Enden seiner Girlande zog, die jetzt fertig war und die Aufschrift »Fröhliche Weihnachten« trug. »Nicht mal ein Küsschen.« Das Lachen erstarb, hallte aber in Blancos Ohren nach. Der Dicke ekelte ihn an. Er hatte ihn nie mit einem Mann oder einer Frau oder sonst jemandem zusammen gesehen, nur gehört, wie er sich jede Nacht auf seiner Pritsche hin und her gewälzt und wie ein Teekessel geschnauft hatte. Sogar dieses dicke Arschloch lacht über dich, dachte er. Und wieder verfluchte er den Augenblick der Schwäche, in dem er Piña von seiner Enthaltsamkeit erzählt hatte.

Im Besucherraum saß Marquitos am Nebentisch von Estrella, die mit tausend Formularen auf Blancos Unterschrift wartete. Deprimiert, abgemagert, halb genesen von der Messerattacke von vor ein paar Wochen, ließ er sich von seiner Frau Edith trösten, die wie immer frisch gebadet und zum Anbeißen aussah. Blanco schüttelte unwillig den Kopf. Er hasste es, dass die Begierde, die in ihm brannte, ihn dazu brachte, alle Frauen appetitlich zu finden. Er wollte nicht begehren. Er wollte nur zurück in seine Zelle und sich auf die Pritsche werfen, wollte die Rückenschmerzen spüren und auf diese Weise Weihnachten verbringen. Nicht nachdenken, sondern sich in Fantasien verlieren. Am Weihnachtsabend, hatte man ihm gesagt, würde es Schweinefilets in Salzkruste geben, eines seiner Lieblingsessen. Er hätte die fünf oder sechs Tequilas getrunken, zu denen ihn die anderen Häftlinge oder ein gerührter, betrunkener Wärter eingeladen hätten, und noch vor Mitternacht wäre er eingeschlafen, den Kopf voller leichter und bekannter Träume. Das Meer, die Berge, Alicia, sein Töchterchen. Er wollte Marquitos fragen, was ihm diesmal zugestoßen war, doch er ahnte es und zog es vor, sich ihm nicht zu nähern. Keinen Schritt. Seine Chefs werden sich weiß Gott welche Demütigungen für ihn ausgedacht haben, um nicht gleich endgültig mit ihm abzurechnen oder sich die Frau vorzunehmen, dachte er. Trotz ihrer verdammten Abmachung. Und was haben sich die Flores für mich ausgedacht? Einen Tritt in den Hintern, wenn ich Glück habe. Das dachte er. Er stellte den Karton mit seinen Sachen auf den Boden, wischte sich die schwitzenden Hände an der Hose ab und setzte sich auf den freien Stuhl an Estrellas Aluminiumtisch, um seine Unterschrift unter die unzähligen Dokumente zu setzen.

Am Abend seiner Verhaftung, erinnerte sich Blanco, wurde ein Gefängniswagen mit Blaulicht zu Piñas Kanzlei geschickt, um ihn abzuholen. Weder wurden besondere Sicherheitsmaßnahmen getroffen, noch war Blanco, aufgrund seiner Abmachung mit den Flores und der Übereinkunft der Flores mit den Behörden, in Untersuchungshaft genommen worden. Während der Fahrt ins Gefängnis saß Blanco auf dem Rücksitz. Rechts und links neben ihn hatte man je einen Polizeibeamten gesetzt, beide so fett wie Schweine, die zum Schlachten geführt werden. Sie stanken nach Schweiß und nach etwas noch Schärferem, Säuerlicherem, vielleicht Urin, eine Geruchsnote, die sich in den Polizisten eingenistet hatte. Kaum waren sie losgefahren, bot ihm einer von ihnen eine Mentholzigarette an, die nach Scheiße schmeckte. Irgendwann, nach einer lang gezogenen Kurve, ließen sie die Lichter der Stadt hinter sich, und die Fahrbahn wurde nun auf einer Seite von Laternen hell erleuchtet, an denen sie vorbeirasten und auf die sogleich Hunderte andere folgten. Jenseits der Fahrbahn herrschte absolute Dunkelheit ohne ein Lebenszeichen, nur hin und wieder das Gesicht eines geblendeten Hundes oder das Blattwerk eines Gebüschs. In Blancos Vorstellung würde er denselben Weg zurückfahren müssen, wenn er jetzt aus dem Gefängnis kam: die Lichtkegel durchqueren, in einer Staubwolke die lang gestreckte Kurve nehmen, dann vorbei an freiem Feld und zurück nach Guadalajara. Doch keines der Mosaiksteinchen, die Blanco sich in der Erinnerung zurechtgelegt hatte, tauchte in der Wirklichkeit auf. Auf dem Parkplatz vor der Casita wurde er von Sonnenlicht geblendet. Er warf die Kiste mit seinen Sachen in den Kofferraum und stieg zu Estrella in den Wagen, welcher sich, was Ausstattung und Bequemlichkeit betraf, so sehr von denen unterschied, die er von früher kannte, dass Blanco das Gefühl hatte, in einem Raumschiff zu sitzen. Die Sonne brannte aus einem schmutzig grauen, von hohen Wolken verhangenen Himmel. Und als sie die verschiedenen Sicherheitsschleusen, die in abnehmendem Maße unüberwindlichen Gitterzäune des Gefängnisses und das Schild mit der Aufschrift »Ende der überwachten Zone« hinter sich gelassen hatten, sah er, dass man gar nicht in die Stadt fahren musste: Sie war einem schon entgegengekommen. Schilder von Cafeterias, Motels, Stripteaselokalen, Schnellrestaurants und Schnapsläden reihten sich ungeduldig aneinander, um inmitten ärmlicher Häuschen und halb fertiger Wohnviertel auf sich aufmerksam zu machen. Von riesigen Plakatwänden in zwölf Metern Höhe lächelten ihm Models mit runden Brüsten und Augen in allen Farben zu. Es gab keinen Weg mehr zurück nach Hause. Nur den Stress. Estrella schaltete das Radio ein, und ein Sprecher, der so unsicher wirkte, als hätte er erst vor fünf Minuten zu sprechen gelernt, sagte ein Lied an. Der schlichte, stampfende Rhythmus, der aus den Lautsprechern dröhnte, erinnerte Blanco an nichts, was er früher gehört hatte. Der Text war so eindeutig sexuellen Inhalts, dass es ihn verlegen machte. »Früher hat niemand das Wort ›Arsch‹ in den Mund genommen«, murmelte er verstört, und Estrella lachte. »Nein? Der eine oder andere bestimmt. Aber es war nicht so verbreitet, das sicher nicht. Ich finde die Musik gar nicht so schlecht, man kann gut drauf tanzen. Solltest du mal versuchen.« Blanco bewunderte die Augen eines Models, das Reklame für ein Bier mit ausländischem Namen machte, welches ihm ebenfalls unbekannt war. »Ich kann nicht tanzen«, sagte er wie ein schüchterner Jüngling. »Solltest du aber vielleicht mal. Um die Eiszeit hinter dir zu lassen, nicht wahr?« Estrella tat es taktvoller als Piña und die anderen, aber auch sie machte sich über seine Enthaltsamkeit lustig, die mittlerweile etwas von Jungfräulichkeit hatte. Offenbar hatte der verfluchte Anwalt der gesamten Menschheit erzählt, was er wie ein Beichtgeheimnis hätte hüten sollen. Schließlich war es kein Witz, sondern betraf das Leben eines verzweifelten Mandanten, verdammt noch mal. Zum Glück kündigte der Sprecher im Radio jetzt eine Verlosung an, und es wurde kein weiteres Lied mehr gespielt. »Was wird denn verlost?«, fragte Blanco einfältig, um die Situation zu retten. »Im Radio? Eine Wohnung in den neuen Wohntürmen, die nördlich von Los Colomos gebaut werden. Eine von tausenden.« »Wird viel gebaut?«Wieder lachte Estrella. »Puh! Irgendwann wird alles zugepflastert sein, bis zum Lago de Chapala.« Wenn sie lachte, schob sich ihre Zungenspitze zwischen die Lippen. Zuerst glaubte Blanco ihr nicht, aber als sie auf die Umgehungsstraße einbogen und gen Westen fuhren, sah Blanco die unzähligen Baukräne. Dutzende von T-förmigen Bauelementen waren rund um im Bau befindliche Häuser in unterschiedlichen Stadien der Fertigstellung aufeinandergetürmt. Häuser mit zwanzig oder dreißig Stockwerken, sehr viel höher als die, an die sich Blanco erinnerte. Hatten ihn die Größe und die Komplexität der während seines Gefängnisaufenthalts gebauten Straßen und Brücken schon überwältigt, so gewann er beim Anblick der vielen Kräne endgültig die Überzeugung, eine Zeitreise gemacht zu haben. Aber in der Zukunft, in der er jetzt, nach Jahren des Eingesperrtseins, angekommen war, gab es weder Aliens noch Roboter (grausam die einen, riesig die anderen). Nur leuchtende Werbeplakate, übereinandergelegte Fahrbahnen und Wohntürme. Und natürlich Baukräne. Dutzende von Baukränen. Und jede Menge Baugerüste. »Ich kenne die Straßen nicht mehr«, sagte er zu Estrella, als er bemerkte, dass die Anwältin ihm verstohlene Blicke zuwarf und sich über sein dümmliches Gesicht amüsierte. Blancos Verunsicherung wurde durch die Tatsache verstärkt, dass er dieselbe Kleidung trug, in der er fünfzehn Jahre zuvor ins Gefängnis gegangen war und die man ihm bei der Entlassung ausgehändigt hatte (er hatte die milchkaffeebraune Sträflingskleidung in einer winzigen Toilette, die die Bewegungsfreiheit einschränkte, in aller Eile gegen die Straßenkleidung eingetauscht). Jeans, T-Shirt, Baumwollpullover mit hochgeschlossenem Rollkragen. Schuhe und Strümpfe waren noch die aus dem Gefängnis. Zumindest das gab ihm etwas Sicherheit. »Du erkennst sie nicht wieder? Ich finde, alles sieht noch genauso aus. Älter geworden, aber nicht verändert. Wie wir.« Estrella sah auf das Display ihres Handys, anstatt sich auf die Straße zu konzentrieren, und Blanco hatte das Gefühl, dass sie jeden Moment von der Fahrbahn abkommen oder aus der Kurve fliegen könnten, ohne dass sie aufhören würde, SMS zu lesen und mit ihren spitz zugefeilten Fingernägeln, die Vogelkrallen glichen, aufs Display zu tippen.

Die Kanzlei von Piña & Partner hatte sich zu Beginn von Blancos Prozess im Penthouse eines Hochhauses in der Colonia Providencia befunden, war jedoch vor einiger Zeit in die Umgebung des

Country Clubs umgezogen. Der Architekt, der den neuen Sitz entworfen hatte, musste ein Erzfeind derjenigen Kollegen sein, die die Stadt mit rechteckigen Gebäuden zugebaut hatten, denn dieses hier war großzügig angelegt, niedrig und asymmetrisch und mit bunten Ziegelsteinen verkleidet. Das Ganze wirkte beinahe ländlich, insbesondere durch die Strebebalken, die langen Fenster mit Holzrahmen und Dutzende von Blumenbeeten. Es ähnelte eher einer Verkaufszentrale für eine Wohnanlage auf dem Land als einer Anwaltskanzlei. Einer Anlage wie Olinka zum Beispiel. Olinka. Ein widerspenstiges Wort, das wie ein Meteorit in Blancos Kopf einschlug und das er lieber nicht wiederholte.

Estrella war der zweite Platz in der Hierarchie des Parkplatzes zugewiesen, neben einem riesigen, etwas verkratzten schwarzen Van, den Piña vermutlich für seine beruflichen Verpflichtungen nutzte. »Soll ich meine Sachen aus dem Kofferraum holen?« Blanco hatte die Tür noch nicht geöffnet, noch nicht einen Fuß auf den Boden der Stadt gesetzt, die er eine Stunde lang durchs Wagenfenster bestaunt hatte, und wusste schon nicht mehr, was er tun sollte. Er wäre besser im Gefängnis geblieben, um auf das Schweinefilet in Salzkruste und die Getränke zu warten. Das war seine Meinung. Doch Estrellas Geplapper wiegte ihn wie die Wellen eines Sees und war das Einzige, an das er sich klammern konnte. »Wenn du willst, ja. Du musst mit raufkommen und die Papiere unterschreiben. Und wir machen am besten gleich ein Foto von dir, damit wir einen einfachen Ausweis für dich beantragen können, den Führerschein zum Beispiel. Mir ist die Aufgabe zugefallen, dich wieder in der Welt willkommen zu heißen.« Die Anwältin lächelte ihn an, was ihn beunruhigte und ihm zugleich wenigstens etwas Vertrauen einflößte, um die ersten Schritte zu tun. Sie machte ihre Arbeit gut, das musste man ihr lassen. Die Fahrstuhlwände waren mit Spiegeln verkleidet. Estrella überprüfte ihr Make-up und schien zufrieden. Blanco dagegen sah sein unrasiertes Gesicht und den kahl geschorenen Schädel eines Häftlings, fast wie der, den er als Kind gehabt hatte, für eine andere Frisur hatte das Geld seiner Mutter damals nicht gereicht. Sein Gesicht kam ihm in der realen Welt schlimmer vor als im Gefängnis. Die Casita mag zwar ein weniger tiefes Loch sein als die anderen, aber man verkommt darin genauso, dachte er. Der Empfangsraum der Kanzlei war groß, mit langen Fenstern und allen möglichen billigen Büromöbeln ausgestattet, die Blanco natürlich fürstlich vorkamen: zierliche Schreibtische, hübsche Karteischränke, Sessel aus imitiertem Leder, auf denen er sich am liebsten zusammengerollt hätte, um den Rest seines Lebens zu schlafen. Die meisten Angestellten der Kanzlei fanden die Möbel eintönig und von schlechter Qualität, aber sie befanden sich ja auch in einer anderen Situation als Blanco. Nie würden sie eine Matratze kennenlernen wie die, die im Gefängnis Blancos Rücken strapaziert hatte. Wegen der bevorstehenden Feiertage war die Kanzlei wie leer gefegt. Die Neonröhren waren ausgeschaltet, die Flure und Büros verlassen. Der Teppich verschluckte das Geräusch der Schritte. Nur eine Empfangsdame war zu sehen. Sie war dabei, ihren Weihnachtskorb mit den Überbleibseln der Geschenke zu füllen, die ihre Vorgesetzten den wichtigsten Mandanten der Kanzlei hatten zukommen lassen. Estrella stellte sich neben sie, und die junge Frau schreckte überrascht hoch. »Hast du mir alles auf den Schreibtisch gelegt, Martita?« »Ja, Frau Anwältin. Alles da.« »Irgendwelche Anrufe?« »Nur die, die ich Ihnen bereits genannt habe. Señor Piña hat sich nach Anaheim abgemeldet und ist nicht erreichbar.« Die Empfangsdame wandte sich wieder den Dosen und Flaschen zu, sie schien Blancos Anwesenheit nicht zu bemerken. »Danke, Martita. Wenn du damit fertig bist, kannst du gehen.« »Ja, Frau Anwältin.« Sie entfernten sich grußlos. Blanco hatte zu schwitzen begonnen. Warum, wusste er nicht. Wenigstens hatte die Empfangsdame keinen Witz über sein Sexualleben losgelassen. Uff! Atme, verdammt, atme, ermahnte er sich wieder.

Piñas Büro lag hinter einer doppelten Eichentür verschanzt. Estrella führte Blanco weiter zu einer schlichten Tür, hinter der sich ein einfaches Büro mit Rohrmöbeln, sich gleichenden Bildern und, in einer Ecke, einem Keramikkrug mit noch frischen Blumen befand. Auf dem Schreibtisch stand ein gerahmtes Foto. Die Frau darauf war ohne jeden Zweifel Estrella, wenn auch jünger und mit offenem Haar. Neben ihr ein blonder Mann mit Brille und zwei sorgfältig gekämmte Kinder. Alle hübsch. »Meine Familie«, sagte sie, als sie Blancos Blick bemerkte. Sie reichte ihm einen vergoldeten Kugelschreiber, schwer wie eine Eisenkugel, mit dem er die Dokumente unterschreiben sollte, die seine Freiheit besiegeln würden.

Gültige Ausweispapiere besaß er nicht mehr. Sie waren während seiner Haft abgelaufen, und es hatte keine Möglichkeit bestanden, vor seiner Entlassung neue zu beantragen. Estrella erklärte es noch einmal, obwohl Blanco es schon wusste. »Ein Bevollmächtigter kann deinen Führerschein erneuern, das muss fürs Erste reichen. Aber sieh mal, wie findest du das hier? Das ist wichtig für dich.« Was Blanco nämlich hatte, war Geld. Abgesehen von dem Bankkonto, auf das die Flores Monat für Monat das Geld überwiesen, von dem sein Aufenthalt in der Casita bezahlt wurde, hatte die Kanzlei dafür gesorgt, dass sein altes Konto aktiv blieb, indem sie hin und wieder eine kleine Summe abgehoben oder einbezahlt hatten, damit es nicht geschlossen oder von den Gebühren aufgefressen wurde. Estrella überreichte ihm eine Karte und einen Kontoauszug mit einer Summe, die ihm ein beruhigendes Gefühl gab. Genug, um zu überleben, bis die Flores ihrer Verpflichtung aus der Abmachung nachkamen, oder um auf einen Notgroschen zurückgreifen zu können, wenn es schlecht für ihn lief und er abhauen musste, dachte Blanco. »Ich glaube nicht, dass er den Führerschein vor Januar besorgen kann, nutz doch die Zeit, um auszuspannen. Du mietest dir ein Zimmer, mehr brauchst du im Moment nicht«, instruierte ihn die Anwältin. Blanco sagte zu allem Ja. Er sah sich die Dokumente an, die er unterschreiben sollte, und hoffte, dass ihm das dabei helfen würde, die Situation zu verdauen. Die Empfangsdame schaute durch die einen Spaltbreit geöffnete Tür herein. »Ich gehe dann jetzt, Frau Anwältin. Brauchen Sie noch etwas?« »Nein, Martita, nichts, mach's gut, und fröhliche Weihnachten.« »Fröhliche Weihnachten, Frau Anwältin«, erwiderte die junge Frau und ging hinaus, den randvollen Korb am Arm. Estrella schaute durch die Jalousien auf die Straße und tippte währenddessen etwas in ihr Handy. Sie wartete, bis der Wagen der jungen Frau auftauchte, langsam beschleunigte und davonfuhr. Dann ließ sie ein Kichern hören, das Blanco einen Stromstoß versetzte. »Möchtest du etwas trinken? Wir stoßen hier immer mit den Mandanten an, die entlassen worden sind.« Sie inspizierte den Inhalt ihres Weihnachtskorbs, der auf einem Tisch an der Wand stand. »Es gibt Weißwein, aber ich bin misstrauisch, es ist mexikanischer. Rotwein? Ein Gläschen, zum Durchatmen? Oder Champagner? Ich glaube, das ist jetzt das Richtige. Nicht teuer, das nicht, aber er tut's.«

Blanco war nie ein großer Trinker gewesen. Zu Schulzeiten hatte er Bier in Maßen getrunken und sich gelegentlich auch mal volllaufen lassen, aber nie systematisch oder obsessiv. Als er dann verheiratet war, hatte er sich von seinem Schwiegervater zu dem einen oder anderen edlen Tropfen einladen lassen. Man trank Tequila am Vormittag, Champagner zum Abendessen und Whisky, um den Abend ausklingen zu lassen. Und sonntags, nach dem Mittagessen im Familienkreis, einen Verdauungsschnaps. Aber selten über den Durst. Im Gefängnis hatte er nur getrunken, wenn man ihm etwas angeboten hatte, und nur ausnahmsweise. Zu Weihnachten, ja, da war der Alkohol in Strömen geflossen, was er als Teil des Festprogramms betrachtet hatte. Es hatte ihm geholfen, einen Zustand der Bewusstlosigkeit zu erreichen und für ein paar Stunden der verfluchten Schwermut zu entkommen. Er nahm Estrellas Angebot an. Sie holte zwei Champagnergläser aus einem Schrank und entkorkte mit bewundernswerter Professionalität die Flasche. Plopp. Kein Tropfen wurde verschüttet. Sie reichte ihm ein Glas, und sie prosteten sich zu. Blanco musste sich an den Gedanken, frei zu sein, erst noch gewöhnen. Das Gefängnis steckte ihm in den Knochen, so wie man das Wasser noch am Körper spürt, nachdem man stundenlang geschwommen ist: mit klopfendem Herzen und einer nicht zu definierenden Last. Er schaute flüchtig auf seine Hände. Ihm war, als träumte er. Während er seinen Namen unter Hunderte von Dokumenten setzte, erwischte er sich dabei, wie er seinen Champagner zügig trank. Die Anwältin hatte sich ihre Schuhe abgestreift, wie er feststellte, und ein Schauer lief ihm über den Rücken. Ihre Füße waren klein, die Nägel kurz und nicht lackiert, weiß, oval gefeilt, perfekt. Sie zündete sich eine Zigarette an und hielt Blanco verführerisch die Schachtel hin. »Zigarette, die erste in der Freiheit?« Sie rauchten, tranken weiter. Sie plünderten den Korb. Unangetastet blieb nur die Büchse mit Muscheln, die Estrella in einem Moment des Überschwangs dem Korb entnommen, dann aber zu öffnen vergessen hatte, weil sie lieber eine zweite Flasche Schaumwein öffnen wollte. Plopp. »Was wirst du jetzt machen?«, fragte sie, nachdem sie ihm das neu gefüllte Glas in die Hand gedrückt hatte. Dasselbe hatte Piña ihn vor Wochen gefragt, aber Blanco hatte nur halbe Antworten darauf. »Darf ich dir einen Rat geben?« Er nickte und senkte den Kopf. Er hatte gelernt, zu gehorchen und anderen zuzuhören und zu schweigen. Vielleicht war das seine einzige Tugend. »Wie gesagt«, lachte sie, »warte, bis du deinen Führerschein hast, und inzwischen mietest du dir ein Zimmer. Das ist es, was mir dazu einfällt. Du solltest Pläne machen. Piña meint, du wirst wichtige Entscheidungen treffen müssen. Das hat er dir ja bereits gesagt, glaube ich. Woandershin gehen. Nach Kalifornien oder so. Hast du darüber nachgedacht?« Sie zog die Augenbrauen hoch, um ihrer Frage Nachdruck zu verleihen, wie eine Comicfigur. Natürlich hatte Blanco sich einen Scheiß überlegt. Er schaute zu Boden. »Na ja, zum Schluss ist alles sehr schnell gegangen, aber vielleicht hilft dir das, oder? Vielleicht hast du das ja gebraucht, damit du darüber nachdenkst. Die Flores wissen noch nicht, dass du draußen bist, und ich glaube nicht, dass sie es vor Januar erfahren. Vielleicht bereitest du dich vor und gehst erst zu ihnen, wenn du dich sicherer fühlst. Das ist meine Meinung. Aber hör nicht auf mich.« Estrellas Gesicht war vom Alkohol gerötet, und Blanco fand sie umso sympathischer. Die Augen der Anwältin sprühten Funken, vor Begeisterung, konnte man meinen.

Die nächste Flasche, die sie öffneten, war ein Whisky mit dem Namen eines irischen Fußballers in pseudogotischer Schrift. Estrella legte stimmungsvolle Musik auf, eine endlose Abfolge von Gitarrenstücken. Eins davon erinnerte Blanco an die Musik eines Films, dessen Titel ihm im Moment nicht einfiel, obwohl er eine Sekunde lang geglaubt hatte, sich an ihn zu erinnern. *Gladiator*? Was war ein Gladiator? Seltsam, dass ihm das Wort jetzt in den Sinn kam, nachdem er es jahrelang vergessen hatte. Die Anwältin holte zwei dicke Kristallgläser aus dem Schrank und einen Kübel mit Eiswürfeln aus der Hausbar. Offenbar war sie bestens ausgestattet. Sie schaute auf ihr Handy und tippte ein paar SMS mit ihren spitzen Fingernägeln. Wie blitzende Juwelen, dachte Blanco. »Ein oder zwei Whiskys können wir uns noch gönnen, bevor ich zum Essen gehe. Ich möchte dich nämlich etwas fragen.« Sie stellte ihr Glas auf den Schreibtisch, stützte sich mit den Ellbogen auf und sah ihn mit ineinander verschränkten Fingern an. »Glaubst du, wir hätten mehr tun können? Für deinen Fall, meine ich. Entschuldige, dass ich dich das frage. Aber es geht darum, wie du unsere Arbeit beurteilst. Klar, wir haben dich verteidigt, aber das Urteil ... eine halbe Ewigkeit. Schlechter hätte es nicht laufen können.« Blanco wusste nicht, was er sagen sollte, so plötzlich, und fuhr sich mit der Hand übers Gesicht. Seiner Meinung nach hatte die Verantwortung für seinen Schutz und seine Freilassung immer bei den Flores gelegen, nie hatte er Piña und seinem Team die Schuld daran gegeben, dass der Prozess so schlecht ausgegangen war. Schließlich hatte er die Verantwortung für einen Steuerbetrug übernommen und dann war das Verschwinden mehrerer Personen bekannt geworden (das hatte die Presse ihm angehängt, obwohl Blanco bis heute nicht verstand, warum zum Henker man ihn mit einer Sache in Verbindung brachte, mit der er nichts zu tun hatte. Mit dem Betrug, letzten Endes, ja: Er war der Buchhalter der Baufirma. Aber das Verschwinden von Personen?). Schriftstücke mussten aufgesetzt, Beweise gesammelt werden, und man musste die Flores um Dokumente und schriftliche Erklärungen bitten, die sie anscheinend nicht rausrücken wollten. Und dann, drei Wochen vor der Urteilsverkündung, tauchte, leuchtend wie ein Komet, der Bericht einer Behörde der Gringos am Horizont auf: eine Liste mit den Namen von Firmen, die Geld vom organisierten Verbrechen erhielten, um es zu waschen. Dazu die Androhung von Strafen und die übliche Aufforderung an Mexiko, etwas dagegen zu unternehmen. Blanco hatte den Scheißbericht nie zu Gesicht bekommen, wusste aber, dass Guadalajara im Zentrum der Ermittlungen der Gringos stand und die verfluchte Baufirma seines Schwiegervaters auf der Liste auftauchte. Am selben Tag erfuhr Piña, dass der Prozess verloren war, und eilte sofort zu ihm. »Die Regierung will unbedingt vorweisen, dass sie etwas gegen die Strohmänner und Geldwäscher unternimmt«, sagte der Anwalt zu ihm und lockerte seine Krawatte. Er schwitzte, man sah

Schweißperlen auf Stirn und Oberlippe. »Sie werden die Sache mit den Verschwundenen unter den Teppich kehren, Yeyo, aber alles andere werden sie dir in die Schuhe schieben, verdammte Scheiße.« Und so geschah es. Die Staatsanwaltschaft hatte zehn Jahre für Blanco gefordert, aber als der Bericht herauskam, nahm anscheinend niemand daran Anstoß, dass das Urteil auf fünfzehn Jahre erhöht wurde. Fünfzehn Jahre bekam er. Fünfzehn verdammte Jahre hinter Gittern. Fünfzehn verlorene Jahre. Aber nein, er hatte keinen Moment lang geglaubt, dass Piñas Kanzlei schuld daran war. Das Gesetz dieser Stadt wurde von Bestechung, Druck und stillschweigenden Vereinbarungen bestimmt, nicht von Anstand und Moral. Und Piña war ein hervorragender Anwalt, aber kein Zauberer. »Ihr habt mir sehr geholfen«, sagte er schließlich zu Estrella, die ihn skeptisch ansah, was vielleicht bedeutete, dass sie bereits betrunken war. »Ihr habt mich nicht im Stich gelassen. Und ich habe mich immer gefreut, wenn du mich besucht hast«, fügte er überraschenderweise hinzu, um das häufige Erscheinen der Anwältin mit ihrem Lächeln und ihren langweiligen Papieren zu würdigen. Sie war geschmeichelt. »Na ja, du hast mich schon immer neugierig gemacht«, gestand sie ihm. »Weil dich niemand besucht hat.« Blanco nickte erneut, hilflos. Und sie genehmigten sich ein weiteres Gläschen.

Die Gewissheit, dass die Flores nichts von seiner Haftentlassung erfahren würden, solange er es nicht wollte, beruhigte ihn und ließ ihn unvorsichtig werden. Seit Jahren hatte er keinen Whisky mehr getrunken, und er spürte dasselbe Brennen im Mund wie damals, als er ihn zum ersten Mal probiert hatte. Er ließ die Eiswürfel klingen und biss unentschlossen in sein Glas. »Schmeckt er dir?« »Er ist stark«, antwortete er. Estrella fuhr sich mit der Zunge über die Mundwinkel. »Wenn ich frisch raus wäre wie du, würde ich die Flasche ganz alleine niedermachen.« »So verzweifelt bin ich nicht.

Vielleicht, weil ich nicht damit gerechnet habe, so schnell rauszukommen.« »Damit hat niemand gerechnet, ehrlich gesagt. Der Richter hat alles im Verborgenen erledigt, damit er im Januar nicht noch mal zurückkommen muss. Und er hat es prima hingekriegt. Niemand wusste davon.« »Zum Glück warst du ja da«, bemerkte Blanco. Sie lächelte. »Ich halte immer die Stellung, das weißt du doch. Immer, wenn Piña wegmuss.« Die Musik wurde leiser, und Blanco sah, dass die Anwältin die Angelegenheit mit dem Führerschein per Handy erledigt hatte. Das war auch so eine verrückte Sache. Die Welt hatte sich in Bezug auf tausend Kleinigkeiten verändert, die ihm, wenn sie ihm auffielen, ein Gefühl des Ausgeschlossenseins gaben. Die Veränderungen flogen ihm um die Ohren und entglitten ihm immer wieder. »Weißt du, was ich an deiner Stelle tun würde?« Estrella starrte in ihr Glas, während sie den letzten Schluck Whisky mit Kennermiene genoss. Sie hielt sogar das Glas gegen das Licht, um die Farbe des Whiskys zu bewundern. Für Blanco, der nichts von so edlen Getränken verstand, schmeckte er nach rostigem Wasser, aber es musste köstlich sein, das Gesöff. »Wenn ich gerade rausgekommen wäre, meine ich. Weißt du, was ich machen würde? Ich würde vögeln wie eine junge Ziege. Gleich im Auto. Sobald man mich rausgelassen hätte. Fünfzehn Jahre also? Wirklich?« Sie lächelte ihn an, ohne dass sich ein Muskel in ihrem Gesicht bewegte, und Blanco wusste nicht, ob es Mitleid oder Sarkasmus war. »Man gewöhnt sich dran«, nuschelte er. Estrella streckte die Hand aus. Berührte seine Finger.

»Ich tu das nicht mit allen, die entlassen werden«, sagte sie, so als müsse sie sich vor ihm rechtfertigen. Und als sie merkte, dass er ihr nicht zuhörte und kaum die Augen aufhalten konnte, so erschöpft, wie er war, fing sie an zu lachen. Sie lagen auf dem Teppich im Büro, beschienen vom Licht, das in Streifen durch die Jalousie auf sie fiel.

Blanco machte eine deprimierende Feststellung: »Das alles musstest du trinken, um in Fahrt zu kommen.« Und er wies mit unsicherem Zeigefinger auf die Flaschen. Estrella antwortete mit einer Schnute, halb sexy, halb obszön. »Natürlich nicht. Es ist wegen der fünfzehn Jahre. Ich war neugierig. Ist es schlecht, dieses Wort zu benutzen? Neugierig. Ich bin sehr neugierig. Du erweckst meine Neugier. Das hab ich dir schon gesagt, oder?«

Die Anwältin war so taktvoll, sich über Blancos Explosion nicht lustig zu machen. Gewaltig und fast bei der ersten Berührung. Und sie war ihm dankbar für seine Hartnäckigkeit, mit der er sie dann liebkost und geleckt hatte, vielleicht zwanzig Minuten lang, bis ihre Kräfte nachließen. Blanco zog es vor, die Tatsache nicht zu kommentieren, dass sie einer Schreibtischschublade einen langen Streifen Präservative entnommen hatte, der ihn an die Großpackungen Eis am Stiel erinnerte, die, als er Kind war, an Ampeln verkauft wurden (dreißig Stück für dreißig Pesos). Er behielt seine Meinung für sich, schluckte sie hinunter wie Spucke. Soll ihr Mann sich Gedanken darum machen, fiel ihm dazu ein. Oder, besser noch, niemand. Er spürte ein angenehmes Flattern im Magen, vielleicht das erste Gefühl von Freude nach fünfzehn Jahren. Estrella stand vom Boden auf. Sie öffnete eine halb verdeckte Seitentür und betrat ein Bad, das von einem grellen, bläulichen Licht erhellt wurde. Sie wusch sich Gesicht und Hände, gurgelte und spuckte das Wasser ins Waschbecken, wobei sie über die hochgezogene Augenbraue und den inquisitorischen Blick Blancos lachen musste. »Möchtest du einen Kaugummi? Du kannst dir auch noch einen Whisky einschenken. Nein, für mich nicht. Ich muss zum Familienessen.« Sie kam zu ihm zurück, hob ihre Unterwäsche auf und zog sich mit einer Natürlichkeit an, die den Ex-Häftling erstaunte. Der leichte Hüftschwung, mit dem sie ihren Slip überstreifte, machte ihn fast wieder geil. Als sie an ihm vorbeiging, streichelte er ihren Fußknöchel. Sie warf ihm eine Kusshand zu. »Die Kiste mit deinen Sachen kannst du hierlassen, wenn du willst, aber zum Schlafen musst du dir was anderes suchen. Hier kannst du nicht bleiben. Ich weiß nicht, ob einer der Assistenten in den Ferien herkommt, um irgendwelche Akten zu holen, die noch zu erledigen sind. Piña wäre nicht erfreut, wenn er erfahren würde, dass ich dich hier untergebracht habe.« Sie schien es jetzt eilig zu haben. Mit schlangenartigen Bewegungen schraubte sie die Whiskyflasche zu, stellte sie zurück in den Schrank und legte die leeren Champagnerflaschen in den Korb. »Los, ich trag deine Kiste, und du nimmst den Korb, der ist schwerer. Dabei haben wir ihn schon geplündert. Hier, dreh die Flasche um, dann merkt man es nicht. Gehen wir.« Estrellas Zielstrebigkeit war überwältigend. Zehn Minuten später waren sie draußen. Sie löschten alle Lichter des Empfangsraums, außer denen an einem blitzblanken Weihnachtsbäumchen aus Plastik, der ihnen zuzwinkerte, ohne auf eine Antwort hoffen zu können. Die verlassene Kanzlei ließ Blanco an die Leere denken, die in diesem Moment an so vielen anderen Orten herrschen musste: in Büros, Schulen, Häusern, deren Besitzer Urlaub machten. Gleichzeitig drängten sich Menschenmassen wie berauscht in Einkaufszentren, Restaurants, Bars. »Und wann kommst du aus dem Restaurant?«, wagte er zu fragen. Er hätte die Nacht gern mit Estrella verbracht. Doch sie war mit ihren Gedanken bereits woanders, weit weg. »Das Essen findet nicht im Restaurant statt, sondern bei meinen Schwiegereltern. Keine Ahnung, wie lange es dauern wird, vermutlich wird es spät werden. Die Cousins meiner Kinder kommen auch, kann sein, dass sie bis zum Morgen am Computer spielen.« Blanco verkniff sich weitere Fragen. Er brauchte und wünschte kein Familienbild. Für den Moment reichte ihm das leichte Zittern seiner Muskeln und Knie. Nachwirkungen des Orgasmus. Er atmete aus und beschleunigte seine Schritte, um Estrella einzuholen. Die

Ereignisse des Tages hatten ihn aus dem Gleichgewicht gebracht, und man konnte nicht sagen, dass er bereits damit begonnen hätte, sie zu verarbeiten. Die Anwältin stieß ihn sanft mit der Hüfte an. »Damit wären deine fünfzehn Jahre erst mal vorbei«, sagte sie zu ihm. »Die Jahre im Gefängnis und alles.« Sie beugte sich über den Korb und gab Blanco einen Kuss. Einen kurzen, aber verheißungsvollen Kuss. Sie betraten den Aufzug. Im Spiegel sah Blanco, dass er etwas weniger unglücklich aussah als beim Hinauffahren. Er hatte eine gesündere Gesichtsfarbe. Er fühlte sich weniger niedergeschlagen. Sie fuhren ins Untergeschoss. Die Anwältin blieb stehen. »Schau mal, ich hab eine Überraschung für dich. Heute war ein guter Tag, nicht wahr?« Sie schenkte ihm wieder ein schwaches Lächeln und forderte ihn auf, ihr zu folgen. Ganz hinten in der Tiefgarage stand ein Auto, das unter einem staubigen Schonbezug verborgen war. »Weißt du, was das ist? Dein Auto.« Blanco hatte es bereits ein paar Jahre besessen, als er verhaftet worden war. Irgendwann hatte er Piña die Schlüssel übergeben, erinnerte er sich nun, wahrscheinlich kurz bevor ihn die Polizeibeamten abgeholt hatten. In all den Jahren hatte er keine Minute an den Wagen gedacht. Alicia war auf sein Geld nicht angewiesen, und darum war der Verkauf seiner Besitztümer kein Thema gewesen. Bekommt man wieder, was man nicht verloren gibt? Darauf fiel ihm keine Antwort ein. Er fuhr mit dem Zeigefinger den Kofferraum entlang, über den Bezug, und war sich sicher, dass sein Finger schmutzig würde. Das war nicht der Fall. »Läuft er?« »Das nehme ich an. Die Schlüssel sind in dem Umschlag, in dem auch die Bankkarte steckt, die ich dir gegeben habe. In dem gelblichen. In deiner Kiste. Sieh mal, ob er anspringt. Wenn nicht, bring ich dich irgendwohin, wo du bleiben kannst, und du holst ihn morgen ab. Der Türcode von der Tiefgarage ist leicht zu merken: sieben-vier-sieben-eins. Kannst du das behalten?« Blanco stellte den Korb ab und zog heftig an dem

Schonbezug, der zu Boden glitt. Der Autolack war stumpf geworden, aber das Auto war unversehrt. »Wenn in den letzten fünfzehn Jahren niemand mit ihm gefahren ist, springt er vielleicht nicht an, die Batterie könnte leer sein, tot.« »Doch, natürlich ist er bewegt worden. Der Junge, der unsere Autos wäscht, ist einmal in der Woche mit ihm um den Block gefahren. Viel Benzin wird nicht im Tank sein, aber er springt bestimmt an. Willst du ihn jetzt gleich mitnehmen?« »Morgen.« Blanco wirkte unentschlossen. Er wollte nichts falsch machen. »Besser, ich fahre nicht, ich hab getrunken.«

»Ich etwa nicht?« Estrella drehte sich um, und Blanco folgte ihr wie betäubt. Ihm wurde wieder schwindlig.

Zuallererst fuhr ihn die Anwältin zu einem Supermarkt, damit er sich die Toilettensachen kaufen konnte, die er unbedingt benötigte. Sie riet ihm auch zu einer Reisetasche, denn es konnte gut sein, dass man an der Hotelrezeption misstrauisch wurde, wenn er mit einem Karton als einzigem Gepäckstück ankam. Blanco legte ein Paar Frotteebadeschlappen und einen Pyjama in den Einkaufswagen. Neue Kleidung würde er sich später besorgen, sagte er sich, aber er wollte sich nicht mit der Jeans ins Bett legen und nur in Unterhosen würde er frieren, fürchtete er. Unter Estrellas Anleitung holte er an einem Automaten Geld ab. Auch die Geldautomaten kamen ihm wie aus einem Science-Fiction-Film vor, obwohl sie sich nicht sehr von denen unterschieden, die er von früher kannte. Auf jeden Fall aber waren sie schneller. Außerdem boten sie jetzt unzählige weitere Möglichkeiten an, die das simple Geldabheben für Blanco kompliziert machten. Möchtest du ein obdachloses Kind unterstützen? Möchtest du deine Stromrechnung bezahlen? Möchtest du deine PIN-Nummer ändern? Er konnte kaum die Nummer behalten (die auf einem Zettel stand, den er dem gelblichen Umschlag entnommen hatte), ohne sie mit dem Code für die Tiefgarage zu verwechseln, den Estrella ihm verraten hatte. Nein, er wollte seine PIN-Nummer nicht ändern. Schließlich begleitete Estrella ihn zur Rezeption des Hotels, in dem die Kanzlei Mandanten unterbrachte, die Probleme hatten und Vorsichtsmaßnahmen treffen mussten. Frauen, deren Ehemänner drohten, ihnen die Zähne auszuschlagen, wenn sie die Scheidung verlangten. Männer, die sich gegen die Aussicht auf Strafminderung bereit erklärt hatten, mit der Polizei zusammenzuarbeiten. Solche Leute. Die junge Frau an der Rezeption, mit einer riesigen Brille auf der Nase und flink wie ein Wiesel, arbeitete schweigsam und effizient. Weder stellte sie irgendwelche Fragen, noch sah sie Blanco argwöhnisch an. Sie druckte den Meldezettel mit den Daten der Kanzlei aus, die bereits im System waren, und Estrella unterschrieb, wobei sie jedoch klarstellte, dass Blanco die Rechnung aus eigener Tasche bezahlen werde. Er nickte. Die Rezeptionistin händigte ihm den Schlüssel aus und nannte ihm den Zugangscode zum Internet, den er sofort wieder vergaß. Sie bemerkte es und schrieb den Code auf ein Kärtchen. Ich muss ja wie ein Idiot aussehen, dachte er entmutigt. »Gut, hier wohnst du jetzt also.« Um vor der Rezeptionistin den Schein zu wahren, küsste die Anwältin ihn nicht und verabschiedete sich betont kühl von ihm. Sie reichte ihm die Hand (ihre kleinen Finger, wie winzige Fischchen), und Blanco drückte sie, wobei er sich fragte, ob es sich bei dieser seriös wirkenden Geste um einen Witz handelte. Aber nein. »Schlafen Sie gut«, sagte sie verschmitzt, indem sie zum Sie zurückkehrte. »Ich mache ein paar Tage Urlaub, und in der Kanzlei wird niemand sein, aber für alle Fälle haben Sie meine Handynummer. Im Umschlag. In Ihrem Karton.« »Wann seh ich dich wieder?« Blanco durchschaute das Spielchen nicht und blieb beim Du. »Nächste Woche sind wir wieder im Büro. Gute Nacht.« Und sie entschwebte wie eine Fee. Die Rezeptionistin war bereits mit etwas anderem beschäftigt. Wie immer fiel es der Welt leicht, zu vergessen, dass Blanco auf ihr umherging.

Ein junger Page begleitete ihn aufs Zimmer, die Reisetasche über die Schulter gehängt. Noch verunsichert, weil sich die Anwältin zum ersten Mal, seit er in Freiheit war, nicht an seiner Seite befand, gab Blanco ihm die einzigen Münzen als Trinkgeld, die er bei sich hatte: das Wechselgeld aus dem Supermarkt. Das Gesicht des Jungen zeigte, dass es so gut wie nichts war. Zehn lächerliche Pesos waren ein Scheiß für ihn. Das war auch vor fünfzehn Jahren nicht gerade viel, hätte Blanco am liebsten gesagt. Als er allein im Zimmer war, atmete er erleichtert auf. Er richtete sich ein, wobei er sich Zeit ließ. Er befürchtete, nicht mehr zu wissen, wie man sich außerhalb einer Zelle benahm, doch nach einer Weile gewöhnte er sich an den Gedanken. Das Hotel war klein und nicht besonders elegant. Aber im Vergleich zur Casita war es luxuriös. Das Bett war so weich, dass Blanco lange nicht einschlafen konnte. Nicht das Stöhnen und Schnarchen des Dicken auf der oberen Pritsche begleiteten ihn nun, sondern die Geräusche des Hotels. Wie Luftblasen platzten sie in seinen Ohren: die gedämpften Schritte auf den Teppichen, das Geklapper des Wägelchens vom Zimmerservice, das Motorengeräusch der Autos auf der nahen Avenida, dessen Widerhall rauschte wie die Meeresbrandung. Er beschloss, dass er sich mit den beiden Wodkafläschchen in der Minibar aushelfen würde, um einen Zustand der Bewusstlosigkeit zu erreichen. Er träumte nicht.

Noch vor Tagesanbruch erwachte er. Seine Glieder waren ganz steif vom bequemen Liegen. Die alte Pritsche im Gefängnis hatte seinen Rücken ruiniert, und jetzt, verwöhnt von einem anständigen Bett, war sein Körper ihm dankbar dafür, dass er ohne die morgendlichen Schmerzen aufwachte. Blanco duschte so heiß, wie er es gerade noch ertragen konnte. Die Innenflächen seiner Hände waren verschrumpelt, die Fliesen des Bads beschlagen. Er rasierte sich vor einem Spiegel – zum ersten Mal seit fünfzehn Jahren vor einem ohne Flecken – und hörte nicht eher auf, bis sein Gesicht frei von jeder Bartstoppel war. In dem grellen Licht über dem Spiegel sah seine in all den Jahren malträtierte und ungepflegte Haut ledern aus wie die eines Schweins. Er beschloss, eine Gesichtscreme zu kaufen. Das Frühstück, das aus Joghurt, Müsli und Toastbrot bestand, war im Zimmerpreis inbegriffen, aber Blanco zog es vor, außerhalb zu frühstücken. Er fragte den Rezeptionisten der Morgenschicht nach einem Café in der Nähe, worüber sich der Mann, ein blasser Zwerg mit Affengesicht, zu wundern schien. »Haben Sie schon unser Frühstücksbüfett gesehen?« Er fragte es zwei Mal, dann gab er auf. »Hier gleich rechts die Straße runter, an der Ecke, da gibt es mehrere kleine Cafés, irgendeins wird schon geöffnet haben«, informierte er ihn. Es war Freitag, und auf der Straße herrschte reges Treiben: Passanten, Autos, Geschäfte, aus denen in voller Lautstärke Musik dröhnte. Die Texte der Songs handelten alle mehr oder weniger vom selben. Arsch, Süße, beweg dich, bist du so weit. Mitten auf dem Bürgersteig hielt ihn ein Junge an, um ihm eine Broschüre in die Hand zu drücken, die für ein neu errichtetes Apartmenthaus in einer Straße warb, deren Name Blanco völlig unbekannt war. Guadalajara, die hungrige Bakterie, wuchs von Minute zu Minute, und wenn man den Blick hob, sah man überall Baustellen, die die Sicht auf den Horizont verstellten. Rhythmisches Hämmern war zu hören. Eine Stadt der Baukräne. Auf einer menschenleeren Terrasse trank er Kaffee und aß süßes Brot dazu. Er fühlte sich so glücklich und zufrieden, dass er ein übertrieben hohes Trinkgeld gab. Die Kellnerin, ein junges Mädchen, glaubte wohl, der Gast wolle sie anmachen, denn sie bedankte sich nicht. Blanco entfernte sich leicht schwankend. Ohne zu überlegen, holte er sich

Geld aus einem Automaten (»Möchtest du ein obdachloses Kind unterstützen?«), hielt ein Taxi an und ließ sich zur Kanzlei Piña & Partner fahren. Er gab den Code der Tiefgarage ein. Sein Wagen stand noch da. Der Schutzbezug lag unordentlich darüber, so wie ihn Blanco tags zuvor hinterlassen hatte. Ohne Eile stieg er ein. Er hatte jahrelang nicht mehr hinter einem Steuer gesessen, aber so etwas verlernt man nicht, heißt es. Der abgestandene Geruch im Innern des Wagens erinnerte ihn ans Gefängnis. Er kurbelte das Seitenfenster herunter, rief sich die Funktionen der Knöpfe und Hebel in Erinnerung. Man muss einfach nur probieren, sagte er sich, einfach nur machen. Autofahren ist so einfach, dass jeder Taxifahrer es beherrscht. Er startete den Motor, der problemlos ansprang, und nachdem er ihn zwei oder drei Mal abgewürgt hatte, wagte er sich auf die Straße. Seine Hände zitterten, aber er bekam sich unter Kontrolle. Kaum war er draußen, hielt er wieder an, um das Tor der Tiefgarage zu schließen. Er wollte nicht riskieren, dass in der Kanzlei eingebrochen wurde, weil er das Tor offen stehen gelassen hatte. Er steuerte die erstbeste Tankstelle an und verlangte eine Generalinspektion, eine Außenwäsche und eine Tankfüllung mit dem teuersten Benzin. Der Tankwart sah ihn unfreundlich an. Ihm waren Kunden lieber, die tankten und sofort wieder abhauten. Blanco vertrieb sich die Zeit, indem er einen weiteren Kaffee im Selfservice der Tankstelle trank und Zeitschriften durchblätterte, die voll waren von halb nackten Frauen, berühmten Stars und Sternchen, die er nicht kannte. Alle erschienen ihm attraktiv, doch er hasste sich für seine Geilheit und kaufte keine der Zeitschriften. Er lächelte das Mädchen an der Kasse an, es lächelte nicht zurück. Alle Frauen scheinen in mir den entlassenen Häftling zu erkennen, deshalb gefalle ich ihnen nicht, mutmaßte er. Langsam wie ein Anfänger, der er ja auch wieder war, fuhr er durch unbelebte Seitenstraßen, die großen Avenidas flößten ihm Angst ein. Um auf den Parkplatz eines Einkaufszentrums zu gelangen, musste er eine sechsspurige Straße überqueren, und er tat es so zögerlich, dass sein Manöver von einem Hupkonzert begleitet wurde. Seine Unsicherheit demütigte ihn. Er stellte den Wagen im Schatten eines Ficusbaums ab, und als er ausstieg, vergewisserte er sich drei Mal, dass er die Wagentür abgeschlossen hatte. Es war ihm nicht klar, dass niemand eine so alte Karre wie die seine klauen würde.

Im größten Kaufhaus am Platz brodelte es vor Aktivität, und die stimulierende Musik aus den Lautsprechern trieb die Kunden zur Eile an. Wie aufgescheuchte Hühner flatterten sie von den Kleiderständern zu den Kassen. Man musste aufpassen, dass man sich nicht gegenseitig auf die Füße trat. Geleitet von Werbeplakaten, von denen ihn sehr gepflegte Männer anlächelten, die Hände auf den Hüften, gelangte Blanco in die Herrenabteilung. Trotz der vielen Kunden nahm er sich die Zeit, zwischen den Verkäufern auszuwählen. Einer schien ihm besonders versiert, doch seine Stimme war ihm zu schrill und zu übertrieben freundlich, und so entschied Blanco mit schlechtem Gewissen, dass er ihn unsympathisch fand und nicht von ihm bedient werden wollte. Er wartete, bis eine Kollegin, eine schlanke, ernste junge Frau, frei war. Währenddessen sah er sich die reduzierten Unterhosen und Strümpfe an, die auf einem seitlichen Verkaufstisch angeboten wurden. Als die Verkäuferin endlich frei war, zögerte sie ein paar Sekunden, bevor sie zu ihm kam, als müsste sie sich erst sammeln. Dann hieß sie ihn im Namen des Kaufhauses willkommen und zeigte ihm mit geschäftig eng geschnittene Hemden und Hosen in grellen Farben, die Blanco nicht gefielen. Und schmale, spitze Schuhe, die ihn an die erinnerten, die eine Professorin seiner ehemaligen Fakultät, genannt »die Nonne«, getragen hatte. Und auch Pullover in Farben, die ihn an das Sortiment von Fruchtsäften am Frühstücksbüfett des Hotels denken ließen. Die Verkäuferin schien sich über die skeptische Miene des Kunden zu ärgern (bestimmt kassierte sie eine Provision für jedes verkaufte Teil), doch schließlich begriff sie. »Sie tragen diese Art Kleidung nicht, Ihr Stil ist eher konventionell«, stellte sie beinahe vorwurfsvoll fest. Am Ende verkaufte sie ihm Unterhosen und Strümpfe (eine Scheißprovision, ehrlich gesagt) und schickte ihn in ein anderes Kaufhaus auf der gegenüberliegenden Seite des Platzes. Dort werde er die Kleidung finden, die seinem antiquierten Geschmack entspräche. Ganz so drückte sie es nicht aus, doch ihre Meinung kam deutlich zum Ausdruck. Er war zweifelsohne alt geworden.

Er fing an, sich die Leute in seiner Umgebung genauer anzusehen. Die Männer, die ihm entgegenkamen, trugen die gleiche enge Kleidung, die er soeben abgelehnt hatte, und die schmalen, spitzen Schuhe und die Pullover, die einem Papagei gut gestanden hätten. Und sie starrten wie blöd auf das Display ihrer Handys. Einige, die Jüngsten, hatten riesige flache Schirmkappen auf dem Kopf, die in nichts der Vorstellung entsprachen, die Blanco von einer Kopfbedeckung hatte, nämlich der einer runden Kappe von normaler Größe. Der Laden für ältere Herrschaften würde ihn gut bedienen, beruhigte er sich. Und so war es auch. Er fand die stumpfen Schnürschuhe, die braven Hosen und die schlichten Pullover mit rundem Halsausschnitt, die er suchte, und kaufte eine Sportjacke und einen Mantel aus grobem Wollstoff. Auf dem Weg hinaus kam er an einem Verkaufstisch mit Sportbekleidung vorbei. Seit Jahren hatte er kein Fußball mehr gespielt, obwohl es in seiner Jugend eine seiner Leidenschaften gewesen war. Er kaufte gleich ein paar Trikots und Hosen, die am wenigsten bunten, die er fand. Die Sneakers, die angeboten wurden, fand er alle abscheulich. Mit ihren Verzierungen sahen sie aus wie von Außerirdischen. Also entschied er sich für schwarze Ledersneakers, ohne weiteren Schmuck als den Markennamen des Herstellers (zu auffallend für seinen Geschmack, aber gewisse Zugeständnisse musste man machen). Nie zuvor hatte er so bewusst Kleidung gekauft. Als er klein war, hatte er das getragen, was seine Mutter sich leisten konnte und das so gewöhnlich und schäbig gewesen war, dass er immer ausgesehen hatte, als hätte er es von seinem (nicht vorhandenen) älteren Bruder geerbt. Als Erwachsener, an der Universität, hatte er unauffällige, strapazierfähige Kleidung bevorzugt. Und als er verheiratet war, hatte Alicia für ihn die Kleidung ausgesucht, obwohl Blanco mit ihrer Wahl nicht immer einverstanden gewesen war und er die Sachen nicht getragen hatte: ein senffarbener Pullover, zum Beispiel, oder ein kurzärmeliges Hemd in Cocktailfarben. Als Blanco schließlich das Kaufhaus verließ, fühlte er sich müde, durstig, erschöpft vom Übermaß an Freiheit. Die Gesichter von Tausenden von Kaufwilligen kämpften darum, sich einen Weg über seine Netzhaut in sein Hirn zu bahnen. Er setzte sich auf eine Holzbank, umgeben von Einkaufstüten. Das Plätschern eines nahen Brunnens schläferte ihn ein, statt ihn zu beleben. Langsam kam er wieder zu Atem. Er musste lächeln angesichts der Tatsache, dass er möglicherweise ein zum Tode Verurteilter war – falls die Flores denn tatsächlich beschlossen hatten, ihn zu beseitigen, wie Piña, Estrella und der verdammte Comandante vermuteten – und er seinen ersten freien Vormittag, der vielleicht einer seiner letzten war, damit vergeudet hatte, sich neu einzukleiden.

Bevor er zurück ins Hotel fuhr, beschloss er, sich eines dieser neuen Handys zu besorgen, eines, wie es auch seine Anwältin besaß. In einer weniger belebten Gasse stieß er auf einen kleinen Laden und betrat ihn. Die Verkäuferin kam ihm wunderschön vor: dunkel glänzende Haut, lange schwarze Haare. Nicht vergleichbar mit den überdünnen Frauen mit ihren operierten Nasen, die wie Kolibrischnäbel aussahen, all diese Frauen, die mit ihren Taschen und Buggys und ihrer Arroganz das Straßenbild bestimmten. So hübsch fand er das Mädchen, dass er den Blick senken musste, während es ihm die Funktionsweise des Telefons erklärte. Aber auch dieses Mädchen schien kein Interesse an ihm zu haben. Wie hätte er ihr es auch verdenken können. Blanco war vielleicht als junger Mann hübsch gewesen, jetzt aber hatte er graue Haare, war schlecht gekleidet und sein Haarschnitt sah so billig aus, dass es schwerfiel, den Preis zu schätzen. Tatsächlich hatte der Friseur des städtischen Gefängnisses ihm die Haare aus Gefälligkeit gratis geschnitten. Da Blanco keine Ausweispapiere besaß, musste er ein Handy mit Prepaidkarte kaufen, die er immer wieder würde aufladen müssen. Er fand das nicht so schlimm. Wahrscheinlich hält mein Interesse sowieso nicht lange an, sagte er sich. Ihm war klar, dass er wohl langsam mal damit beginnen musste, sich ernsthaft Sorgen darüber zu machen, dass er mit dem Tod bedroht wurde. Doch im Moment schien es absurd, seine Umgebung nach verdächtigen Gesichtern und Bewegungen absuchen zu wollen: Es waren zu viele Menschen unterwegs.

Er fuhr ins Hotel zurück und rief, nachdem er ein zweites Mal geduscht hatte, Estrella an, wobei er wie ein Rockstar auf dem Bett lag. Sie war sehr beschäftigt und hörte ihm kaum zu, als er ihr von seinen Einkäufen erzählte. »Die Kinder sind zu Hause, gleich gehen wir Geschenke kaufen. Mein Mann bringt unsere Neffen heim, sie haben bei uns übernachtet. Bis drei oder vier Uhr morgens hatten wir hier nichts als Maschinengewehrgeknatter und Schreie verbrannter Zombies. Videospiele, ja. Der reine Horror.« Es war klar, dass sie sich erst nach den Feiertagen treffen konnten, wie sie ihm schon am Abend zuvor gesagt hatte. Vielleicht in der nächsten Woche. »Ich hab den Wagen abgeholt, sag dem Jungen Bescheid, der eure Autos wäscht«, bat Blanco schließlich. »Keine Sorge, er hat Urlaub«, antwortete die Anwältin. »Ist das deine Telefonnummer? Ich speichere sie ab. Gleich schicke ich dir eine SMS. Ich muss jetzt los.« Nachdem er eine Weile herumgelungert hatte, beschloss er, sich wieder auf die Straße zu wagen. Was, zum Teufel, würde es bringen, sich im Hotelzimmer einzuschließen, so als säße er noch immer in seiner Zelle? Er zog sich die neuen Klamotten an, die zwar nicht besonders teuer waren, sich aber auf seiner Haut gut anfühlten, und schlüpfte in die schwarzen Sneakers, die bequemsten Schuhe seiner kleinen Sammlung. Als er aus dem Fahrstuhl trat, vibrierte sein neues Handy in der Hosentasche. Eine SMS von Estrella. Er brauchte ein paar Minuten, bis er begriff, wo er das Display berühren musste, um sie zu lesen. Die Anwältin schickte ihm das Lächeln einer Comicfigur und ein dunkles, verschwommenes Foto von etwas, das Blanco nach eingehender Betrachtung schließlich als ihre Brüste identifizierte. Der ehemalige Häftling blieb eine Zeit lang vor der Fahrstuhltür stehen, um sie sich anzusehen. Die Welt hatte sich ohne jeden Zweifel verändert.

Er parkte den Wagen an einer Straßenecke unter einem Baum. Die Straße, in der seine Schwester wohnte, war dank der sie umgebenden Parks vom Lärm der Avenidas abgeschirmt. Das Viertel hatte den hochherrschaftlichen Namen »Regency Park«. Es war wohlhabend und ruhig: ein elegantes Viertel. Natürlich würde Blanco nicht willkommen sein, aber er hielt es für nötig, sich darüber hinwegzusetzen, jetzt, da er in Freiheit war. Der Rücken tat ihm so weh, als hätte er sich gerade erst von der verfluchten Pritsche im Gefängnis erhoben. Er war nervös und brauchte eine Weile – die Zeit für zwei Zigaretten –, um Mut zu fassen und aus dem Auto auszusteigen. Die lange verdrängten Erinnerungen kamen an die Oberfläche wie Eidechsen, die sich nach der Sonne sehnen. Sein Verhältnis zur Familie war seit seiner Kindheit gestört. Seine Mutter hatte eine ältere Tochter, Anita, aus erster Ehe, die gescheitert war. Die beiden Frauen waren Blancos irdische Autoritäten gewesen, exakt bis zu dem Tag, an dem er Carlos Flores kennengelernt hatte, der zuerst sein Nachbar gewesen war, dann sein Chef und schließlich sein Schwiegervater wurde. Vom Tag der symbolischen Adoption an verloren die Frauen ihre Macht über ihn. Und sie wussten es und reagierten so böse darauf, dass sie, als Blanco die Beziehung mit Alicia einging, der gesamten Familie Flores mit kühlem, entschiedenem Hass begegneten. Seine Mutter war während Blancos erstem Jahr im Gefängnis gestorben. Wie viele andere Frauen, die auf sich selbst gestellt sind, hatte sie ihr Leben der Erziehung ihrer Kinder geopfert und war keine neue Bindung eingegangen, nachdem sie ihren zweiten Mann durch einen Autounfall verloren hatte, als Blanco vier Jahre alt gewesen war. Sie war eine wenig liebevolle Mutter, und das wurde mit den Jahren nicht besser. Doch war schon Blancos Verhältnis zu ihr nicht glücklich gewesen, so war das zu Anita, seiner Stiefschwester, noch sehr viel schlechter. Er brauchte lange, um die Entfernung vom Auto zu ihrem Haus zurückzulegen, so unentschlossen war er. Zu dieser späten Stunde waren hier nur zwei Hausangestellte unterwegs, die es sehr eilig hatten, sowie ein Nachbar, der seine langhaarigen Hunde spazieren führte. Obwohl er aus Angst, abgewiesen zu werden, seinen Besuch nicht angekündigt hatte, war er sich sicher, dass seine Schwester zu Hause war. Erstens, weil der riesige weiße Van in der Garage ganz nach ihr aussah. Zweitens, weil er sich nicht vorstellen konnte, dass Anita am Tag vor Weihnachten allein in einem Büro saß, denn sie hielt sich für zu wichtig, als dass sie sich dazu hergeben würde, an einem freien Tag die Stellung zu halten. Seine Mutter hatte ihm keine Szene gemacht, als er eines Abends bei ihr erschien, um ihr mitzuteilen, dass er ins Gefängnis gehen werde und man nichts daran ändern könne: Die Situation erfordere es, dass ein Mitglied des Flores-Clans in den Knast gehe, und ihn habe man dazu ausersehen. Sie zeigte auch dann keinerlei Reaktion, als Blanco ihr versicherte, dass er unschuldig sei, dass er nichts mit Kriminellen zu tun habe, wie der Bericht der Gringos behaupte, auch nicht mit dem Verschwinden von Personen, mit dem die Presse ihn fertigmache, und der Steuerhinterziehung, derer man ihn beschuldige. Das alles sei die Schuld von Carlos Flores. Wir glaubten, die Bilanzen wären sauber, aber das war nicht der Fall, sagte er zu ihr. Seine Mutter sah ihn voller Verachtung an, so als hätte sich eine Prophezeiung erfüllt. Es hatte den Anschein, als würde die Nachricht, dass ihr Sohn ins Gefängnis gehen werde, sie nicht umbringen. Doch genau das passierte. Blanco zündete sich die dritte Zigarette an, ohne sich entschließen zu können, das Gittertor des Anwesens zu durchschreiten. Anita war eines Abends zum ersten und letzten Mal im Gefängnis erschienen, um ihm mitzuteilen, dass seine Mutter gestorben war. Sie sei nicht ans Telefon gegangen, und man habe das Schloss der Wohnungstür aufbrechen müssen, weil sie auch nicht auf das Klingeln reagiert habe. »Ich musste dir ja Bescheid geben«, fügte sie hinzu, hinterhältig wie ein Aasgeier, »und ich möchte dir sagen, dass du die Ursache für ihren Tod bist.« Anita hatte sie in der Küche gefunden, auf dem Rücken liegend, mit weit aufgerissenen Augen und schmerzverzerrtem Gesicht. Das Herz, hatte der Arzt gesagt. Blanco saß wie vom Donner gerührt an dem Aluminiumtisch, schloss die Augen und ballte die Fäuste. Dann stand er auf und ging hinaus. Seine Schwester war ihm immer ein Rätsel gewesen. Sie waren nicht zusammen aufgewachsen, Anita war die Tochter eines anderen Mannes und viel älter. Und als ihre Mutter wieder geheiratet hatte, hatte sie sie zu Verwandten in die Hauptstadt gegeben, denn das Mädchen hatte einen schwierigen Charakter und lehnte es ab, mit einem anderen Mann zusammenzuwohnen. Die Verwandten kümmerten sich um sie, bis sie ihr Examen in Handelsrecht ablegte. Am Institut lernte sie Piña kennen, doch welcher Art ihre Beziehung auch gewesen sein mochte, am Ende heiratete sie einen gewissen Moncada, den man ihr auf einer Party vorgestellt hatte. Blanco drückte die Zigarette aus. Wie ein Feigling war er einmal um den Block gegangen und näherte sich nun zögernd seinem Ziel. Er ließ seine Finger an den Gitterzäunen der Häuser entlanggleiten, wie es Kinder tun. In der Hauptstadt war es Anita und ihrem Mann finanziell schlecht gegangen, und nach ein paar Jahren waren sie nach Guadalajara gezogen, weil man ihr eine Arbeit in der Rechtsabteilung einer Abfüllfabrik angeboten hatte. Moncada gab Fortbildungskurse, die weder häufig stattfanden noch gut bezahlt waren, ihn jedoch weniger spüren ließen, dass es seine Frau war, die das Geld nach Hause brachte. Blanco öffnete das Gittertor und stand vor der geschmackvollen Fassade des Hauses. Jeder Ziegelstein von Schmutz befreit, die Betonflächen cremefarben angestrichen. Anita hatte ihn nie als ihren Bruder betrachtet. Die Abneigung, die manche älteren Geschwister für die jüngeren hegen, wurde noch durch die Tatsache verstärkt, dass sie verschiedene Väter hatten. Darüber hinaus glaubte Anita, dass Yeyo eine Last für die Mutter gewesen war. Sie hasste ihn. Sie kam nicht mal zu seiner Hochzeit mit Alicia, die sie mit Verachtung strafte, obwohl sie allem Anschein nach eine hervorragende Partie war … Wie jemand, der ins kalte Wasser springt, drückte Blanco auf die Klingel. »Ich wusste, dass sie dich bescheißen würden, diese Leute haben dich immer von oben herab behandelt, wie einen Angestellten.« Das hatte Anita zu ihm gesagt, als er sie eines Abends angerufen hatte, um sie zu bitten, ihm einen Kollegen zu empfehlen, der auf Strafrecht spezialisiert war. Carlos Flores hatte ihm noch immer niemanden besorgt, der ihn vor Gericht vertreten würde. »Es ist nicht einfach, jemanden zu finden, der einen verlorenen Fall übernimmt«, hatte er gesagt. »Wir haben mit den besten Anwälten der Stadt gesprochen, aber niemand hat sich bereit erklärt.« Blanco war verzweifelt. Und Anita, vielleicht gnädig gestimmt, schickte ihn zu ihrem Freund Piña, in der Hoffnung, dass der ihn irgendwie vor dem Gefängnis würde bewahren können. Piña tat, was er konnte, aber er schaffte es nicht. Gegen die Abmachung mit Carlos Flores kamen sie beide nicht an.

Seine Schwester erschien in der Tür, unter der Weihnachtsgirlande, und sah ihn an wie eine Hausfrau, die im Kittel von einem Staubsaugervertreter überrascht wird. Doch bevor der übliche Ausdruck des Abscheus ihr Gesicht beherrschen konnte, blieb ihr vor Erstaunen der Mund offen stehen. Blanco musste zugeben, dass es ihm Spaß machte, sie auf dem falschen Fuß zu erwischen. Wortlos ließ sie ihn eintreten. Ihr Hirn muss auf Hochtouren arbeiten, dachte Blanco. Moncada saß im Wohnzimmer auf dem Sofa, neben dem geschmückten Baum, Zeitung lesend, in warmer Kleidung, vor sich eine Tasse Kaffee. Der Mann wusste nicht, wie er sich verhalten sollte, als Anita Blanco hereinbat und ihn aufforderte, in dem kleinsten Sessel, dem neben dem Kamin, Platz zu nehmen. »Yeyo? Solltest du nicht erst Anfang nächsten Jahres rauskommen?«, brachte Moncada hervor, ehe der Blick seiner Frau ihm bedeutete, dass es besser sei, die Zeitungslektüre in der Küche fortzusetzen, oder noch weiter weg, im oberen Stockwerk zum Beispiel. Physisch ähnelte Anita mehr der Familie ihres Vaters. Von meiner Mutter hat sie überhaupt nichts, dachte Blanco. Seine Stiefschwester hatte sanfte, aber etwas grobe Gesichtszüge und schwarze Haare. Obwohl sie bereits über fünfzig sein musste, war sie noch eine stattliche und hübsche Frau mit einem faszinierenden Busen, breiten Hüften und, aufgrund ausgedehnter Wanderungen und regelmäßiger Gymnastik, wohlgeformten Beinen. Doch zu Hause, ohne Make-up, verlor sie ihre professionelle Seriosität. »Octavio hat gesagt, dass du bald rauskommst, aber ich wusste nicht, dass es so schnell gehen würde«, war das Erste, was ihr einfiel. Octavio, das war Piña. Für Blanco klang es seltsam, dass ihn jemand bei seinem

Vornamen nannte. Anita zündete sich eine Zigarette an (ihm bot sie keine an) und betrachtete ihre kurz geschnittenen und rot lackierten Fingernägel. Geduldig, so als könnte er auf ein ruhiges, geschwisterliches Gespräch hoffen, erzählte Blanco vom Bandscheibenschaden des Richters, von der Operation, der Entscheidung, die für Januar anstehenden Fälle vorzuziehen. Sie zeigte wenig Interesse. »Und was hast du jetzt vor?«, unterbrach sie ihn unwirsch, hastig, als sich ihre Überraschung gelegt zu haben schien und sie sich bewusst wurde, dass der Mann in dem Mantel, der hier in ihrem Wohnzimmer saß, Yeyo war, ihr Bruder, Yeyo, der Verhasste. »Octavio sagt, dass die Flores dich umbringen werden. Dass du fortgehen solltest. Der Meinung bin ich auch. Auch wenn sie dich nicht umbringen. Hau ab.« Es sollte grausam klingen, aber Blanco fand die Kraft – vielleicht weil niemand sie bei ihm vermutete –, sich darüber lustig zu machen. »Und wie soll ich das anstellen, wenn sie mich umgebracht haben?« »Tja.« Anita zuckte mit den Achseln. Sie hatte noch nie Sinn für Humor gehabt. Blanco hätte sich gefreut, wenn sie ihm einen Kaffee angeboten oder wenigstens etwas Mitleid gezeigt hätte, doch das war nicht der Fall. Es war klar, dass sie nichts anderes wollte, als dass er aus ihrem Haus und, wenn möglich, aus ihrer Welt verschwand. Schließlich stellte er klar: »Ich bin nur gekommen, um dir zu sagen, dass ich frei bin und zu den Flores gehen werde, um von ihnen das einzufordern, was sie mir schulden. Du musst dir keine Sorgen machen, auch wenn Piña den Teufel an die Wand malt. Sie werden mir nichts tun. Es gibt eine Abmachung. Eine Vereinbarung.« »Ja?« Anita blies ihm den Zigarettenrauch ins Gesicht, und Blanco musste die Augen schließen. »Nun, Octavio sagt etwas anderes. Und ihm glaube ich. Du wirst ja wissen, was du tust. Seit fünfzehn Jahren bin ich bereit für die Totenwache.« Der Satz klang so aufgesetzt, dass Blanco wieder lächeln musste. »Nicht mal für meine Mutter hast du eine organisiert. Sie ist morgens gestorben, und am Abend hast du sie verbrennen lassen.« Seine Schwester leckte sich mit einem Anflug schlechten Gewissens über die Lippen. Sie spuckte einen unsichtbaren Krümel aus, als hätte sie einen Essensrest zwischen den Zähnen hervorgepult. »Eine Totenwache? Wer wäre denn gekommen? Die von ihrer Arbeit haben einen Kranz mit Rosen geschickt. Meine Kinder waren in der Schule. Du hast ja keine Ahnung, was es heißt, sich um alles kümmern zu müssen.« Sie sah Blanco mit unverhohlenem Hass an. »Das Einzige, was du kannst, ist, alles zu vermasseln und dann um Hilfe zu bitten.« Blanco bemühte sich, gelassen zu bleiben. »Aber was hast du denn gemacht? In den fünfzehn Jahren hast du mich ein einziges Mal besucht, und das nur, um mir mitzuteilen, dass Mama gestorben ist. Was, zum Teufel, schulde ich dir? Dass du mir einen Anwalt besorgt hast, dem du vermutlich den Schwanz gelutscht hast?« Zum ersten Mal an diesem Morgen lächelte Anita. Sie ist wirklich eine hübsche Frau, dachte ihr Bruder anerkennend. Wütend drückte sie ihre Zigarette im Aschenbecher aus, und Blanco beschloss, auf diesem Punkt herumzureiten. »Stimmt doch, oder? Ab und zu bläst du ihm einen, und deswegen seid ihr Freunde.« Anita musste sich offensichtlich beherrschen, um nicht mit den Fäusten auf ihn loszugehen. Und Blanco wusste, dass diese lächerliche Szene das Ende ihrer Beziehung bedeuten würde. In Zukunft würden sie füreinander gestorben sein. So viel Feindschaft, so viel Distanz, und keine Besserung in Sicht. Wer sollte sie herbeiführen? Und warum? Wenn die Geschichte der Menschheit, wie man ihnen im Katechismusunterricht beigebracht hatte, damit begonnen hatte, dass Kain seinen Bruder mit einem Kieferknochen erschlagen hatte, was konnte man da erwarten? Anita stand auf. Eine Ader ließ ihre Stirn anschwellen, und in ihren Augen pochten rote Äderchen. Sie überschüttete Blanco nicht mit Beleidigungen, wie er erwartet hatte. »Ich habe mit deinen Angelegenheiten nichts zu schaffen«, erwiderte sie schließlich. »Und wenn du jetzt fertig bist, geh zum Teufel.« Blanco hätte gerne noch etwas gesagt, kam jedoch ihrer Aufforderung nach und verließ eilig und mit jedem Schritt leichter das Haus.

Während er in einem japanischen Restaurant darauf wartete, dass man ihm das Essen servierte, rief er zwei Mal Estrella an. Als Antwort erhielt er lediglich das verschwommene Foto von zwei Beinen, oberhalb derer das weiße Dreieck des Slips zu erahnen war. Um das zu erkennen, musste er sein Handy drehen. Im Grunde war er ihr dankbar für die Geste. Er hatte sich zuvor nicht vorstellen können, einen Dialog mit jemandem zu führen, der ihm unanständige Bilder schickte. Das Hotel befand sich zwei Straßen weiter, er hatte den Wagen abgestellt und beschloss, sich zu betrinken. Aber in dem Restaurant bekam man nur Bier und Sake, einen klaren Schnaps, den er nicht kannte und der ihn nicht in Versuchung führte. Als er wieder draußen war und sich auf die Suche nach einer Bar machte, kam ihm ein neuer, ganz einfacher Gedanke: Er hatte Angst und konnte sie nicht länger verdrängen. Er musste den Flores gegenübertreten, aber dafür waren Vorsichtsmaßnahmen nötig. Und da kam ihm eine Erleuchtung. Also antwortete er auf Estrellas SMS, machte ihr plumpe Komplimente für ihren Slip und bat sie, ihm die Telefonnummer von Comandante Cuervo zu geben, des ehemaligen Polizisten, dem Piña vertraute, wenn es darum ging, sich eine Strategie bei der Verteidigung von Straftätern zurechtzulegen. Die Antwort der Anwältin ließ lange auf sich warten, und Blanco hatte Zeit, drei Tequilas in einer Bar zu trinken, die auf dem Weg zum Hotel lag. Die Spiegel in dem Lokal waren fleckig, die Deckenventilatoren drehten sich im Schneckentempo, und die Holzmöbel waren tausend Mal poliert und auf Hochglanz gebracht worden. Wenn man die Stühle zurechtrückte, ächzten sie wie seine alte Pritsche im

Gefängnis. Ein Alleinunterhalter an einem Keyboard sang abwechselnd Lieder und erzählte Witze, was von den zwei oder drei Paaren, die in den Ecken miteinander tuschelten, vollständig ignoriert wurde. Leute seines Alters, stellte Blanco mit einer Mischung aus Neid und Abscheu fest, Leute, die sich hier trafen, um ihre schalen Liebschaften vor den Blicken anderer zu verbergen. Nach einer Weile begann Blanco, inzwischen benommen von den Tequilas, die abgestandenen Witze und die Lieder des Mannes am Keyboard zu beklatschen. Es braucht Mut, um all dem Scheitern etwas entgegenzusetzen, sagte er sich. So langsam spürte er, dass er betrunken war. »Warum machst du so ein trauriges Gesicht, mein Freund? – Weil wir meine Schwiegermutter beerdigt haben. – Du hast sie sehr geliebt? – Nein, Kumpel, die Alte wollte sich nicht beerdigen lassen ...« Außer Blanco lachte keiner über den Blödsinn.

Beim vierten Versuch ging der Comandante ans Telefon. Er sei auf dem Schießplatz gewesen, entschuldigte er sich, als wäre seine verspätete Reaktion ein Grund für weltweite Besorgnis. »Ich bin ein Mandant von Anwalt Piña, Sie haben ihn bei meinem Fall beraten«, sagte Blanco, um sich einzuschmeicheln. Der Comandante besaß ein beneidenswertes Gedächtnis, oder er beriet Piña nur bei wenigen Fällen, jedenfalls erinnerte er sich sofort an ihn. »Na klar, junger Mann. Das Arrangement mit den Flores, natürlich. Ich erinnere mich an den Fall. Sagen Sie mir, was ich für Sie tun kann.« »Ich brauche eine Pistole«, sagte Blanco mit der Selbstsicherheit von drei Tequilas im Bauch und vierzig Lebensjahren auf dem Buckel. Am anderen Ende war ein Schnauben zu hören, vielleicht war es auch ein Husten. »Am besten, Sie kommen bei mir vorbei«, sagte der Comandante und gab ihm eine Adresse in der Nähe der Schlucht La Barranca. Blanco bat den Kellner, ihm zu erklären, wie er die angegebene Adresse auf seinem Handy finden könne. Er wusste, dass das möglich war, denn im Einkaufszentrum hatte er gesehen, wie zwei oder drei Leute ihr Telefon als Kompass benutzt hatten. Sein technischer Berater, der knapp über zwanzig sein mochte, sah ihn mit einem mitleidigen Lächeln an, wie man es älteren Menschen zu schenken pflegt. »Zuerst muss man ein oder zwei Dinge installieren. Darf ich?« Blanco nickte und reichte ihm das Handy. Nachdem der Kellner ein paar Minuten auf dem Display herumgetippt hatte, war er zufrieden. Er gab ihm einen Crashkurs darin, was man tun musste, um Standorte und Adressen auf der ganzen Welt zu finden, und nahm das Trinkgeld wie ein wohlverdientes Honorar entgegen. Blanco ging zu seinem Wagen zurück. Er fuhr langsam, obwohl sein Ziel einige Kilometer entfernt lag. Trotz aller Vorsicht hätte er beinahe einen Betonmischer gerammt, der die Fahrbahn blockierte. Auf der Baustelle klaffte ein riesiges Loch, in dem die Fundamente eines neuen Gebäudes zu sehen waren. Baukräne gab es nicht, noch nicht, aber sie würden nicht lange auf sich warten lassen. Die Herren von Guadalajara hatten sich vorgenommen, das Loch Schicht für Schicht aufzufüllen und ein dreißigstöckiges Gebäude entstehen zu lassen. Eine gigantische Torte aus Beton, grünlichem Glas und glänzenden Metallplatten, die in der Sonne schmoren würde.

Comandante Cuervo war ein alter Mann mit einem dicken Bauch, einer sonnenverbrannten Glatze und einem weißen, aber trotz der Jahre noch kräftigen Schnurrbart. Er hatte versucht, die Haare im Nacken glatt zu kämmen, und es war offensichtlich, dass er im Pyjama gewesen war, als er Blancos Anruf bekommen hatte, denn er trug noch immer die kurze, zerknitterte Hose. Immerhin hatte er sich ein T-Shirt übergezogen. Ein förmlicher Mann. Er bot seinem Besucher ein Glas Wasser an, und als dieser dankend annahm, reichte er ihm eins, das bereits gefüllt auf dem Tisch gestanden hatte und einen winzigen Fleck am Rand aufwies. Angeekelt tat Blanco so, als würde er einen Schluck trinken, dann stellte er das Glas auf den Tisch zurück. Auf den Möbeln standen Keramikhündchen, mit Häkeldeckchen unterlegt, und die Wände waren vollgepflastert mit Heiligenbildchen und Fotos von Kindern, die bestimmt seit tausend Jahren erwachsen waren. Auf ihnen sah man auch den Comandante, im Grunde mit dem von diesem Nachmittag identisch, allerdings noch mit schwarzem Schnurrbart und in Polizeiuniform, die er jedoch auf späteren Fotos nicht mehr anhatte. »Gegen Ende des vergangenen Jahrzehnts haben sie mich rausgeschmissen, weil sie erfahren hatten, dass ich nebenbei verschiedene Leute und Stellen beraten habe«, erklärte er mit verbitterter Stimme. »Ich hatte das Kommando über die Einheit nordwestlich von Zapopan«, prahlte er, »rund hundert Männer unter mir. Aber mein Vorgesetzter war ein neidisches Arschloch.« Der Comandante riss die Augen weit auf, als wäre er noch immer über die Schlechtigkeit seines Chefs entsetzt. Aber er wollte nicht weiter auf einer Geschichte herumreiten, die ihn schlecht dastehen ließ. »Ihr Fall ist mir noch gut in Erinnerung. Sie können sich nicht vorstellen, wie gut.« Ohne dass Blanco seine Angelegenheit zur Sprache bringen konnte, hatte der Alte das Thema bereits angeschnitten. Er schien sich auf sicherem Terrain zu bewegen. Seine Ausdrucksweise, eine Mischung aus Fachtermini und Gossenjargon, war irgendwie Vertrauen einflößend. Der weiß, wovon er spricht, dachten die Leute. So auch Piña, der ihn für seine Ratschläge bezahlte. Und auch Blanco, der gekommen war, um zu seinem Schutz eine Waffe von ihm zu kaufen. »Bestimmt weiß ich Dinge, die Sie nicht wissen«, sagte der Comandante, wobei er sich seiner Gewohnheit treu blieb, demjenigen, der ihn konsultierte, seine Überlegenheit zu zeigen. »Wissen Sie, dass ich es war, der das ganze Chaos bei dem Bau der Wohnsiedlung Olinka entdeckt hat? Ich persönlich. Als ich noch im Staatsdienst war. Ich hatte mehr Möglichkeiten als jeder andere. Wobei?

Wobei auch immer. Und weil ich überall meine Finger im Spiel habe und weil ich mich mit der Sache auskannte, wusste ich Sie immer bestens zu beraten. Ich kenne den Fall nämlich in- und auswendig. Wissen Sie, warum? Weil die Flores nicht nur mit Ihnen eine Abmachung getroffen haben, junger Mann. Sie haben sich mit halb Zapopan abgesprochen. Sogar mit mir. Soll ich es Ihnen erzählen? Es ist eine tolle Geschichte. Sie hat etwas mit einem Hund zu tun, der … Aber zuerst wollen wir uns um Ihre Knarre kümmern.«

Der Comandante führte ihn nicht in ein mit Waffen vollgestopftes Zimmer, damit er sich die beste aussuchen konnte, wie im Kino. Er forderte ihn nur auf, ihm zu folgen. Sie gingen durch einen Korridor mit geschlossenen Türen zu beiden Seiten und gelangten ins Wohnzimmer. Eine Frau, die gepflegter aussah als der Comandante, sah sich einen Film im Fernsehen an, eine Decke über den Knien. Sie drehte sich nicht einmal um, als Blanco ihr einen guten Tag wünschte, doch als er und der Comandante weitergingen, sagte sie: »Biete ihm einen Kaffee an.« Der Garten roch nach Hundescheiße, obwohl weit und breit kein Hund zu sehen war. »Tagsüber schlafen sie auf meinem Bett, die kleinen Scheißer«, erklärte der Hausherr. Der Garten war mit Klee und Gestrüpp überwuchert. Der Alte erzählte ihm, dass er, um das Unkraut zu bekämpfen, es regelmäßig mit Benzin übergieße, es anzünde und warte, bis alles abgebrannt sei. Er drückte ihm eine Pistole in die Hand, die er unterwegs von irgendeinem Bord genommen haben musste, ohne dass Blanco es bemerkt hatte. Es war eine kleine Waffe, deren schwarzer Griff schon ziemlich verkratzt war. Aber sie war schwer. »Haben Sie schon mal geschossen? Obwohl, in der Casita sind Sie ja wohl nicht zum Schuss gekommen, nicht wahr?« Der Alte brach in Gelächter aus. Blanco erwiderte peinlich berührt, er habe schon lange keine Waffe mehr in der Hand gehabt. Näher wollte er darauf nicht eingehen. »Als Kind habe ich mit einem Luftgewehr geschossen. Und ich war gut. Ich habe alle Ratten getötet.« Der Alte nickte anerkennend. »Dann werden Sie sich schnell wieder daran gewöhnen. So nimmt man sie. Mit der zweiten Hand stützt man die andere ab. Genau so. Ihr Rückstoß ist nicht so stark wie bei anderen, aber man muss fest zupacken. Los, schießen Sie. Zielen Sie, auf den Boden, auf die Wand. Das Ding da nennt man Korn.« Blanco drückte zwei Mal ab, und obwohl er nicht richtig traf (die Kugeln landeten fünf Zentimeter neben dem Ziel, das er anvisiert hatte), sagte der Comandante, das müsse genügen. »Eine Pistole ist wie ein Schwanz, junger Mann. Man muss wissen, wann man sie herausholt und wie man mit ihr umgeht.« Blanco war das dumme Geschwätz zuwider, diese Perlen der Weisheit, doch er nickte und lächelte blöde. Der Alte schenkte ihm ein Tuch, damit er die Waffe darin einwickelte, und einen Beutel aus Sackleinen, um sie zu verstauen, und empfahl ihm, sie einzufetten und den Staub mit Druckluftspray zu entfernen. Er gab noch fünf oder sechs weitere wichtige Hinweise bezüglich Temperatur und Feuchtigkeit. Es war, als gäbe er ihm Tipps für die Wartung eines Aquariums.

Die Augen der Frau des Alten glänzten hell wie Weihnachtskugeln. Blanco lächelte ihr zu, als sie wieder an ihr vorbeigingen, und sie lächelte zurück. Sie hatte die Decke abgestreift, sodass jetzt ihre halb nackten Beine und die nackten Füße zu sehen waren. Sie hatte graues, sorgfältig frisiertes Haar und schien sehr sympathisch zu sein. Und für ihr Alter sah sie nicht schlecht aus. Fehlt nur noch, dass ich eine sechzigjährige Frau scharf finde, verdammt, dachte Blanco selbstmitleidig. Der Comandante und er gingen weiter in die Küche und setzten sich auf zwei Holzstühle, die knirschten wie trockene Kekse. Der Kaffee, den der Comandante ihm servierte, war sandig, hatte aber ein angenehmes Aroma und schmeckte gut. Der Alte bot ihm an, ihn mit einem Schuss Whisky zu würzen, aber

Blanco lehnte ab. Er hatte noch den Geschmack von Tequila im Mund, und er mochte ihn. Der Comandante genehmigte sich einen endlosen Schluck aus der Flasche und goss dann eine ordentliche Ration in seine Tasse. Er stieß einen Seufzer aus. »Und jetzt erzählen Sie mal, wie es Ihnen draußen so ergeht. Hab gerade erst erfahren, dass man Sie entlassen hat. Wie Sie sehen, bin ich über alles informiert. Haben Sie schon irgendein Mädchen aufs Kreuz gelegt? Fünfzehn Jahre, ohne blankzuziehen, sind eine lange Zeit, Blanco, oder?« Der Angesprochene schloss die Augen und honorierte das kleine Wortspiel mit einem Lächeln. Etwas anderes blieb ihm auch gar nicht übrig. Offenbar hatte es dieser verdammte Piña überall herumerzählt. Es würde schwer sein, jemanden zu finden, der es nicht wusste. Nicht mal der köstliche Erfolg, Estrella gevögelt zu haben (aber darüber sprach er natürlich nicht, nicht auszudenken, bis wohin das dann seine Runden machen würde), besserte seine Laune. Angesichts der eingetretenen Stille setzte der Comandante seine Tasse ab und begann mit dem Gesichtsausdruck eines legendären Kriegers, seine eigene Version der Geschichte zu erzählen. »Hören Sie zu: Don Carlos Flores hatte sich Grundstücke angeeignet, die ihm nicht gehörten, um dieses Olinka zu bauen. Er bestach ich weiß nicht wie viele Leute und bedrohte die Menschen, die dort wohnten, damit sie fortzogen. Aber nicht alle gingen. Zwei Familien weigerten sich hartnäckig, und es gab keine gesetzliche Handhabe, um sie zu vertreiben, nicht mal mit der Hilfe von Anwälten. Deswegen, so glaube ich, ist passiert, was passiert ist. Das hat man Ihnen so nicht erzählt, stimmt's?« Blanco schüttelte wortlos den Kopf. »Haben Sie es in der Presse gelesen? Nun, dann wissen Sie also nichts, junger Mann. Eines Tages fand man niemanden mehr dort vor. Nichts als leere Häuser. Ich habe den Anruf angenommen, damals war ich nämlich der Polizeichef in jenem Gebiet. Es war die Hölle, die reine Hölle. Überall Blut und Einschusslöcher.« Er betonte jedes einzelne Wort und kaute auf seinem Schnurrbart herum. »Aber nirgends eine Leiche. Die Jungs meiner Einheit nahmen die Tiere aus den Häusern mit, um sie zu verkaufen. Ich hab mir einen kleinen Hund geschnappt, und heute noch habe ich einen seiner Enkel, stellen Sie sich vor.«

Die Geschichten des Comandante über Olinka, die Flores und die Vergangenheit zogen sich noch eine weitere Stunde hin. Als Blanco endlich wieder auf der Straße stand, drehte sich ihm der Kopf und es überkam ihn ein unerträglicher Drang, zu urinieren. Ein paar Häuserblocks weiter ging er in eine Seitengasse und stellte sich an eine Mauer, um sich zu erleichtern. Aus irgendeinem Grund war es ihm peinlich gewesen, den Comandante zu fragen, wo sich die Toilette befand, obwohl er doch eine Waffe von ihm gekauft hatte. Er pinkelte lange in ein Gebüsch. Später dachte er, dass er den Alten um eine Pistolentasche oder ein Futteral hätte bitten müssen. Doch dann fiel ihm ein, dass der Comandante so etwas wahrscheinlich nicht besaß, wenn er ihm die Waffe in einem Beutel übergeben hatte wie eine Teigtasche. So wichtig war es ja auch nicht. Aber es wäre bequemer gewesen, sagte er sich. Und er erinnerte sich daran, wie sorgsam er mit seinem alten Luftgewehr umgegangen war. Das Alicia wohl vor Jahren in den Müll geworfen hatte. Oder es lag noch irgendwo herum und vergammelte, zusammen mit seinen übrigen Habseligkeiten. »Wenn du deine Sachen haben willst, lass sie abholen«, hatte seine Ex-Frau zu ihm gesagt, als sie sich vor mehr als zehn Jahren das letzte Mal gesehen hatten. »Man wird sie in Kisten packen, und da bleiben sie, bis du sie abholen kommst.« Bestimmt warten sie immer noch dort, über und über mit Staub bedeckt, als wären sie verhext, dachte er. Er spuckte aus, bevor er sich ans Steuer setzte. Als er zum Hotel zurückkam, war es bereits Nacht. Er legte die Pistole in den Zimmersafe und machte sich auf der Stelle daran, die Whiskyfläschchen aus der Minibar zu leeren. Ein erneuter Anruf bei Estrella wurde mit leicht verschwommenen Fotos von Lippen, Beinen und einer Brust beantwortet. Sie hatte ein Leben und eine Familie und war zu beschäftigt, um jederzeit mit ihm zu telefonieren. Auf die Whisky- folgten die Wodkafläschchen. Blanco hatte über so viele Dinge nachzudenken, dass es ihm einfacher schien, es gar nicht erst zu versuchen. Er träumte vom Gefängnis, von der Casita. Der Dicke lachte über ihn. Als er sehr viel später erwachte, war es stockfinster um ihn herum. Die Erleichterung darüber, frei zu sein, war riesengroß, und er blieb lange im Bett liegen. Und dachte nach.

Als die Sonne aufging, war er bereits wach. Er sah auf die Uhr. Sechs Uhr einunddreißig. Bevor er das Hotel verließ, ging er den Plan, den er sich zurechtgelegt hatte, noch einmal durch. Er zog sich eine der Sportgarnituren an, die er tags zuvor gekauft hatte, und wählte wieder die schwarzen Sneakers. Er nahm die kleinen Kopfhörer, die dem Handy beigegeben waren, aus der Schachtel und steckte sie in seine Hosentasche. Er suchte noch einmal die genaue Adresse von Olinka auf seinem Handy und sah sich die Route an, die das Navigationssystem vorschlug. Bevor er hinausging, nahm er die Pistole aus dem Safe (ihm fiel auf, dass er die PIN-Nummer seiner Bankkarte als Code einprogrammiert hatte: Warum das Gedächtnis auf die Probe stellen?) und steckte sie in die Jackentasche. Es war nicht mehr früh, und doch fuhren nur wenige Autos. Ein nebelverhangener, grauer Himmel verbarg die Sonne. Er hielt an einer Tankstelle, um im Selfservice einen Kaffee zu trinken und ungetoastetes Brot zu essen, das nach nassem Lappen schmeckte. Fünfzehn Jahre zuvor hatte der Weg nach Olinka über eine von wilden Müllhalden, Gestrüpp und der Barranca gesäumten Landstraße geführt, jetzt aber standen rechts und links der Straße die Schutzmauern gigantischer Wohnanlagen und die Zäune kleinerer Grundstücke, unterbrochen von kleinen Plätzen mit Läden. An die zwanzig dieser hell erleuchteten Trauben von Geschäften zählte Blanco, während er aufmerksam der blauen Linie folgte, die auf seinem Display angezeigt wurde. Boutiquen, Damenfriseure, Massagesalons (hinter einigen von ihnen verbarg sich vermutlich weibliche, männliche oder postmoderne Prostitution) und Nagelstudios. Eine ganze Industrie, um die in sich gekehrten Typen mit am Körper klebender Kleidung und die Frauen mit in Latex gezwängten Brüsten und mit dem Skalpell bearbeiteten Nasen zu beglücken, die er zu Dutzenden im Einkaufszentrum gesehen hatte. Sogar die Menschen sind jetzt anders, dachte er. Oder zumindest hatten sich die Ergebnisse der Schönheitschirurgie verändert. Früher hatten sich die Leute operieren lassen, damit ihre Nase der von jemand Bestimmtem ähnelte. Jetzt taten sie alles dafür, damit sie den Spitzen eines Diamanten glichen. Guadalajara war gewachsen. Blanco ließ die Schutzmauern, die Zäune, die Geschäfte und die Baukräne, die neue Gebäude errichten halfen, hinter sich und verirrte sich schließlich in dem, was von dem alten Wäldchen im Norden der Stadt übrig geblieben war. Baufällige, halb fertige oder halb eingestürzte Häuser (unmöglich, auf den ersten Blick einzuschätzen, in welcher Phase sie sich befanden), einige Ackerflächen und ein paar wenige Stacheldrahtzäune, um magere Ziegen zusammenzuhalten, die hier und da zwischen mit Müll zugeschütteten Zuckerrohrfeldern und der einen oder anderen abgelegenen Fabrikhalle mit rostigen Nietnägeln umherirrten. Und dann nur noch Bäume. Man hatte es wirklich fertiggebracht, dass Olinka weit außerhalb der Stadt lag, dachte er. Ein Schild am Straßenrand wies ihm den Weg. Die ansteigende Straße war identisch mit der, an die er sich erinnerte, und nach einer Weile erreichte er die Wohnanlage: eine dichte Hecke mit eckigen Säulen aus Bruchsteinen alle paar Meter und nackten Hochspannungskabeln zum Schutz. Er erinnerte sich daran, wie er vor Jahren das Gelände über einen gepflasterten Weg zu Fuß abgeschritten war. Und auch an die Abendsonne, die Stille, die Last der Hitze auf dem Rücken. Kabel gab es damals keine. Nichts als Gestrüpp.

Das Haupttor zeigte nach Süden. Er blieb stehen, um sich ein genaues Bild zu machen. Neben dem Tor stand ein Haus, das mit einer Reihe von Überwachungskameras und Kommunikationsanlagen ausgestattet war. Zwei Wachmänner, die gerade etwas in ihre Funkgeräte brüllten, waren dazu da, die Schranke zu betätigen, um den Anwohnern und Besuchern Zugang zu gewähren. Hier würde man Ausweispapiere von ihm verlangen, die er nicht besaß, oder zumindest melden, dass er die Anlage zu betreten gedachte, was er vermeiden wollte. Seine Absicht war eine andere. Er ging die eineinhalb Kilometer zu dem seitlichen Tor, das seit dem Beginn der Bauarbeiten von Olinka für die Baufahrzeuge und die Arbeiter bestimmt gewesen war. Eine Zufahrt für die Betonmischmaschinen und die Lastwagen mit dem Baumaterial. Und für die Maurer, Elektriker, Klempner und Reinigungskräfte. Das ersparte den Anwohnern der Siedlung den Anblick der schwitzenden und unverschämten Arbeiter. Dieses Tor wurde normalerweise nicht bewacht, jedenfalls damals nicht, vor fünfzehn Jahren. Nun, so stellte Blanco fest, stand hier anstelle eines mit Überwachungstechnik aufgerüsteten Hauses wie am Haupteingang ein kleiner Ziegelsteinbau. Ein junger Wachmann ohne Dienstmütze saß mit einem Funkgerät hinter dem Fenster. In die Lektüre einer jener Zeitschriften vertieft, die Blanco im Selfservice der Tankstelle durchgeblättert hatte, bemerkte der Wachmann den Mann erst gar nicht, der wie zufällig angelaufen kam, wie ein Jogger aus dem Wald, mit Kopfhörern und offensichtlich vollkommen erschöpft. »Guten Morgen«, sagte Blanco, auf der Stelle trippelnd. »Puh. Ich würde gerne hier durchgehen, Chef, bis zum Haupttor schaff ich's nämlich nicht mehr.« Und er verzog lächelnd den Mund, um Mitleid zu erregen. Mit Erfolg. Der junge Mann hob den Blick. Seit Langem baute niemand mehr ein Haus in Olinka, und so war es höchst selten, dass jemand diesen Nebeneingang benutzte. Der Wachmann kam jeden Morgen mit dem Rad, in der frustrierenden Gewissheit, dass die zwei oder drei hübschen Frauen, die er während seiner Ausbildungszeit am Haupteingang gesehen hatte, hier nicht vorbeikommen würden. Im Grunde hatte der Junge eher die Mentalität eines Aufsehers als die eines Security-Mannes, und so beschränkte er sich darauf, den Gruß des Joggers zu erwidern, gab sich mit dessen Auskunft zufrieden und widmete sich wieder seiner Zeitschrift. Alles in allem schien der Neuankömmling ein ehrenwerter Mann zu sein, in Sportkleidung, mit seinen grauen Haaren und Kopfhörern, einer von denen, denen er begegnete, wenn er auf seinem Fahrrad durch die Anlage fuhr, um seine Karte in die Stechuhr zu stecken, normalerweise allerdings im südlicher gelegenen Teil, wo die Häuser standen. Der Typ muss sich ja für sehr fit halten, er joggt ein wenig im Wald, und schon geht er auf dem Zahnfleisch, dachte er und kehrte dann wieder zu den Enthüllungen über das Sexleben der Sängerin einer Castingshow zurück. Blanco lief weiter, vielleicht hundert Meter, bis er sich sicher sein konnte, dass der Wachmann ihm nicht hinterherkommen würde und auch nicht im Haupttor angerufen hatte, um den Jogger überprüfen zu lassen. Blanco blieb stehen, jetzt wirklich erschöpft. Nach all den Jahren im Gefängnis war seine Kondition erbärmlich. Zementgewichte und Eisenstangen im Fitnessraum zu stemmen war eben kein Ersatz fürs Laufen, rechtfertigte er sich vor sich selbst. In seiner Jugend war er unermüdlich gewesen, ein Tier, war mit seinem Luftgewehr überall herumgelaufen, immer auf der Suche nach lebender Beute, und hatte stundenlang einen Ball gegen eine Wand gedonnert. Heute aber brach ihm schon nach ein paar Metern der Schweiß aus. Verdammt, dachte er, ich will nicht nach Schweiß stinken. Doch er stank bereits. Er setzte sich auf einen behauenen Baumstumpf, um wieder zu Atem zu kommen, und schob sein Trikot hoch, damit sein Athletenduft entweichen konnte. Gut, dass ich vor dem Verlassen des Hotels geduscht habe, dachte er. Nach ein paar Minuten lief er weiter, langsamer jetzt, und ließ die Umgebung auf sich wirken.

Olinka machte einen verwilderten Eindruck. In dem Gebiet zweihundert Meter nördlich vom Rand der Barranca gab es weder asphaltierte Straßen noch von den üblichen Betonpfeilern eingegrenzte Grundstücke. Und kein einziges Haus. Weiter südlich, im bereits parzellierten Sektor, den man an den dort abgestellten Baufahrzeugen erkannte, wenn auch ohne Arbeiter und ohne sichtbare Bautätigkeit weit und breit, konnte man auf zehn, zwölf Schilder stoßen, die darüber informierten, dass bestimmte Grundstücke bereits verkauft waren. Die Buchstaben darauf waren verblasst und kaum noch zu lesen, und es war offensichtlich, dass auf kurze Sicht hier niemand bauen würde. Wahrscheinlich auch nicht längerfristig. Fest stand jedoch, dass die Schilder die Unwahrheit sagten, dachte Blanco, und dass sie von den Flores hier aufgestellt worden waren, um die Besucher zu täuschen. Viele Grundstücke dürften ohnehin nicht verkauft worden sein, folgerte er, als er nach ein paar Metern auf einen Trailer mit der Aufschrift »Verkauf« stieß. Denn der Trailer war verschlossen, die Jalousien halb heruntergelassen, und er sah so verwahrlost aus, dass bestimmt nicht nur die Ferien der Grund für seinen vergammelten Zustand waren. Er musste schon Monate hier gestanden haben. Vielleicht sogar Jahre.

Inmitten der allgemeinen Trostlosigkeit stand, wie ein Leuchtturm der Zivilisation auf einem Stoppelfeld, ein Sockel aus blank poliertem Felsstein. Darauf eine Bronzebüste von Doktor Atl, dem lokalen Künstler, den man geehrt hatte, indem man den Namen Olinka übernommen hatte. Zumindest hatte Don Carlos Blanco das vor vielen Jahren erzählt. Das staubbedeckte und von der Erosion angefressene Monument, geschrumpft durch das Fehlen des Rondells und des Parks, die es hätten umgeben und erhabener wirken lassen sollen (geplant, aber noch nicht angelegt), war nur ein weiteres Indiz für das katastrophale Scheitern von Olinka. Verdammt. Was hatte Don Carlos ihm noch mal erzählt? Dass der alte Maler, von dem sie sich hatten inspirieren lassen, einen Ort für geistige Größen habe bauen und in ihrem Zentrum etwas Unvorstellbares namens »Denkmal Für Das Was Ist« habe errichten wollen? Nun, das reale Olinka, sagte sich Blanco, ist ein einziger Schandfleck. Das ist das, was ist. Wenigstens konnte man von hier aus die ersten Häuser sehen. Weit weg, am Horizont.

Blanco ging weiter, und schließlich stieß er auf ein paar parkende Autos und riesige, perfekte Villen. Wie die, erinnerte er sich, die auf den Modellen der Wohnanlage zu sehen gewesen waren. Olinka war für fünfhundert Häuser konzipiert gewesen, es waren jedoch nicht mehr als hundert gebaut worden, und nur knapp die Hälfte davon war überhaupt bewohnt, schätzte Blanco. Er stand auf einer grasbewachsenen Anhöhe, von der aus er den bewohnten Teil der Anlage und, im Hintergrund, das Haupttor sehen konnte. Weitere Häuser, leer und in unterschiedlichem Zustand der Fertigstellung (oder Verwitterung), mit an die Mauern geschraubten Schildern oder Plakaten mit den Telefonnummern der Verkaufsfirma. Die werden alle noch den Flores gehören, dachte Blanco. Einen gewissen Charme des Ungezähmten hatte diese Landschaft. Olinka, in all seiner Hinfälligkeit, war ein grüner Ozean. Die Vorgärten im bewohnten Teil waren sehr gepflegt (wahrscheinlich wimmelte es vormittags hier von Gärtnern), und wegen des unbewohnten Teils musste man sich, trotz des verwahrlosten oder unvollendeten Zustands, auch nicht schämen, wie er so dalag, halb versunken im smaragdgrünen Unkraut. Dennoch atmete alles das pure Scheitern. Eigentlich hatten sämtliche Objekte in wenigen Jahren verkauft werden sollen, aber mehr als fünfzehn Jahre danach waren nicht mal zehn Prozent der Häuser und Grundstücke veräußert worden. Ein Fiasko. Die Bäumchen am Wegesrand hatte nur der Regen gewässert, sie waren vertrocknet oder faulten, umgeben von üppigem Gestrüpp, einsam vor sich hin. Nur in einem Park im hinteren Teil der Anlage, an der Stelle, an der irgendwann das Klubhaus gebaut werden sollte, standen ein paar stattliche Kiefern. Dort werden die Anwohner, die *Happy Few*, ihr Picknick abhalten und mit ihren Kindern spielen, dachte Blanco. Und ging weiter. Ohne große Schwierigkeiten fand er das Haus, in dem er mit Alicia gewohnt hatte. ›Mein Haus‹ wollte er nicht denken, denn das war es nicht mehr.

Das Haus, das seines gewesen und jetzt nur noch das seiner Ex-Frau war, befand sich in privilegierter Lage. Fünfzig Meter Wald trennten es von dem Nachbargrundstück, und da es am Ende der Straße lag, kam dort kein Auto vorbei, das nicht einem Besucher gehörte. Außerdem versperrte eine Kette den Weg, auch wenn sie zwischen zwei Steinpfosten schlaff bis auf den Boden hing. Zwei libanesische Zedern bewachten links und rechts den Zugang zum Anwesen und flankierten eine durch einen Elektrozaun gesicherte Hecke mit einem doppelten Tor, das nachts verriegelt werden konnte, was sie zu seiner Zeit nie getan hatten, weil ihnen diese Vorsichtsmaßnahme lästig gewesen war. Olinka war eine Anlage, in die man zunächst nur schwer gelangen konnte. Selbst wenn man einbrechen wollte. Das Haus glich einem Bunker, doch das Tor zur Autozufahrt stand offen wie früher, zu seiner Zeit, und diesen Weg nahm Blanco jetzt, wie das letzte Mal, fünfzehn Jahre zuvor, allerdings in umgekehrter Richtung. Er erinnerte sich nicht mal an jenen Moment. Nicht mehr. Ein sich verstärkendes Brennen im Magen quälte ihn. Er befand sich auf vermintem Gelände und schritt mit der gespannten Aufmerksamkeit dessen voran, der eine Explosion fürchtet.

Statt über den von Sträuchern gesäumten Kiesweg ging er über den Rasen und umrundete das Anwesen. Er wollte sich einen guten Beobachtungsposten suchen, wollte sehen, ohne gesehen zu werden. Ein Wachhund hätte ihm Probleme bereiten können, es gab aber keinen (auch keinen normalen Haushund, nicht mal eine Spur im Garten), nur taufeuchte Pflanzen und ein graues Auto, das wohl seiner Ex-Frau gehörte. Die Vorhänge waren noch zugezogen. Blanco trat näher. Die Hintertür war geschlossen, doch in der Küche brannte Licht und durchs offene Fenster sah Blanco einen Mann. Er war muskulös und schlank. Im Hemd, aber ohne Jackett, stand er mit dem Rücken zu ihm und trank Kaffee. Als er ausgetrunken hatte, stellte er die Tasse zerstreut auf den Rand der Spüle. Eine Gestalt trat zu ihm und Blanco trat vorsichtig einen Schritt zurück. Es war Alicia. In all ihrer Pracht und Herrlichkeit. So schön, wie er sie in Erinnerung hatte (ihr Anblick verschlug ihm den Atem), dünner als in seiner Vorstellung, das Gesicht ungeschminkt, die Hände sehnig, knochig. Sie war nicht mehr das entzückende junge Mädchen von früher, auch nicht die junge verheiratete Frau mit runden Formen. Sie war besser: eine Entwicklung, ihre eigene Zukunft, die sich erfüllt hatte. Blanco ballte die Fäuste, als die erfüllte Zukunft den Mann auf den Mund küsste und ihn unterhakte, um ihn zur Haustür zu begleiten. Er musste sich hinter den dichten Palmen des Gartens verstecken, um nicht in ihr Blickfeld zu geraten. Der Wagen des Mannes stand auf der anderen Seite des Rasens, und das Paar ging direkt darauf zu. Ein zweisitziges Cabriolet mit königsblauer Karosserie. Blanco brauchte eine Sekunde, um den Mann zu erkennen. Unerfreulicherweise musste er feststellen, dass es Jacobo war, ein Ex-Freund von Alicia. Jacobo, jetzt in den mittleren Jahren (wie er selbst, wie Alicia), aber in sehr guter körperlicher Verfassung und mit einem verächtlichen Zug um den Mund. Was, zum Teufel, macht der hier, fragte sich Blanco, als das Cabrio davonfuhr. Das war natürlich keine Frage (denn was er hier machte, war offensichtlich: Er hatte mit Blancos Ex-Frau geschlafen und war jetzt auf dem Weg ins Geschäft), sondern ein stummer Vorwurf an den Himmel. Alicia blieb nicht stehen, um ihrem Liebhaber zum Abschied zuzuwinken, und ging zurück ins Haus. Durchs Küchenfenster sah Blanco, wie sie die Treppe hinaufging, vielleicht ins Schlafzimmer. Sie wird sich duschen wollen, um sich die Spuren dieses Arschlochs von der Haut zu waschen, sagte er sich, obwohl im Grunde wohl er derjenige war, der sich das wünschte. Bevor er es sich anders überlegen konnte, drehte er den Knauf der Hintertür. Sie war unverschlossen, und ohne recht zu wissen, was er tat, schlich er sich auf leisen Pfoten ins Haus. Er wusste nicht, ob der Brechreiz, den er verspürte, Wut oder Angst war. Er befand sich in seinem alten Haus. Die Küche war dieselbe, wie er gleich feststellte. Zu seiner Zeit hatten sie Möbel und Geräte von solch guter Qualität gekauft, dass sie immer noch in perfektem, gepflegtem Zustand waren (nur die Mikrowelle und der Kühlschrank waren ausgetauscht worden, meinte er zu erkennen). Klar, Alicia kochte nicht, und in Wirklichkeit handelte es sich nur um eine Art Bühnenbild, das sich ihre Eltern ausgedacht hatten. Und schließlich brauchte ein Ehepaar einen Ort, um die Dosen und die Tiefkühlkost aufbewahren zu können. Was seine Ex-Frau betraf, so hätte das Leben aus Säften, Obst und gekochtem Gemüse bestehen können. Jedenfalls seit ihrer Schwangerschaft. Als Mädchen, so glaubte er sich zu erinnern, hatte sie wie jedes andere Kind gegessen: Hamburger, Pommes frites, solche Sachen. Er ging ängstlich, aber ohne stehen zu bleiben, aus der Küche in Richtung Diele, an die sein Arbeitszimmer gegrenzt hatte. Die übrige Ausstattung des Hauses hatte nichts mehr mit der zu tun, die er in Erinnerung hatte. Die Möbel, die im Wohn- und im Esszimmer standen, waren nicht mehr dieselben, und Blanco kannte keines der Bilder, die an den Wänden hingen. Sein Arbeitszimmer war nicht verschlossen. Er knipste das Licht an und wurde von einem Labyrinth aus Kisten und einem penetranten Staubgeruch empfangen. Der Schreibtisch stand noch am selben Platz, aber die Utensilien, Stifte und Briefbeschwerer waren verschwunden, vermutlich in irgendeiner der Kisten. Er machte eine sensationelle Entdeckung: In der dritten Schublade rechts unten befand sich noch die Mappe mit den Nacktfotos von Alicia, die er vor tausend Jahren mit der ersten Digitalkamera, die auf den Markt gekommen war, heimlich aufgenommen und mit schlechtem Gewissen auf einem Drucker, der wohl inzwischen von der Zeit verschluckt worden war, ausgedruckt hatte. Blancos Mund verzog sich zu einem Grinsen. Offensichtlich hatte sich niemand, weder Alicia noch das Mädchen, noch sein Schwiegervater, die Mühe gemacht, seine Sachen gründlich zu durchsuchen. Er nahm die Mappe aus der Schublade, sah sich flüchtig ihren Inhalt an, obwohl er ihn zur Genüge kannte (Hintern, Brüste, Schamhaare, alles in schlechter Auflösung), und schob die Mappe zusammengerollt in die Vordertasche des Sweatshirts seines Sportoutfits. Alicia nackt. Ihr Schamhügel, ihre Brüste, ihr Gesicht. Erneut überkam ihn ein Schwindelgefühl. Sein Magen zog sich zusammen, und er verspürte den Drang, zu urinieren. Er dachte daran, das Haus auf demselben Weg wieder zu verlassen, ins Auto zu steigen, wegzufahren. Doch dann hörte er Gemurmel und Schritte auf der Treppe und ging eilig in die Küche zurück. Als ihm klar wurde, dass er nicht würde flüchten können, weil man ihn entdeckt hätte, wenn er durch den Vorgarten lief, hielt er inne und setzte sich dann resigniert auf einen Stuhl mit Blick zur Tür. So würde er Alicia entgegensehen, wenn es denn Alicias Schritte waren, die näher kamen. Blanco schluckte. Er war nie um die richtigen Worte zur richtigen Zeit verlegen gewesen, und irgendetwas würde ihm schon einfallen, versuchte er sich zu beruhigen. Er ließ die Fingerknöchel knacken. Säure stieg aus seinem Magen hoch.

In der Tür erschien jedoch nicht seine Ex-Frau, sondern ein Mädchen von höchstens zwanzig Jahren. Braun gebrannt, stämmig, mit lebhaften Augen. Sie sah ihn einen Moment lang an, als hätte sie etwas Unerwartetes, aber Harmloses in der Küche entdeckt, einen Vogel vielleicht, der durchs Fenster hereingeflogen war. Dann wandte sie sich achselzuckend der Kaffeemaschine zu. »Guten Morgen«, murmelte sie im Vorbeigehen, ohne ihm einen zweiten Blick zu schenken. Blanco wusste nichts zu erwidern. Die Shorts des Mädchens waren so kurz, dass die Pobacken aus den abgeschnittenen Hosenbeinen hervorlugten. Ein unmoralischer Pyjama, dachte er beinahe amüsiert. Das zweite Mädchen, das in die Küche kam, war Carla. Seine Tochter. Er erkannte sie an ihren lammfrommen Augen, die seine Träume im Gefängnis begleitet hatten. Carla. Seine Carla. Sie war klein und sah ihrer Mutter nicht ähnlich. Nur die Rehaugen hatte sie von ihr geerbt, sonst nichts. Sie erinnerte eher an ihn, ihren Vater. So sehr, dass es Blanco in der Seele wehtat. Der Pyjama seiner Tochter – züchtiger als der des anderen Mädchens – bestand aus einem T-Shirt und einer karierten Hose, die ihr zu groß war. Als sie ihn dort sitzen sah, blieb ihr der Mund mit den schmalen Lippen offen stehen wie ein Scheunentor. Nein, ein liebevoller Blick war es nicht. Sie starrte ihn an, als wäre er eine aufgeschlitzte Katze, die einen hässlichen Fleck auf dem Kissen hinterlassen hat. »Papa«, sagte sie und ließ sich benommen auf den erstbesten Stuhl fallen, um nicht zusammenzubrechen. Das stämmige Mädchen brachte zwei Tassen Kaffee. Argwöhnisch, weil sie den verstörten Gesichtsausdruck ihrer Freundin sah, stellte sie eine Tasse vor Blanco auf den Tisch. Natürlich kapierte sie nichts. Carla sah jetzt zu Boden, ihre Unterlippe zitterte. Und dann, als sie die Sprache wiedergefunden hatte, sagte sie tonlos: »Mama hat gesagt, du würdest Anfang nächsten Jahres rauskommen. Ich wollte nicht hier sein.« Sie runzelte die Stirn wie ein ärgerliches Kind. Das andere Mädchen legte ihr die Hand auf die Schulter. Carla umklammerte ihre Finger. Die beiden sahen sich ungläubig an. Die Stämmige sieht aus, als wollte sie gleich loslachen, doch sie beherrscht sich, dachte Blanco. »Sind Sie ihr Papa? Wirklich?« Er war nicht fähig, sich zu rühren. »Der bin ich, und jetzt bin ich draußen«, presste er heraus. Carla fing wieder an zu zittern, die Freundin ließ sie einen Schluck aus ihrer Tasse trinken. »Und Sie sind gekommen, um sie kennenzulernen?« Ohne zu überlegen, antwortete Blanco: »Ich wusste nicht, dass sie hier ist. Ich wollte zu ihrer Mutter, um sie um ihre Adresse zu bitten.« Die Rechtfertigung war gelogen, denn in Wahrheit war er in sein ehemaliges Haus gekommen, um über Geld zu reden. Der Gedanke, seine Tochter wiederzusehen, hatte ihn natürlich immer beherrscht, doch er hatte sie schon vor Jahren verloren gegeben und nicht vorgehabt, sie zu suchen. Carla schnaubte, und das andere Mädchen machte sich wieder zur Sprecherin der Verstörten. »Wir sind nur zufällig hier. Wir wollten Weihnachten hier verbringen.« Carla kullerten dicke Tränen über die Wangen: ein tropfender Wasserhahn in der Brust. Sie zitterte. Sie stand abrupt auf und ging hinaus, und kurz darauf hörte man die Toilettentür zuschlagen. Das erinnerte Blanco daran, dass er pinkeln musste, er verdrängte den Gedanken aber wieder. Am liebsten wäre er weggelaufen, doch er beschloss, vernünftig zu sein. Das Mädchen ließ ihn nicht aus den Augen. Nicht aggressiv, eher verständnisvoll, abschätzend. »Wo wohnt Carla jetzt?« Blancos Frage überraschte sie. »In Kalifornien. Wir leben beide da. Ja. Wir studieren Psychologie. Und wir sind ein Paar, wenn Sie das interessiert. Seit einem Jahr.« Blanco nickte. Endlich schaffte er es, die verschränkten Hände zu lösen und sie auf den Tisch zu legen. Er betrachtete seine Finger. »Haben Sie etwas dagegen?« Der Unterton in ihrer Stimme ließ darauf schließen, dass die Leute auf diese Information gewöhnlich irritiert reagierten. Blanco atmete tief ein. »Als ich meine Tochter das letzte Mal gesehen habe, hielt sie nachts noch eine Plüschkatze im Arm. Seitdem durfte ich sie nicht mehr sehen.« Er machte eine vage Handbewegung, die sich auf nichts Konkretes zu beziehen schien. »Vergiss es, ich war viele Jahre im Gefängnis. Ich verstehe nichts mehr.« Das Mädchen nickte. Sie wusste nicht, was sie von Blanco halten sollte, doch ihr schien, dass sein Zorn nicht gegen sie gerichtet war. Also streckte sie ihm die Hand hin. »Ich heiße Wendy.« Sie drückte die Hand des ehemaligen Häftlings mit der Kraft einer Kneifzange. »Aurelio Blanco.« Carla war zurückgekommen und starrte erschrocken auf den Händedruck. Fass ihn nicht an, wollte sie ihrer Freundin zurufen, traute sich aber nicht. Stattdessen ließ sie sich wieder auf den Stuhl sinken. Blanco versuchte, möglichst unbefangen zu schauen. Er wollte das Kind nicht verschrecken (für ihn würde sie immer der fünfjährige Dreikäsehoch bleiben), wusste aber nicht, wie er das verhindern konnte. »Wie lange lebst du schon in Kalifornien?« »Oh, sie lebt schon lange da«, sagte Wendy, »seit ihrer Kindheit. Zuerst im Internat, und dann …« Wendy bereute, es erzählt zu haben, als Carla ihr einen wütenden Blick zuwarf. Sie konnte nicht glauben, dass ihre Freundin ihrem verdammten Vater persönliche Dinge von ihr erzählte. »Mama ist noch im Bad, aber sie kommt gleich runter.« Carla spuckte die Worte fast aus, als wollte sie damit erreichen, dass ihr Vater verschwand. »Du hättest mich nicht besuchen dürfen. Ich möchte dich nicht sehen. Du bist ein Scheißkrimineller.« Blanco schloss die Augen und atmete geräuschvoll. Er versuchte zu lächeln. Er wäre gern eloquent und freundlich gewesen, wie Estrella, doch es war ihm unmöglich, besser zu sein, als er war. »Dann haben sie dir also nicht erzählt, dass ich anstelle deines Großvaters, dieses alten Arschlochs, ins Gefängnis gegangen bin, nehme ich an?« Carla war auf ihrem Stuhl zusammengesunken. Sie schluchzte nicht, aber ihr Gesicht und ihre Brust waren tränenüberströmt und die Nase lief unkontrolliert. Es kostete sie Mühe, aufzustehen. »Ich will dich nicht sehen, ich will es nicht«, sagte sie und stürmte hinaus. Man hörte sie die Treppe hinaufrennen, und nach einer kurzen Stille schlug eine Tür zu. Bei dem Geräusch zuckte Wendy auf ihrem Stuhl zusammen. Sie biss sich auf die vollen Lippen und bat mit einer Geste um Verständnis für ihre Freundin. »Sie will Sie nicht sehen«, wiederholte sie, aber leise, mehr zu sich selbst. Auch Blanco stand jetzt auf, weniger fassungslos, als er gedacht hätte. Er hatte nie angenommen, dass das Wiedersehen mit seiner Tochter einfach sein würde, er hatte ohnehin nicht geglaubt, dass es tatsächlich dazu kommen würde. Jahrelang hatte er die Erinnerung an ein kleines Mädchen bewahrt, das es nicht mehr gab. Und statt die Treppe hinaufzustürzen, um zu ihr zu gehen, nahm er ein Glas aus dem Regal (die Gläser standen dort, wo sie immer gestanden hatten) und goss sich Wasser aus einem Krug ein, der auf der Spüle stand. Nachdem er getrunken hatte, setzte er sich wieder und sah die Freundin seiner Tochter an, die nachdenklich auf ihrer Zunge kaute. Er beschloss, vernünftig mit ihr zu reden, ihr alles zu erklären. »Sieh mal … Wendy? Wendy. Ich habe nichts getan. Ich habe mich geopfert, um ihren Großvater zu retten. Und dieses Haus. Und die Wohnanlage.« Das stämmige Mädchen zuckte mit den Achseln. Sie wollte ihn verstehen, fühlte sich aber verpflichtet, sich auf die Seite ihrer Freundin zu stellen. »Vielleicht ist es nicht deshalb, sondern weil Carla Sie seit fünfzehn Jahren nicht gesehen hat.« Blanco musste lachen. »Du weißt sogar, wie lange ich gebrummt habe.« Wendy wurde lebhafter. »Ja, von Carla. Sie weiß alles. Jedenfalls das, was ihre Mama ihr erzählt hat. Manchmal lachen sie, weil Sie Ihrem Anwalt erzählt haben, dass Sie seit Jahren nicht … gevögelt haben.« Sie sagte das ohne jede Boshaftigkeit, aber weh tat es trotzdem. Blanco verzog angewidert das Gesicht. Das Getratsche machte ihn langsam krank. »Ich geh wohl besser rauf zu ihr«, überlegte Wendy, die bemerkt hatte, dass ihr Schwiegervater blass geworden war. Sie wollte weitere unbedachte Bemerkungen vermeiden, auch wenn sie nicht ahnte, wie tief sie ihn verletzt hatte. Blanco nickte. »Ja«, sagte er, »kümmere dich um sie.« Wendy, die Hände in den Taschen ihres Männerhemds, stand noch einen Moment da, bevor sie hinausging. Sie zog an ihren Shorts, als hätte sie gerade erst bemerkt, dass man ihren Po sehen konnte. Sie schien unschlüssig. »Wir kümmern uns immer umeinander«, sagte sie und lächelte Blanco an, bevor sie ihm den Rücken zuwandte.

Alicia kam herunter, ohne mit den Mädchen gesprochen zu haben, und es war klar, dass sie von niemandem über die Anwesenheit eines Herumtreibers in der Küche informiert worden war. Der Schreck, der sie durchfuhr, als sie Blanco am Tisch sitzen sah, war nicht gespielt. Sie hatte sich zum Ausgehen fertig gemacht: gemustertes Kleid, das Haar zu einem Pferdeschwanz gebunden, hochhackige Schuhe. Doch der Anblick ihres Ex-Mannes, der vor ihr saß wie ein soeben aus dem Boden geschossener Pilz, brachte sie aus der Fassung. Sie wollte ihre Tasche auf dem Frühstückstisch abstellen, aber die Tasche verlor das Gleichgewicht und fiel auf den Boden. Alicia musste sich an einer Stuhllehne festhalten. Vor zehn Minuten wäre der Schock gut gewesen, dachte Blanco. Du hättest anstelle der Mädchen runterkommen müssen, verdammt. Nach dem hysterischen Anfall seiner Tochter machte es ihm keinen Spaß mehr, dasselbe bei ihrer Mutter zu beobachten. Alicias Stimme war rauer, als er sie in Erinnerung hatte. Sie war älter geworden. »Ich dachte, du würdest Anfang nächsten Jahres rauskommen«, sagte sie mit ungläubigem Staunen, als wäre er aus dem Boden aufgetaucht oder aus der Wand gekommen. »Ja. Aber der Richter hatte einen Bandscheibenvorfall …« Und Blanco erzählte die Geschichte, während sich seine Ex über die Eckzähne leckte und den Schock, ihn so plötzlich vor sich zu sehen, zu überwinden versuchte. Er fuhr in seinen Erklärungen fort, bis Alicia ihn unterbrach. »Warum, zum Teufel, bist du hier?« Das war genau die Frage, die er nicht hören wollte. »Wäre es dir lieber gewesen, ich hätte angerufen?« Er musste feststellen, dass er aggressiver klang als beabsichtigt. Er war zu realistisch, um darauf zu hoffen, dass seine Rückkehr Alicia versöhnlich stimmen würde. Fünfzehn Jahre waren mehr als ausreichend gewesen, um ihr Verhalten zu bereuen, wenn sie das denn gewollt hätte. Doch das war nicht geschehen, und es war nicht zu erwarten, dass es jetzt geschehen würde. Blanco wusste das, und dennoch hätte er sich nicht während seines gesamten Gefängnisaufenthaltes das Wiedersehen mit ihr vorgestellt, noch hätte er der Versuchung widerstanden, sich eine der Huren kommen zu lassen, die die Wärter den Häftlingen anboten, noch wäre er bereits am dritten Tag seiner Freiheit Hals über Kopf zu ihr gefahren, wenn er nicht einen Funken Hoffnung gehabt hätte. Eine geschmeidige, flexible Hoffnung, die sich auf nichts Bestimmtes stützte, sondern auf der Illusion basierte, dass Alicia sich, wenn sie ihn sah und in ihrer Nähe spürte, in seine Arme stürzen würde, wie damals, als sie jung gewesen waren. Blanco hatte sich nie vorstellen können, dass Alicia für ihn erreichbar war, hatte nie von sich aus versucht, sich ihr zu nähern. Sie war es gewesen, die ihre Arme ausgebreitet hatte. Aber er vermied es, zu häufig daran zu denken, denn es war die Chiffre seiner Hoffnung. Das sagte er sich auch jetzt, während sie ihn voller Verachtung ansah. Er wollte, dass Alicia ihn für unentbehrlich hielt und von ihm erwartete, dass er ihr Lust verschaffte, für ihr Wohlergehen sorgte, dass sie davon geträumt hatte, ihn wieder bei sich zu haben, in ihrem Bett, in den seit fünfzehn Jahren kalten oder heißen oder einfach nur langweiligen Nächten, dass sie sich dafür entschied, in jenes Leben zurückzukehren, das sie sich damals in Olinka überstürzt geschaffen hatten, inmitten dieser Müllhalde, die einige Jahre der Garten Eden für sie gewesen war. Das wünschte sich Blanco, doch er fürchtete sich davor, es einzugestehen, auch sich selbst, denn er spürte, dass sich seine Hoffnung aufbrauchen würde wie ein Stück Seife und dass am Ende nichts davon übrig blieb, und darum bewahrte er sie in seinem Herzen, hütete sie wie ein Reliquienschrein und förderte sie nur selten zutage, für sich allein, um sich an den Grund seiner Torheit zu erinnern. Er war zu feige gewesen, um wem auch immer davon zu erzählen, doch er begehrte Alicia, die Göttin aus dem Nachbarhaus, die ihn eines Tages in ihr Zimmer mitgenommen, ihn gestreichelt und ihm erlaubt hatte, sie zu besitzen, die, als hätte sie soeben als Erste auf der Welt die Lust für sich entdeckt, zu ihm gesagt hatte, zögerlich und wild, komm, komm und leck mich, ich werde dich »Hund« nennen. Das wünschte sich Blanco. Und das zu haben war unmöglich geworden. Flink wie ein Hirsch hob Alicia die Tasche vom Boden auf und holte ihre Zigaretten hervor. Mit zitternden Händen zündete sie sich eine an. Der Rauch verlieh ihrem Gesicht wieder Farbe. »Du hättest deinen Anwalt bitten können, mit uns zu sprechen.« »Um was zu sagen? ›Sie verdanken meinem Mandanten Ihr Scheißleben und müssen ihn dafür bezahlen?‹« »Das ist natürlich das Einzige, was dich interessiert«, warf sie ihm vor. Blanco atmete laut hörbar aus. Nicht nur, dass seine Fantasie Schiffbruch erlitt, auch sein Plan begann sich in Luft aufzulösen. »Ihr habt mich die Rechnung begleichen lassen, und das war's«, sagte er. Er senkte die Stimme, bis sie zum Knistern eines Streichholzes oder eines zusammengeknüllten Blatts Papier wurde, zum Gewisper in der Morgenluft, denn er wollte nicht, dass seine Tochter etwas hörte, und fuhr fort: »Ich habe meine Tochter fünfzehn Jahre nicht gesehen. Gerade habe ich erfahren, dass sie in Kalifornien lebt und Psychologin wird und eine Partnerin hat. Sehr sympathisch, die Freundin. Sie war die Einzige, die mich begrüßt hat.« Alicia beherrschte sich. Die Frau, die sie einmal gewesen war, hätte sich jetzt ans Telefon gehängt und ihren Vater gebeten, Blanco mit Fußtritten aus dem Haus zu jagen und die Sache ein für alle Mal zu beenden. Doch jetzt hielt sie gewaltsam an sich und blieb kühl. »Ja. Sie liebt sie, ja.« Blanco wandte als Erster den Blick ab. »Das freut mich für sie.« »Und was willst du?«, fragte ihn seine Ex-Frau, Zigarette im Mund. Blanco war nicht imstande, den aufflackernden Hoffnungsschimmer ans Tageslicht zu fördern, denn er hätte es nicht ertragen, wenn man darauf herumgetrampelt wäre. Also sprach er wieder über Geld. »Das, was man mir versprochen hat. Die zugesagte Summe, das Haus. Meine Tochter.« Alicia sah ihn mit einem Ausdruck an, der zum ersten Mal an diesem Morgen nicht von Hass geprägt war. Es war pures Mitleid. »Das Mädchen macht, was es will.« Blancos Geduld war am Ende. Seine Stimme wurde jetzt doch noch laut. »Ihr habt ihr gesagt, dass ich ein Krimineller bin, verdammte Scheiße!« Alicia ließ ihre Gesichtszüge zu einer Maske erstarren. »Das war mein Vater.« »Dein Scheißvater, klar.« Ein Tropfen löste sich aus Blancos Mund und landete in einem ihrer Augen. Sie reagierte mit einem Blinzeln auf den Speicheltropfen, wischte ihn aber nicht weg. Blanco kratzte mit den Fingernägeln über die Tischplatte. In einem Winkel seines Gehirns wurde er sich bewusst, dass er die Fassung verloren hatte. »Ich komme morgen wieder. Ich werde zu deinem Vater gehen. Und ich will nicht, dass man mich an der Tür abfertigt wie einen Scheißangestellten.« Langsam und umständlich holte er die Pistole hervor, legte sie vor sich auf den Tisch und bedeckte sie mit der Hand. Als hätte sie sich auf ihn stürzen und versuchen können, sie ihm wegzunehmen. »Wenn was Seltsames passiert, seid ihr alle reif, so wie ihr vor fünfzehn Jahren hättet reif sein müssen. Fünfzehn verfluchte Jahre habt ihr mich da drin schmoren lassen, hm?« Alicia sah die Waffe an, zeigte jedoch keine Angst. Sie akzeptierte die Vorwürfe nicht, aber sie war eine geborene Schauspielerin, und auch jetzt spielte sie meisterhaft. Sie lachte verächtlich. »Ich habe dem Mädchen gegenüber nie schlecht über dich gesprochen. Du hast ja keine Ahnung, wie schwer es war, sie zu beruhigen. Sie hat geweint, hat es nicht verstanden. Wie sollte ich ihr die Abmachung erklären? Die du übrigens mit meinem Scheißvater getroffen hast, nicht mit mir.« Alicia hob ihre Finger vor sein Gesicht, und es sah aus, als wollte sie ihm an die Gurgel fassen und ihm die Luft abdrücken. »Hast du daran mal gedacht? An das Kind?« Rasend vor Wut stieß sie gegen den Aschenbecher, der seinen Inhalt auf den Tisch ergoss. »Ich habe genauso gelitten wie du. Ich musste mich um die Kleine kümmern, damit es weiterging. Sie weiß nicht, was hier passiert, und hat keine Ahnung von den Problemen hier. Und jetzt kommst du mit deiner Pistole? Gut, dann geh zu meinem Vater und mach ihn fertig. Du hast uns verlassen.« Ihre Stimme war reine Erbitterung. Blanco wusste, dass man ihm ansah, wie sehr er sich schämte, und er hasste sich dafür. Er musste kämpfen und Haltung zeigen, auch wenn Alicia ihn am Ende zerschmettern würde wie immer. Doch diesmal würde er nicht wie sonst klein beigeben. Zu irgendetwas musste es ja gut gewesen sein, dass er die fünfzehn beschissenen Jahre durchgehalten hatte. Eine Haut aus Schmirgelpapier, ein Wille aus Stein. »Nun, wir haben getan, was wir getan haben«, sagte er langsam, fast dümmlich, doch mit jeder Silbe, die er hervorbrachte, gewann seine Stimme an Würde. »Ich bin nicht ins Gefängnis gegangen, um zu bleiben. Dein Vater hat mich angelogen. Er hat sein Wort nicht gehalten.« »Er hat überhaupt nichts eingehalten«, gab Alicia zurück. Und sie hob ihre Nase wie die Spitze eines Messers, mit dem sie ihn aufspießen würde. »Weißt du, wer den Anwalt bezahlt und ihm das Geld gegeben hat, damit er für deine Sicherheit im Gefängnis sorgt? Ich. Fünfzehn Jahre lang. Was wolltest du mehr, verdammt noch mal? Dass ich mit dir in einer Zelle vögle wie eine Hure und draußen auf dich warte?« Blanco wusste, er war wieder einmal besiegt. Er ging zu Alicia und streichelte ihre Wange, die sie erst nach ein paar Sekunden wegdrehte, so als wäre die Liebkosung eine verdiente Belohnung. Dann wich sie zurück, denn sie wollte nicht, dass er etwas anderes in ihrem Blick spürte als Verachtung.

Blanco ging zur Tür. Schlurfend. Er hatte keine Kraft mehr und musste den Rückzug antreten. Es juckte ihn an Händen und Füßen. »Sag deinem Vater, dass ich morgen zurückkomme«, wiederholte er, als er den Knauf der Küchentür drehte. Dann verließ er das Haus und verschwand zwischen den Pflanzen des Vorgartens.

Alicia starrte durchs Fenster, ohne den Schatten des sich entfernenden Mannes zu suchen. Sie zündete sich eine weitere Zigarette an. Sie hatte die Fäuste geballt, und ihre Hände brannten. Im Garten zwitscherte ein Vogel.

GERECHTIGKEIT, WEISHEIT UND STANDHAFTIGKEIT

Irgendwann fing sie an, ihn »Hund« zu nennen, aber das war später, als sie intim wurden. Zunächst waren sie einfach nur Nachbarn und sprachen kaum miteinander. Sie gingen in verschiedene Schulen, Alicia war älter. Nachdem Yeyos Vater gestorben war, mietete seine Mutter das kleine Haus, das Alicias Eltern auf ihrem Grundstück gebaut hatten, um Miete zu kassieren und sich außerdem die Kosten für die Pflege des riesigen Gartens zu sparen. Alis Eltern waren dabei, reich zu werden. Sie betrieben ein Bauunternehmen. Dennoch hatten sie fortschrittliche Ideen (wenn auch nicht sehr viele), die man bei Leuten mittleren Alters aus Guadalajara nicht vermutet hätte. So entsetzte es Don Carlos Flores zum Beispiel, dass Yeyo mit einem Luftgewehr hantierte. Der Junge sollte nicht herumballern, sagte er zu María, seiner Frau. Die nickte zustimmend und ging durch die Gartentür zum Häuschen, um sich bei Yeyos Mutter zu beschweren. Doch sie fand kein Gehör und erreichte nicht, dass der Junge sein Verhalten änderte. Mit seinen dreizehn Jahren war Yeyo imstande, auf fünfzig Meter den Kopf einer Ratte zu zerschmettern.

In der Schule war Ali ein Star. Die Wand ihres Zimmers war mit Diplomen und Medaillen für schulische Erfolge tapeziert. Niemand konnte wie sie rezitieren, auswendig lernen und rechnen, ohne die Finger zu Hilfe zu nehmen oder die Lippen zu bewegen. Sie kannte den Namen und die persönlichen Daten jeder Persönlichkeit auf den Geldscheinen und Münzen, die im Umlauf waren, und lernte in einer einzigen Unterrichtsstunde, mit der Tabelle des

Periodensystems umzugehen. Außerdem hatte sie schwarz glänzendes Haar, Rehaugen und einen geradlinigen, aufrichtigen Blick, der jeden für sie einnahm. Auf Schulfesten ließ man sie das Schneewittchen spielen, und seit der Mittelstufe wurde sie mit Einladungen ins Kino oder ins Einkaufszentrum überschüttet. Dennoch langweilte sie sich. Sie war fast drei Jahre älter als Yeyo, und obwohl der Nachbarsjunge bei ihr zu Hause ein und aus ging (er wusch für zwanzig Pesos die Autos der Flores oder erledigte für Süßigkeiten oder ein Sandwich kleine Besorgungen), war es so, als wäre er gar nicht anwesend. Im Grunde war Yeyo einer von den vielen dünnen, pickligen Jungen, die für ihre Eltern etwas erledigten, einer mit kahl rasiertem Schädel (damit der Haarschnitt so wenig wie möglich kostete), ausgeblichenen Hosen und Schwielen am Zeigefinger vom vielen Schießen auf Ratten.

Yeyos Mutter war Anästhesistin. Wenn sie die Gelegenheit hatte, Überstunden zu machen, arbeitete sie manchmal zwei Schichten hintereinander. So konnte der Junge nach Schulschluss unbeaufsichtigt mit dem Gewehr über der Schulter durch den Garten streifen oder ganze Nachmittage einen Ball wie besessen gegen die Hauswand schießen. Er war wie ein stummes Tier, und das machte ihn unsichtbar. Zu Festen wurde er nur eingeladen, wenn irgendeine exzentrische Mutter darauf bestand, dass die gesamte Klasse ihrem Kind ein Geburtstagsständchen brachte. Auch er langweilte sich. Im Sommer ging alles um ihn herum gemächlicher zu. Und eigentlich hatte Yeyo nichts zu tun. Seine Mutter arbeitete. Anita, seine ältere Schwester, Tochter aus erster Ehe, war, schon lange bevor sie dort eingezogen waren, zum Studium in die Hauptstadt gegangen und besuchte sie mit der Häufigkeit eines Kometen (überzeugt davon, dass Yeyo das Ergebnis einer unerklärlichen Laune ihrer Mutter war, hasste sie ihn von Anfang an).

Yeyo feierte seinen vierzehnten Geburtstag in Gesellschaft einer Torte. Er hatte sie auf dem Esstisch vorgefunden, als er zum Frühstück hinuntergegangen war. Seine Mutter war ins Krankenhaus gegangen, ohne ihm einen Kuss zu geben, hatte ihrem Geschenk aber eine Glückwunschkarte beigelegt, immerhin. Don Carlos, dem der verwaiste Junge leidtat, hatte ihm am Abend zuvor, als er und seine Frau aus der Firma heimgekommen waren, einen neuen Fußball vor die Tür gelegt. Der Junge hatte vorgehabt, den Sommer mit Jagen zu verbringen, doch die Ratten schienen begriffen zu haben, was es bedeutete, wenn er auf der Bildfläche erschien, und zogen es vor, sich im Gestrüpp zu verstecken, außerhalb der Reichweite seines Luftgewehrs. Also musste er sich damit begnügen, den geschenkten Ball gegen die Wand zu schießen. Immer wieder. Plopp. Plopp. Plopp. Und wieder: Plopp. Plopp. Plopp. So sah ihn eines Morgens Ali, die damals schon fast siebzehn Jahre alt war. Jetzt spielt der verrückte Junge schon wieder mit seinem verdammten Ball, dachte sie ärgerlich, als sie das Plopp-Plopp des Lederballs hörte, der zwischen der Wand und den Stollenschuhen hin- und herpendelte. Plopp. Eine Sekunde Stille. Plopp. Eine weitere Sekunde. Plopp. Und wieder von vorn. Plopp. Am Abend zuvor hatte Ali sich mit Jacobo, dem aussichtsreichsten ihrer Verehrer, gestritten. Jacobo war groß und breit wie ein Schrank und hatte ein hübsches Gesicht wie sie. Doch trotz seiner Vorzüge war er ein Dummkopf. Das dachte sie. Anstatt sie ins Kino einzuladen und zu küssen, was sie nach Wochen verliebter Botschaften auf Zettelchen und heimlichen Betatschens erwartete, hatte Jacobo sich mit ihr vor der Schule verabredet, die wegen der Sommerferien geschlossen war, um ihr mitzuteilen, dass er sich für ein Ferienlager in den Bergen angemeldet habe und zwei Wochen nicht da sein werde. »Wir hatten nichts vor, und meine Brüder fanden die Idee gut.« Er sagte das so, als hätte er nichts mit der Entscheidung zu tun. Das war das Schlimmste, dachte Ali. So ein verdammtes Rindvieh. Anstatt sich zu entschuldigen, behauptete Jacobo, er könne auf keinen Fall von der Reise zurücktreten. Ein Onkel von ihm habe einen Haufen Geld für die Anmeldung und eine weitere Summe für die Verpflegung bezahlt. Ali war so wütend auf ihn, dass sie ihm am liebsten ins Gesicht gespuckt hätte. Sie rannte nach Hause, ohne ihn zu Ende anzuhören. Zwei volle Wochen. Sie schnaubte.

An jenem Morgen war Ali allein zu Hause. Sie bereitete sich eine Schale Schokoladenmüsli mit Marshmallows zu und übergoss das Ganze mit Milch. Plopp. Plopp. Der verrückte Junge drosch wieder auf seinen Ball ein. Sie sah ihm durchs Fenster zu. Plopp. Er kam ihr nicht mehr so dünn vor wie beim letzten Mal, als sie ihn beobachtet hatte. Plopp. Sie hatte ihn hagerer in Erinnerung, kleiner, nackt in der Sonne, neben dem Bottich im Garten hinterm Haus, den Kopf gesenkt, während seine Mutter ihn mit einer Tinktur gegen Läuse einrieb. Plopp. Die Rippen des Jungen waren damals hervorgetreten, und er hatte noch keine Haare zwischen den Beinen gehabt. Plopp. Wie viele Jahre waren seitdem vergangen? Vielleicht drei? Fünf? Plopp. Wie eine Lawine rauschte der Gedanke ihren Körper hinab, zog ihr den Magen zusammen und ließ sie die Pobacken zusammenpressen. Plopp. Yeyo war das ideale Objekt, um sich an Jacobo zu rächen. Plopp. Man musste ihn nur dazu bringen. Plopp. Aber warum sollte es ihr nicht gelingen, ihn zu verführen, wo sie doch die Königin des Periodensystems war, das Schneewittchen der Schule? Plopp. Sie wusch sich Gesicht und Hände im Spülbecken der Küche und trocknete sich mit dem Geschirrtuch ab, wobei sie den Duft nach Waschmittel einatmete, der ihm entströmte. Ihr Magen war in Aufruhr, und sie genoss das Gefühl. Sie ging in Bluse und Slip in den Garten, barfuß, mit offenen Haaren. Sie stellte sich hinter den Gartenzaun, geschützt vor den Blicken der Straße, wie sie meinte. Doch es war mehr als wahrscheinlich, dass man ihre Beine und Hüften durch die Spalten zwischen den Holzlatten sehen konnte. Plopp. Das letzte Mal, dass sie mit Yeyo gesprochen hatte, musste rund fünf Monate her sein. Vielleicht sechs. Plopp. Sie hatten ein paar Worte miteinander gewechselt, in der Küche, wo es nach den Hotdogs roch, die Don Carlos kurz zuvor vom Grill genommen hatte, um den Nachbarsjungen dafür zu belohnen, dass er für ihn Zigaretten aus dem Krämerladen geholt hatte. Plopp. »Magst du gerne so viel Ketchup?«, fragte sie, als sie sah, wie er die Flasche über sein Brot hielt und immer wieder auf den Flaschenboden klopfte, so als wollte er einen Ertrunkenen wiederbeleben. Er wurde verlegen, fühlte sich ertappt, und errötete. Plopp. Und das nur, weil man das Wort an ihn gerichtet hatte. Das Plopp hörte auf. Yeyo hatte sie bemerkt. Sein Gesicht wurde natürlich feuerrot, was er zu verbergen suchte. Die Schirmmütze bedeckte seinen verlegenen Blick. »Hör mal, Junge«, sagte Ali mit einer Stimme, die ihr selbst fremd vorkam, »du musst mir helfen. Komm.« Plopp. Der Ball fiel zu Boden, rollte ein paar Meter über den Kiesweg und machte einen kleinen Hüpfer, bevor er liegen blieb. Ein letztes Plopp. Yeyo folgte ihr mit gesenktem Blick. Sie wollte glauben, dass er ihren wiegenden Gang aus den Augenwinkeln bewunderte.

Sobald er die Küche betreten hatte, schloss sie die Tür. Dann ging sie resolut, wie eine erwachsene Frau, in den Salon voran. Ihr Atem, das Platschen ihrer nackten Füße auf dem Fliesenboden und die staubigen, ungelenken Schritte seiner Stollenschuhe. Sonst nichts. Eine Fliege umkreiste ihr Ohr, Ali verscheuchte sie mit der Hand. Es war sehr heiß. Sie fühlte, wie sie zwischen ihren Oberschenkeln zu schwitzen begann. Vielleicht. Sie setzte sich auf das Sofa, vor dem der Fernseher stand, und streckte die Beine von sich. Yeyo stand mit weit geöffneten Nasenflügeln und konzentriertem Gesichtsausdruck da, seine Arme hingen kraftlos herab. Er wird tun, was ich sage, dachte Ali. Im Grunde wusste sie nicht, was sie machen sollte. Mit einer einzigen Bewegung streifte sie ihren Slip ab. »Komm!« Sie sagte es mit derselben Festigkeit in der Stimme, mit der sie patriotische Gedichte in der Schule aufsagte.

Die Hüttensiedlung Nueva Olimpia hatte nie mehr als hundert Bewohner. Vielleicht, weil ihre Hütten auf einem nackten Hügel standen, dicht an der Barranca von Huentitán, oder weil sie von den anderen Siedlungen durch eine ganze Reihe von kleineren Schluchten und Dornengestrüpp getrennt war, das einen wilden Mischwald von zweifelhafter Schönheit schützte. Es gab nur einen Brunnen, und auf den wenigen Feldern in der Umgebung wurde ausschließlich Mais angebaut. Eine öffentliche Versorgung gab es nicht. Weder fließendes Wasser (nur der Brunnen) noch Elektrizität (man musste Batterien für die Transistorradios kaufen oder das staatliche Starkstromnetz anzapfen und einen elektrischen Schlag riskieren) noch ein Gesundheitszentrum (fünfzig Minuten Fußweg über ausgedörrtes Land waren es bis zum nächstgelegenen) oder eine Schule (nicht mal das: als wollte man die lernbegierigen Kinder vom Unterricht fernhalten).

Kein Priester stieg zur Siedlung hinauf, aber die Bewohner waren auch nicht streng religiös. An den Sonntagen gingen viele in die Kirche San Evaristo, die eine Stunde Fußmarsch jenseits des Gestrüpps und des Waldes lag. Die übrige Woche begnügten sie sich mit einer der Jungfrau von Zapopan geweihten Kapelle, die an der letzten Wegbiegung stand und von den Gläubigen mit Kerzen, Blumen und Gebeten überhäuft wurde. Die Siedlung wurde von der gewaltigen Schlucht beherrscht, doch die Erhabenheit der Felswände, die steil abfielen wie Behemoths Zähne, wussten die Bewohner nicht zu schätzen. Sie bauten ihre Hütten lieber mit Blick auf den morastigen Weg, der durch eine Steinwüste bis zu der halbkreisförmigen, zwei Quadratkilometer großen Siedlung führte, in der sie hausten.

Ein heimliches Reich also.

Niemand kennt das genaue Datum der Gründung von Nueva Olimpia, und niemand hat Kenntnis davon, ob es an dieser Stelle zuvor bereits ein erstes Olimpia gegeben hat. Im Gemeindearchiv taucht die Hüttensiedlung erst nach 1939 auf, in der Zeit der Landreform unter Präsident Cárdenas. Als die Landvermesser der Regierung in dröhnenden Kleintransportern aus Zapopan heraufkamen, stellten sie fest, dass der Ort im Wesentlichen noch genauso aussah wie sechzig Jahre zuvor. In einer Art gemeinschaftlicher Einsamkeit versuchten die Ansässigen, etwas aus dem Land herauszuholen, und niemand hatte sich je für diese staubige und unergiebige Gegend interessiert. Darum beschränkten sich die Landvermesser darauf, den Leuten Pachturkunden zu versprechen (die mehr als zehn Jahre auf sich warten ließen, denn das erste bekannte Schriftstück datiert aus dem Jahr 1951). Dann verschwanden sie wieder.

Zwei Mal, soweit man weiß, versuchten Ortsfremde, das Schicksal jenes Labyrinths aus Brennnesseln und Maisfeldern namens Nueva Olimpia zu wenden. 1960 kam ein Auto unerwartet von Zapopan herauf. An Bord befanden sich drei junge Leute und ein vornehm aussehender älterer Mann, der offenbar ihr Boss war: schneeweißer Bart, lebhafte Augen, ein müdes Lächeln. Als die drei ihn aus dem Wagen hoben und in einen Rollstuhl setzten, sahen die neugierig Herbeigelaufenen, dass dem Alten das rechte Bein fehlte. Das überzählige Hosenbein war am Stumpf befestigt. Der Besucher leckte sich angesichts des Panoramas die Lippen: die Schlucht im Hintergrund, der Wald, das Dornengestrüpp. Nicht ohne Schwierigkeiten wurde er über jeden Weg und auf jede Anhöhe geschoben. Seine Begeisterung kannte keine Grenzen. Er flüsterte den Helfern seine Beobachtungen ins Ohr und notierte etwas in einem Büchlein mit festem Einband. Er war sehr geschickt mit der Feder. Nach einer Weile rief er die zwei oder drei Kinder herbei, die ihm gefolgt waren, und zeigte ihnen seine Aufzeichnungen: rasch hingeworfene, aber perfekte Skizzen der Umgebung. Die Kleinen erkannten die Anhöhen, die Schluchten, die Pfützen, ihre Hütten. Der Alte zwinkerte ihnen zu und streckte ihnen eine rote Schlangenzunge heraus.

Es war ein Vorzeichen, doch sie, deren Blick von der Eintönigkeit ihres Lebens getrübt war, nahmen es kaum zur Kenntnis, und so wurde die Erinnerung an dieses Ereignis nur in den Tagebüchern des Besuchers festgehalten. Gerardo Murillo, der sich vor Jahren selbst den Namen Doktor Atl gegeben hatte, war einer der bedeutendsten Künstler Mexikos jener Zeit. Landschaftsmaler und Vulkanologe, Polemiker, Welttheoretiker und außerdem ein großartiger Liebhaber, nach Aussagen der Damen, die durch sein Bett marschiert waren. Noch in dieser letzten Phase seines Lebens war der Alte davon besessen, einen geeigneten Ort zu finden, um sein Utopia zu errichten.

Olinka. So hatte er seinen Traum getauft. Eine Stadt, in der Künstler, Wissenschaftler und Denker absolute Freiheit genießen sollten (oder, besser gesagt, eine typisch mexikanische, das heißt, subventionierte Freiheit), um sich ausschließlich der Erhabenheit ihrer jeweiligen Berufungen widmen zu können. Olinka: die Stadt der Besten. Olinka, »Generator einer positiven Bewegung«, lautete die von ihm selbst erfundene Nahuatl-Bezeichnung. Ein Ort, in dessen Zentrum man ein Monument errichten könnte, ein »Denkmal Für Das Was Ist«, das die Welt so sehr benötigte und daher unbeschreiblich war. Das Projekt war ihm schon ein halbes Jahrhundert durch den Kopf gegangen, ohne konkrete Formen anzunehmen. Er hatte an den unterschiedlichsten, voneinander weit entfernten Orten versucht, seinen Plan umzusetzen, war jedoch an der mangelnden finanziellen Unterstützung gescheitert. Doktor Atl konnte nicht wissen, dass sein Besuch in Nueva Olimpia – ein

Name, der ihm von Anfang an gefiel, weil er an Griechenland und an die Mythologie erinnerte – sein letzter Auftritt in der Geschichte sein sollte. Obwohl er von dem Ort fasziniert und voller Pläne war, fand er auch diesmal keinen Mäzen, der so visionär und großzügig war, um seine fixe Idee zu unterstützen. Er sprach ohne Ergebnis mit einigen gelangweilten Großgrundbesitzern aus Zapopan, und das war's. Mit der Regierung hatte er sich noch nie verstanden. Am Ende führten seine Bemühungen lediglich dazu, dass er der Nachwelt eine Karte mit dem Standort der Hüttensiedlung und den Skizzen seiner talentierten Hand hinterließ, dazu ein handgeschriebenes Blatt Papier, auf dem er prophezeite, dass die Barranca, jene Schlucht, die sich zu Füßen von Nueva Olimpia erstreckte, eine »hervorragende, fundamentale Chiffre einer Ära von Kataklysmen, Großtaten und ›Renaissancen‹« sein werde. Denn Olinka sei »Das Was Ist«. Vier Jahre danach starb Doktor Atl, ohne je den Grundstein für Olinka gelegt zu haben.

Der zweite historische Besuch eines Fremden in Nueva Olimpia war weniger poetisch, hatte aber schwerwiegendere Folgen. Ein neues Jahrhundert und damit ein neues Jahrtausend in der Zeitrechnung der Menschen hatte gerade begonnen . Carlos Flores gehörte zur Aristokratie der Bauunternehmer von Zapopan. Wie die meisten seiner Kollegen hatte er ein Vermögen gemacht. Guadalajara war seit den Siebzigerjahren in jeder Hinsicht eine Stadt im Stillstand, nur die Bautätigkeit ruhte nie, und das Geschäft mit Grundstücken florierte. Um davon zu profitieren, konzentrierte sich Flores auf die Bauprojekte im Nordwesten der Stadt. Pachtland der Gemeinde, Wälder und Müllhalden wurden erschlossen, um den Weg für neue Wohnsiedlungen zu bereiten. Eine Welle interessierter Investoren mit Akzenten und Hüten aus dem Norden überflutete Zapopan. Allerdings erwähnte niemand, dass sich durch die tatkräftige Mithilfe der lokalen Bauunternehmer möglicherweise Geld aus dem organisierten Verbrechen, das heißt, das Geld jener unerwarteten Gesellschafter, der Stadt Zapopan bemächtigen würde. Man sprach von dem Geld, als wäre sein Auftauchen ein Naturphänomen, als wäre es vom Himmel gefallen, als würde es an den Ästen der Zitronenbäume in den Gärten wachsen oder wäre dank der kleinen Teufelchen der Wohnungsförderung wie durch Geisterhand auf den Bankkonten gelandet. Niemand – weder die Regierungsbeamten noch die Bauunternehmer oder die angesehenen Persönlichkeiten der Stadt – interessierte sich ernsthaft dafür, woher das Geld kam, das die Taschen füllte. Aus irgendwelchen dunklen Kanälen musste es kommen, klar, denn inzwischen war aus der Welle eine Sturmflut geworden. Doch Geld stinkt nicht, hat ein römischer Kaiser gesagt, jedenfalls nicht für den, der es verdient, und die Bewohner von Guadalajara pflichteten ihm bei, auch wenn sie den Ausspruch nicht kannten. Flores verfügte über die nötigen Kontakte, um seine Projekte zu finanzieren, freundlich lächelnde, wohlerzogene Investoren, Mitglieder des Klubs, die nach Körperlotion rochen und denen man das Blut, das an ihren Händen klebte, nicht ansah. Wie ein Schweißhund begann Flores, die gesamte Gegend zu durchforsten. Nachdem er mit der Absicht gescheitert war, sich ein paar attraktive Grundstücke zu sichern, auf die die Freunde des Gouverneurs bereits ein Auge geworfen hatten (er musste ihnen den Vortritt lassen und auf ein Angebot verzichten, um nicht ihren Zorn auf sich zu ziehen), erzählte ihm jemand von Nueva Olimpia, einer schäbigen kleinen Siedlung, die an einem so abgelegenen Ort lag, dass, würde man sie vollständig abreißen und die Gegend ein wenig verschönern, es leicht wäre, die Grundstücke als etwas absolut Exklusives zu verkaufen. In Begleitung seiner Tochter Alicia, einer hübschen und gepflegten jungen Frau, fuhr er eines schönen Morgens von Zapopan dort hinauf. Die Männer arbeiteten auf den Feldern, und die Frauen waren am

Brunnen versammelt, damit beschäftigt, Wäsche zu waschen. Einige der Kinder waren wohl in der weit entfernten Schule, die übrigen – die Mehrheit – halfen ihren Müttern bei der Arbeit. Flores schaute sich im Ort um, ohne dass ihn irgendjemand daran gehindert hätte. Trotz seiner phönizischen Seele war Flores ein fantasievoller Mensch. In seiner Vorstellung ersetzte er die Hüttensiedlung durch eine Reihe ordentlicher, großzügiger Anwesen und verwandelte den Wald und das Dornengestrüpp in Eichen, Zedern und Kastanienbäume. Der Brunnen ließ auf die Existenz einer Wasserader schließen, aus der man Profit schlagen konnte, dachte er. Und die Barranca, die die Bewohner von Nueva Olimpia stets als Hindernis und Begrenzung empfunden hatten, wurde vor seinen Augen zu einer herrlichen Kulisse. Er fasste den Entschluss, sich die Siedlung anzueignen.

Doch es gab Probleme. Von Anfang an war es offensichtlich, dass die Betroffenen nicht verkaufen wollten. Wie so viele andere in seiner Situation hätte Flores mit dem Gewehr nachhelfen können, aber er hatte noch nicht das unerlässliche Plazet der lokalen Behörde, um zu diesem Mittel zu greifen. Also setzte er einen subtileren Mechanismus in Gang: Er suchte, fand und bestach einen städtischen Kommissar, um sich Kaufverträge zu besorgen. Dann schmierte er ein paar Angestellte des Katasteramts, die seine falschen Dokumente beglaubigten, und strengte einen Prozess an … Doch das Schicksal versetzte ihm einen Tiefschlag. Der Kommissar, der ihm zu den Kaufverträgen verholfen hatte, machte sich mit dem Geld aus dem Staub. Und seine freundlich lächelnden Investoren aus dem Norden stoppten die Transaktionen, bis der anhängige Prozess zu einem für sie günstigen Ergebnis führen würde. Hier wollen wir Carlos Flores für einen Moment verlassen. Nur eine Anmerkung fehlt noch: Der Architekt, den der Bauunternehmer mit der Aufsicht über das Projekt seiner exklusiven Wohnanlage beauftragt hatte, war zufällig ein glühender Bewunderer von Doktor Atl. Er hatte seine Doktorarbeit über das Leben und wunderbare Wirken des Malers geschrieben, und darum wurde der Ort in den Plänen der Wohnanlage, die Flores auf den Ruinen von Nueva Olimpia zu errichten sich erträumte, mit dem Namen bezeichnet, den Doktor Atl ihm hatte geben wollen: Olinka.

Residenz Olinka. Der erste Schritt zu ihrer Verwirklichung bestand aus nichts weiter als einer Skizze und zwei Slogans: *Der Ort der Besten.* Und: *Generator einer positiven Bewegung in Deinem Leben.*

Monatelang sprachen sie nicht miteinander. Vielleicht ein halbes Jahr. Nach einem gemeinsamen, schwülheißen Sommer kehrten Alicia und Yeyo zu ihrem normalen Leben zurück. Im September nahm sie Jacobos Entschuldigung an, gerade rechtzeitig, um während der Feiertage zur Unabhängigkeit ins Kino eingeladen zu werden. Don Carlos mistete das Fernsehzimmer aus und schenkte Yeyo seine Sammlung kommentierter Science-Fiction-Filme. Im Allgemeinen war der Junge spröde, doch jetzt lächelte er seinen Wohltäter dankbar an. Dennoch schaffte es das Raumschiff-Epos nicht, sein Interesse an den Ratten zu verdrängen, und er hängte sich weiterhin jeden Nachmittag das Luftgewehr über die Schulter und begab sich ins Dickicht. Ali war inzwischen zu einer richtigen jungen Dame herangereift. Das sagte ihr Vater zu seinen Freunden, und er gestand, dass er ihre jugendliche Arroganz nicht ertrug. Seine Tochter ging mit Jacobo aus und kam jedes Mal exakt eine Stunde nach der vereinbarten Zeit nach Hause. Wie mit der Stoppuhr in der Hand, als wäre sie darauf aus, klarzustellen, dass sie den Willen ihrer Eltern nicht zu respektieren gedachte. Ihr Vater atmete hörbar aus, brummte etwas in seinen Bart und sah zum Fenster hinaus.

Plopp. Weil die Ratten nicht mehr mitspielten, ging Yeyo wieder dazu über, den Ball gegen die Hauswand zu schießen. Plopp.

Plopp. Jedes Mal, wenn Don Carlos ihn dort sah, einsam und beharrlich, hätte er ihn gerne aufgefordert, sich einen Film mit ihm anzusehen, doch dazu fehlte ihm die Zeit. Da bezahlte er ihn lieber fürs Waschen und Einwachsen der Autos. »Fünfzig für beide, aber sie müssen glänzen, klar? Arbeit adelt«, sagte er zu ihm. Plopp. Kurz vor Weihnachten, an dem Morgen, als die Lampendekoration in der Schule aufgehängt wurde, willigte Ali ein und wurde Jacobos Verlobte. Es war ein magischer Tag, mit bunten Lichtern und dem Duft nach Karamell und Kuchen. Es war, als teilten alle Menschen die Euphorie des Mädchens: Auf dem Nachhauseweg lächelten sie ihr zu, klopften ihr auf die Schulter und wünschten ihr Fröhliche Weihnachten. Ihre Eltern schenkten ihr Kleidung, ihr Verlobter eine silberne Halskette mit einem Brillantanhänger, die sich Ali sogleich umhängte. Yeyo war weniger glücklich. Er bekam eine neue Schirmmütze von seiner Mutter und von seiner Schwester zweihundert Pesos, verschämt in einem Briefumschlag überreicht. Davon kaufte er sich zwei Schachteln Munition. Jacobo war ein großartiger Junge. Er lud Ali jeden Freitag ein und brachte sie mit der Zeit dazu, ihn und seine Familie sonntags in die Kirche zu begleiten. Das schmerzte Don Carlos ganz besonders, denn er war auf eine Jesuitenschule gegangen und hatte sich große Mühe gegeben, seine Tochter in absolutem Laizismus zu erziehen. Er tröstete sich mit dem Gedanken, dass Ali glücklich war (jedenfalls schien es so). María, seine Frau, die immer versucht hatte, bestimmte religiöse Bräuche wiedereinzuführen, billigte die Kirchenbesuche mit stiller Genugtuung. Sie war keine Frömmlerin, das nicht, aber sie glaubte an Gott und nutzte dankbar die Gelegenheit, ein Thema wieder auf dem Tisch zu haben, das Don Carlos gleich zu Anfang ihrer Ehe für beendet erklärt hatte (so waren sie nur standesamtlich getraut worden, kein Priester hatte ihren Bund gesegnet). Nie war es ihr gelungen, ihren Mann zu überreden, sie zur Messe zu begleiten, doch eines schönen Tages ging sie allein in die Kirche und setzte sich in die Bank hinter Jacobos Familie – alle behängt mit Goldketten und Schmuck, auf den Köpfen thronten Stetsons. Von diesem Moment an betrachtete sich María von ihren Sünden befreit und ging jede Woche hin, Sonntag für Sonntag. Als sie später dann einen schrecklichen Krebs bekam, begegnete sie ihm mit festem Glauben, der zwar nichts für ihre Gesundheit bewirkte, sie jedoch immerhin an ihren letzten Tagen tröstete. Aber das, wie gesagt, geschah später.

Yeyos Mutter stand kurz vor ihrem sechzigsten Geburtstag, doch ihre finanziell angespannte Situation erlaubte es ihr nicht, in Rente zu gehen. Deswegen weinte sie vor Glück an dem Abend, als ihr Sohn ihr mitteilte, er habe eine Arbeit in einer Pizzeria ganz in der Nähe gefunden. Viel würde er nicht verdienen, aber von nun an brauchte er kein Taschengeld mehr, und so würde der Lohn der Anästhesistin ausreichen, etwas auf die hohe Kante zu legen. Die ansonsten nicht sehr überschwängliche Frau umarmte Yeyo, und dabei stellte sie fest, dass ihr Sohn, der immer einer mageren Ziege geglichen hatte, kräftig geworden war. Die vielen Stunden, in denen er Ratten hinterherläuft und gegen den Ball tritt, müssen ja zu etwas nutze sein, sagte sie sich. Exakt ein Jahr später und wieder wenige Tage vor den Weihnachtsferien kam es zu Alis nächster Verstimmung kosmischen Ausmaßes. Auf Anordnung des vermögenden Onkels würde Jacobos Familie in den weit entfernten Nordwesten reisen, um die Großmutter zu besuchen, die sie seit Jahren nicht gesehen hatten, und so würde Jacobo ausgerechnet an ihrem ersten Jahrestag nicht da sein. Ali verstand, dass seine Möglichkeiten, sich den Plänen des Onkels zu widersetzen, gleich null waren. Dennoch tobte sie. Nicht einmal das Geschenk, das sie bekam (ein silberner Ring mit ihrer beider Namen in gotischer Schrift), konnte sie besänftigen. Jacobo flog an einem Mittwoch, und Ali legte den Telefonhörer neben den Apparat, als ihrer Berechnung nach sein Anruf vom Flughafen zu erwarten war. Sie fühlte sich elend. Ihr Notendurchschnitt war hervorragend, und sie konnte sicher sein, dass ihre Eltern ihren Studienwunsch (Internationaler Handel) respektieren würden. Ihre Freundinnen verehrten sie, und Jacobo verhielt sich im Allgemeinen vorbildlich. Doch in Ali brodelte es. Sie hasste Jacobo und seine verdammte Großmutter im Nordwesten. Sie hasste es, ihren Jahrestag und Weihnachten allein zu verbringen. Sie hasste es, dass ihr Verlobter sich damit begnügte, sie zu küssen und heimlich zu befummeln. Sie hatte das neue Jahr damit beginnen wollen, mit ihm zu vögeln, statt im Familienkreis angestrengt zu lächeln. Zwei Tage vor Heiligabend kündigten ihre Eltern an, sie würden den Tag über Einkäufe tätigen und dann bei Freunden einen längst fälligen Gegenbesuch machen. Ali weigerte sich, sie zu begleiten, und täuschte Kopfschmerzen vor. »Wir sehen uns dann am Abend«, sagte sie. Don Carlos wusste um ihren Streit mit dem Verlobten und ließ ihr ihren Willen. Soll sie sich ausruhen, dachte er. Solange sie verreist sind, können diese Nordlichter sie wenigstens nicht in die Kirche schleppen und weiter indoktrinieren. Das Mädchen blieb also zu Hause. In ihr kochte es vor Enttäuschung. Sie wusste nicht, was sie tun sollte. Sie öffnete eine der Bierdosen, die ihr Vater in den Kühlschrank gestellt hatte. Der bittere Geschmack brannte ihr auf der Zunge und in der Kehle, doch nach dem dritten Schluck hatte sie sich daran gewöhnt. Sie genoss den Gedanken, für Jacobo nicht erreichbar zu sein, doch der abgehängte Telefonhörer linderte ihr Unglück nicht. Sie hätte natürlich ihre Freundinnen anrufen können, aber sie wollte mit ihnen nicht über ihren Verlobten sprechen und darüber, wie blöd er war, denn sie hatte ihnen zu viel Glück vorgespielt, um jetzt die Seifenblase platzen zu lassen. Sie beschloss, zu duschen und auszugehen, auf der Suche nach irgendetwas, das sie von ihrem Kummer erlöste.

Sie ging hinauf in ihr Zimmer. Es war lichtdurchflutet, blendend hell. Sie entkleidete sich vor dem Spiegel und dachte, wie immer, dass ihre Brüste zu klein und ihre Hüften zu breit seien. Aber trotz allem gefiel sie sich, sehr sogar, und hasste Jacobo umso mehr, weil er ihren Reizen widerstand. Und da sah sie Yeyo. Am Fenster seines Zimmers, auf der anderen Seite des Gartens. Wie erstarrt. Es war nicht mal ein lüsterner Blick. Möglich, dass er sich gerade umgezogen hatte, um zur Pizzeria zu gehen, und dann plötzlich Schneewittchens nackten Körper gesehen hatte. Yeyo. Der verrückte Junge. Der Plopp-plopp. Bei der Erinnerung an ihn lief es ihr kalt über den Rücken, und ihr Magen ballte sich zusammen wie eine Faust. Sie zögerte keinen Augenblick. Sie gab dem Jungen ein Zeichen. Komm! Es war keine Bitte. Komm, komm sofort! Sie ging zum Bett und streckte sich auf der Tagesdecke aus. Dann, als hätte sie einen elektrischen Schlag bekommen, veränderte sie ihre Position und rückte an den Rand. Sie ließ ihre Beine aus dem Bett hängen. Sie schloss die Augen. Nach ein paar Minuten hörte sie die Schritte des Nachbarsjungen auf der Treppe. Sie näherten sich. Komm, wiederholte sie im Stillen, und er gehorchte. Komm! Yeyo betrat das Zimmer, halb nackt. Er ließ seine restliche Kleidung auf den Boden fallen. Ali musste ihn nicht einmal bitten, sich hinzuknien. Er tat es von sich aus. Er ist gut zu mir, dachte sie. Er erriet ihre Wünsche. Sie war sogar ein wenig stolz auf die Episoden mit dem Nachbarn. Du bist sehr gut. Komm!

Und als die Flores später jemanden brauchten, dem sie vertrauen konnten, wussten sie, dass sie auf Yeyo zählen konnten.

Erst einige Jahre später, mit dem Regierungswechsel, wendete sich für Carlos Flores das Schicksal zum Guten. Der soeben zum Gouverneur aufgestiegene Mann gehörte zum Klub und war ein alter Bekannter der Investoren von Flores. Und darum bestand eine seiner ersten Amtshandlungen darin, den Staatssekretär anzuweisen, den Prozess gegen die Bewohner von Nueva Olimpia neu aufzurollen. So diskret wie möglich, empfahl er den Angestellten einer Anwaltskanzlei, die sich auf die Enteignung von Landbesitz spezialisiert hatte und von Flores eilig kontaktiert worden war. Drei Abgesandte der Kanzlei erschienen vor der Kooperative der Siedlung, um sie darüber zu informieren, dass das Land, auf dem sie wohnten, legal verkauft worden war, und nebenbei zu erwähnen, dass das (von dem Freund des Gouverneurs bestochene) Gericht den Anwohnern diesmal nicht recht geben würde. Sie boten ihnen, wenn sie bereit wären, den Ort zu verlassen, eine Entschädigung an, die kaum die Kosten für die Umzugswagen deckte (falls es denn überhaupt einer über die schlammigen Wege hier heraufschaffen würde). Daraufhin begab sich, zum ersten Mal in der Geschichte, ein Abgesandter von Nueva Olimpia nach Zapopan, um Hilfe zu erbitten. Er hieß Juan Serapio Herrera, ein stämmiger Mann, der sogar die Mittelschule besucht hatte. Er suchte einen seiner ehemaligen Lehrer auf, einen Gewerkschafter, und zeigte ihm die Räumungsbefehle, die ihnen die Anwälte überbracht hatten. Der Lehrer, ein in Dutzenden von Arbeiterkämpfen erprobter Veteran, riet ihm, einen Journalisten zu kontaktieren, der bereit sei, die Geschichte zu veröffentlichen. Und so kam es, dass Juan Serapio Herrera in der Redaktion des *Despertador* erschien.

El Despertador Americano, Correo Político-Económico de Guadalajara (»Der Amerikanische Weckruf, Tageszeitung von Guadalajara für Politik und Wirtschaft«) lautete der vollständige Name der ersten Zeitung, die von mexikanischen Aufständischen herausgegeben worden war. Im Dezember 1810 und Januar 1811 wurden sieben Nummern in Guadalajara publiziert, das heißt, in der kleinen Zeitspanne, in der der Priester Miguel Hidalgo, Prophet der Bewegung, in der Stadt weilte. Eine wunderbar subversive Zeit in einer Stadt, die von jeher konservativ gewesen war, mit den Weißen auf der einen und den Indios auf der anderen Seite des Flusses. Hidalgo forderte nicht nur die Unabhängigkeit Mexikos, sondern auch die Befreiung der Sklaven (dreiundfünfzig Jahre bevor Lincoln es in den Vereinigten Staaten tat, wie die Lehrer der städtischen Grundschulen zu erinnern nicht müde wurden). Und so war Guadalajara zwei Monate lang die moralische Hauptstadt der Avantgarde. Aber im Januar 1811 sah sich der »Vater der Nation« auf der Brücke von Calderón, die ausgerechnet über die Barranca von Huentitán führte, den Truppen des Vizekönigs gegenüber. Die Überlegenheit der Aufständischen, was Männer und Waffen betraf, war erdrückend. Und sie hatten das Recht auf ihrer Seite. Doch was der Anführer der Unabhängigkeitsbewegung nicht hatte, war kriegerisches Talent. Er verlor die Schlacht, seine Armee wurde aufgerieben, und die wenigen Überlebenden flüchteten wie Ratten über die Hügel. Der Held musste fliehen. In Guadalajara wurde wieder eine koloniale Regierung eingesetzt, die sich, von dem einen oder anderen Aufstand abgesehen, in den darauffolgenden zweihundert Jahren an der Macht hielt, ob sich ihre Anführer nun als Revolutionäre, Demokraten, Reaktionäre oder Investoren bezeichneten.

Klar, *El Despertador Americano*, zu dem Juan Serapio Herrera kam, war nicht mehr die ruhmreiche Zeitung der Vergangenheit, sondern ein unbedeutendes, gemäßigt fortschrittliches Blatt, das Jahre zuvor gegründet worden war und dem es gelang, zu überleben und zu wachsen, weil es einen Tick weniger reaktionär war als die Konkurrenzblätter. Auf Betreiben der Herausgeberin Lina Torres, in deren Adern das Blut von Freiheitskämpfern floss, hatte man den Namen von jenem berühmten aufständischen Urgroßvater übernommen. Das solidarische Ethos der Zeitung war allerdings nicht so groß, dass Juan Serapio weiter als bis zur Rezeption vordringen konnte. Die Empfangsdame sah einen schlecht gekleideten Bauern vor sich, wo sie es doch gewohnt war, frisch geduschte Soziologen hereinkommen zu sehen. Schließlich, nachdem er eine Stunde darauf gewartet hatte, dass ihn jemand anhörte, gab man dem Abgesandten von Nueva Olimpia zu verstehen, dass er verschwinden solle. Er ließ Fotokopien der Dokumente des Falles da, zusammen mit einem Brief, in dem er sein Anliegen vom Standpunkt der Bewohner in allen Einzelheiten darlegte (es wäre gemein, sich über die umständliche Ausdrucksweise und die Orthografie des mit der Hand und in Großbuchstaben geschriebenen Briefes lustig zu machen), und er fügte auch beglaubigte Fotokopien der Personalausweise der Betroffenen und Anzeigenerstatter hinzu. Die Empfangsdame warf einen Blick auf die Papiere, begriff nichts und beschloss in einer Art persönlichem Spielchen, dem sie sich an langweiligen Nachmittagen wie diesem widmete, sie dem erstbesten Reporter zu übergeben, der sich über eine falsche Telefonverbindung beschwerte. Du nervst mich mit Beschwerden? Gut, dann nerve ich dich mit Arbeit. Das war ihre Philosophie.

AN DEN HERRN REPORTER ODER
DEN HERRN REDAKTIONSLEITER

WIR, DIE UNTERZEICHNER, EINWOHNER DER SIEDLUNG NUEVA OLIMPIA, GEMEINDE ZAPOPAN, STAAT JALISCO, MEXIKO, MÖCHTEN HIERMIT ÜBER DIE »SCHURKEREI« INFORMIEREN, DER WIR VONSEITEN DES VERFASSUNGSMÄSSIGEN GOUVERNEURS DES STAATES JALISCO, MEXIKO, SEÑOR RICARDO CRUZ LEGARDE, AUSGESETZT SIND, DER DEN PROZESS ARGLISTIG WIEDER NEU AUFGEROLLT HAT, DEN SEÑOR CARLOS FLORES LEMAITRE GEGEN UNS ANGESTRENGT HAT, DER SCHON SEIT ZEHN JAHREN VERSUCHT, SICH DIE GRUNDSTÜCKE ANZUEIGNEN, DIE UNSERER GEMEINDE GEHÖREN, INDEM ER BEHAUPTET, EIN KAUFGESCHÄFT MIT EINEM ANGEBLICHEN POLIZEIKOMMISSAR GETÄTIGT ZU HA-

BEN, DER NIE BEWOHNER VON NUEVA OLIMPIA WAR UND AUCH KEINE BEZIEHUNG ZU UNSERER GEMEINDE HATTE. DER OBEN GENANNTE »KOMMISSAR« MIT NAMEN ATILIO BARRON MEZA (IM LETZTEN JAHRZEHNT IN DIE USA GEFLÜCHTET) HATTE KEINERLEI LEGALE BEFUGNIS, DEN VERKAUF UNSERER LÄNDEREIEN ZU GENEHMIGEN, UND DESHALB HAT SEÑOR CARLOS FLORES LEMAITRE ANGESTELLTE DES KATASTERAMTS BESTOCHEN, DIE IHM ARGLISTIG FALSCHE SCHRIFTSTÜCKE AUSHÄNDIGTEN. DER DAMALIGE VERFASSUNGSMÄSSIGE GOUVERNEUR, SEÑOR CARLOS MANRIQUE FERNÁNDEZ, WAR UNSER BESCHÜTZER UND HAT VERHINDERT, DASS DER DIEBSTAHL BEGANGEN WURDE, DEM WIR ZUM OPFER FALLEN SOLLTEN, DOCH DAS REICHTE NICHT, DENN DER PROZESS WURDE NUR AUSGESETZT, NICHT ZU UNSEREN GUNSTEN ENTSCHIEDEN, SODASS WIR NACH DEM AUSSCHEIDEN VON SEÑOR MANRIQUE AUS DER REGIERUNG IN SORGE SIND. UND JETZT, VIELE JAHRE DANACH, ROLLT GOUVERNEUR RICARDO CRUZ LEGARDE DIESEN FALSCHEN PROZESS WIEDER NEU AUF, ARGLISTIG, DAMIT SEÑOR CARLOS FLORES LEMAITRE SICH EIN LAND ANEIGNEN KANN, DAS IHM NICHT GEHÖRT UND NIE GEHÖREN WIRD. BEILIEGEND FINDEN SICH FOTOKOPIEN DER ECHTEN PACHTURKUNDEN DES LANDES, DIE IN DER ZEIT DER PRÄSIDENTSCHAFT VON SEÑOR LÁZARO CÁRDENAS DEL RÍO AUSGEFERTIGT UND DEN BEWOHNERN WÄHREND DER PRÄSIDENTSCHAFT VON SEÑOR MIGUEL ALEMÁN VALDÉS ÜBERGEBEN WURDEN. SIEHT MAN SICH DIESE ECHTEN SCHRIFTSTÜCKE AN, WIRD KLAR, DASS WIR, DIE BEWOHNER VON NUEVA OLIMPIA, GEMEINDE ZAPOPAN, JALISCO, DAS RECHT HABEN, AUF UNSEREM LAND ZU WOHNEN, DAS MAN UNS ARGLISTIG STEHLEN WILL. WEITER LEGEN WIR DIE HINTERHÄLTIGEN AUFFORDERUNGEN BEI, DIE UNS SEÑOR CRUZ LEGARDE DURCH DIE ANWÄLTE VON SEÑOR FLORES LEMAITRE HAT ZUSTELLEN LASSEN UND DIE DEN DRUCK

UND DIE DROHUNGEN BELEGEN, DENEN WIR SEIT MONATEN AUSGESETZT SIND. DARUM BITTEN WIR ERGEBENST IHRE REDAKTION, UNSEREN ALS DRINGEND EINZUSTUFENDEN FALL ZU VERÖFFENTLICHEN, UND SIND BEREIT, SIE, WENN SIE ES WÜNSCHEN, ÜBER NÄHERE EINZELHEITEN DES ARGLISTIGEN DIEBSTAHLS ZU INFORMIEREN, DEREN OPFER WIR SIND. HOCHACHTUNGSVOLL, (es folgten elf Unterschriften in unterschiedlicher Handschrift und Farbe, und darunter, mühsam von ein und derselben Hand geschrieben, die Namen derer, die für den Brief verantwortlich zeichneten; außer den erwähnten Schriftstücken lagen Fotokopien der Ausweise der Unterzeichner bei).

Zuerst war es Galanterie, dann Grausamkeit. Es begann im zweiten Monat des letzten Studienjahres am Wirtschaftsinstitut, als Alicia ihre Zurückhaltung längst aufgegeben hatte und sie die Vorwürfe ihrer Eltern wegen ihres »liberalen« Verhaltens als puren Altersstarrsinn empfand. Aldo war ein braun gebrannter Riese, mit einem Dreitagebart und sorgsam zerwühlten Haaren. Sein Jahrgang hatte die Ausbildung bereits abgeschlossen, er aber musste ein Fach wiederholen und kam deshalb jeden Freitag ins Institut. Er bewegte sich, als wäre er der König des Seminars, in dem es von Mädchen wimmelte, die er mit einigem Erfolg zu beeindrucken suchte. Ali fiel ihm erst nach ein paar Wochen auf. Der faule Löwe entdeckte die kleine Gazelle. So empfand er es. Und er beschloss, vor der Klasse mit italienischen Vorfahren anzugeben, die zweifellos erfunden waren. Er verdankte seine Hautfarbe dem Erbe von Küstenbewohnern (seine Familie stammte aus Mazatlán) und nicht einer angeblichen neapolitanischen Großmutter. Ali war seine Abstammung egal, doch es gefiel ihr, dass Aldo oft lachte und wie ein träges Raubtier umherschlich. Und dass er seine Tage dem Vergnügen zu widmen schien. Auf der Geburtstagsparty von Lili, einer gemeinsamen

Freundin, kamen sie sich näher. Ali war zwar noch mit Jacobo zusammen (der jetzt Ingenieurwesen studierte, mit dem Hintergedanken, in das Unternehmen seiner Familie einzutreten), ließ sich dadurch aber nicht aufhalten. Sie tranken, tanzten, gingen in den Garten, um die Nacht zu genießen, und landeten schließlich in seiner Wohnung. Doch Aldo war ein ungeduldiger und roher König. Anstatt Ali zu verführen, warf er sie aufs Sofa und schmiss sich auf sie. Er roch nach Schweiß und Rasierseife. Ali empfand Ekel, und nachdem sie seine Einladung, über Nacht zu bleiben, abgelehnt hatte, verließ sie die Wohnung und hielt ein Taxi an. Sie entschied, dass es genug sei. Aldo war anderer Meinung. Kurz vor dem gemeinsamen Freitagsunterricht wartete er vor dem Seminarraum auf sie und bestand darauf, gemeinsam irgendwo hinzugehen. Ali, die von Lili und zwei anderen Freundinnen begleitet wurde, schaffte es, ihn abzuwimmeln. Sie mussten sich etwas einfallen lassen und gingen in eine Bar, wo sie Pommes frites aßen und Bier tranken. »Ich dachte, Aldo gefällt dir«, sagte Lili. »Er ist verdammt brutal«, erwiderte Ali mit überraschender Offenheit. »Er rammelt wie ein Wrestler.« Sie lachten und sprachen über das Für und Wider eines solchen Verhaltens. Aldo betrat das Lokal. Vielleicht war er ihnen nicht mal gefolgt. Lautlos trotz seiner zwei Meter und seinen Herkulesschritten kam er an den Tisch der Mädchen. Er wusste sofort, dass sie über ihn gesprochen hatten, und tat so, als würde er sich darüber amüsieren, machte ihnen sogar Komplimente. »Immer verpasst man solche Gespräche«, sagte er. Eins der Mädchen wollte sich über ihn lustig machen, als er durch die Tür verschwunden war, doch die anderen spürten, dass es Ali peinlich war, und wechselten das Thema.

Etwa zwei Monate später saß Ali mit Jacobo, den sie noch langweiliger fand als gewöhnlich, in einem Restaurant. »Nein, ich habe nichts«, sagte er. »Ich denke daran, Verwaltung zu studieren. Meine Brüder werden die Leitung der Fabriken übernehmen, und jemand muss sich ums Geld kümmern.« »Du?« »Ja, ich.« »Willst du das wirklich?« Ali schätzte die Einstellung ihres Vaters, der zu sagen pflegte, er arbeite jeden Tag, damit seine Tochter das studieren könne, wozu sie Lust habe. Nie wäre es ihr in den Sinn gekommen, etwas mit der Absicht zu studieren, ein Erbe anzutreten (das ihr sowieso zufallen würde). »Ich muss mir Möglichkeiten eröffnen«, sagte Jacobo, »ich will nicht darauf warten, dass meine Brüder mir meinen Platz zuteilen. Mein Onkel soll sehen, dass ich mich bemühe, und mich unterstützen.« Als sie das Restaurant verließen, sah Ali Yeyos Mutter, die in dem Krankenhaus gegenüber arbeitete. »Wo ist Yeyo?« »In der Pizzeria, bei der Arbeit, er ist immer dort, wenn er keinen Unterricht hat.« »Und was lernt er?« »Buchhaltung.« »In der staatlichen Schule, nicht wahr?« »Ja. Fünf Semester hat er schon hinter sich.« »Ich weiß noch, wie er immer mit dem Ball gespielt hat.« »Jetzt nicht mehr«, murmelte die Frau. »Er wird älter.« Sie sagte das ohne Freude, so als hätte sie einen Fleck auf ihrer Haut entdeckt. »Grüßen Sie ihn von mir«, erwiderte Ali und senkte den Blick, denn sie dachte an die Haut, das Fleisch und die Lippen des Nachbarsjungen und befürchtete unsinnigerweise, dass seine Mutter es bemerken könnte.

Die Uni hatte wieder begonnen. Als Ali nach Unterrichtsschluss, es war schon dunkel, nach Hause ging, beschloss sie, durch den Park zu schlendern. Es war ein Umweg, aber sie machte ihn gern. Die Leute erkannten und grüßten sie. Man hörte munteres Geplapper, es herrschte eine freundliche Atmosphäre, und alle bewegten sich wie Libellen eilig auf unterschiedliche Ziele zu. Ali genoss diese Stimmung. Zwischen den Bäumen und den dicht stehenden Pflanzen war man vor Regen und Hitze geschützt. Als sie bereits in der Nähe des Parkplatzes war, auf dem sie ihren Wagen abgestellt hatte, holte Aldo sie ein und platzte in ihre Grübeleien.

»Hallo, Verschollene«, begrüßte er sie. Ali spürte, wie sich ihr Magen zusammenzog, doch das Gefühl ähnelte in nichts jenem, das sie in schöneren Augenblicken empfand. Eine misstrauische Ahnung überkam sie und ließ sie erschauern. »Hallo.« »Lange nicht gesehen.« »Ich habe Prüfungen.« »Wichtige?« »Nein, nicht besonders.« »Nimm sie ernst, damit du sie nicht wiederholen musst, wie ich.« Sie lachte übertrieben, um ihn sanftmütig zu stimmen. »Warum gehen wir nicht irgendwohin?«, fragte er. »Ich bin sehr beschäftigt«, antwortete Ali. »Sehr?« »Es wartet eine Menge Arbeit auf mich.« Aldo stieß einen Seufzer aus. »Ich glaube, ich hab's versemmelt an dem Abend neulich.« Ali wich einen Schritt zurück. »Warum? Nein, ist doch nichts passiert. Nur dass ich heute nicht kann.« »Aber so schlecht war ich doch gar nicht«, entgegnete er. »Darum geht es nicht.« »Es geht immer darum. Immer.« Aldo lachte, er meinte es ganz allgemein. »Vielleicht ist es die Gewohnheit«, erklärte er, doch das ergab für sie keinen Sinn. Was für eine Gewohnheit? »Ich muss gehen«, sagte sie, aber Aldo versperrte ihr den Weg und rührte sich nicht von der Stelle. »Wir können uns irgendwo hier verkriechen, jetzt gleich, und ich schwöre dir, dass es dir diesmal Spaß machen wird. Hinter den Bäumen. Um die Zeit kommt keiner vorbei. Ich bin in Topform, und du gefällst mir.« »Ich kann nicht«, sagte sie, anstatt »ich will nicht«. »Bitte«, sagte Aldo und fasste sie an den Handgelenken. Noch nicht gewaltsam. »Nein.« »Niemand wird uns sehen«, flüsterte er. »Bitte«, sagte sie, er aber tat so, als hätte er etwas anderes verstanden, und versuchte sie zu küssen. »Ich hab einen Freund«, sagte Ali. Es war ihm egal. Sie kam nicht gegen ihn an: Aldo war riesig wie ein Fels. Und nicht weniger unverrückbar. »Es wird dir Spaß machen«, wiederholte er. Und Ali, die sich nicht von seinem Griff befreien konnte, versuchte, ihm zwischen die Beine zu treten, wie man es ihr im Selbstverteidigungskurs an der Uni beizubringen versucht hatte.

Aldo jedoch hatte sein ganzes Leben lang trainiert, seine Genitalien gegen Attacken zu verteidigen. In der Theorie war das mit dem Fußtritt eine gute Sache, aber kein Mann vergisst jemals, seine Hoden gegen Tritte zu schützen. Denn die anderen Jungs versuchen ihr ganzes Leben lang, ihm zwischen die Beine zu treten. Sie fielen ins Gras, und Ali wusste, dass sie energischer vorgehen musste, wenn sie davonkommen wollte. Also blieb sie erst einmal ruhig liegen, und als Aldo sie wieder küsste, biss sie ihm in die Lippen. Anstatt von ihr abzulassen, verstand der Riesenidiot es als Zeichen ihrer Kapitulation. Ali presste ihre Kinnladen fester zusammen, und der Biss wurde zur Attacke. Sie spürte, wie Aldos Fleisch aufplatzte. Mit Genugtuung hörte sie den Schrei, einen furchtbar spitzen Schrei. Die Arme des Jungen stießen sie mit aller Wucht von sich. »Hure!«, schrie er und sprang auf. Ali wollte davonlaufen, doch Aldo war sehr schnell. Er packte sie an den schwarzen Haaren und riss sie zurück, als würde er eine Pfanne am Stiel vom Herd ziehen. Der erste Schlag traf sie in die Magengrube und ließ sie einknicken. Dann kamen die Fußtritte. Als Ali sich nicht mehr bewegte, zog er ihre Hose runter.

Eine Stunde später wurde sie von einem Erstsemestler gefunden, der in den Park gegangen war, um ein ferngesteuertes Raumschiff fliegen zu lassen. Der Junge sah in der Nähe des Parkplatzes ein Bündel im Gras liegen und dachte, es handle sich um einen verletzten Hund (manchmal fand er dort einen, und zwei hatte er bereits gerettet). Besorgt ging er hin. Aber es war kein Hund. Ali hatte drei gebrochene Rippen und ein paar gebrochene Finger, denn sie hatte versucht, sich gegen die Tritte zu schützen. Die Augen zugeschwollen, der Mund halb offen, die Lippen zerbissen. Ihr Geschlecht brannte wie eine offene Wunde. Irgendwann – sie wusste nicht genau, wann – war es ihr gelungen, die Hose hochzuziehen. Sie hatte geweint. Ihr Mund schmeckte nach Erde und Salz. Der

Junge erkannte sie. »Du bist die Freundin von Lili«, sagte er. Ali nickte, sie konnte ihn kaum verstehen. Immer wieder verlor sie das Bewusstsein, ein Kurzschluss im Gehirn. Sie hörte, wie der Junge telefonierte: »Es ist dringend, eine Studentin ist überfallen worden.« Sie spürte seine Hand, und trotz des unerträglichen Schmerzes drückte sie sie. Ruf meinen Papa an, dachte sie. Meinen Papa. Doch der Junge konnte ihre Gedanken nicht lesen, und da keine Hilfe kam, fing er an zu rufen. »Hilfe, Hilfe, Hilfe!« Ali konnte nichts sehen, hörte aber kurz darauf andere Stimmen und das leise Schluchzen von jemandem, der bei ihrem Anblick die Fassung verlor. Es war Lili. Sie schrie etwas. Sie wollte den Jungen mit dem Raumschiff umbringen, bis ihr klar wurde, dass er unschuldig war. Ali hörte Leute schreien und schluchzen. Sie konzentrierte sich aufs Atmen. Es dauerte eine Ewigkeit, bis die Ambulanz kam. Gegen Morgen wachte Ali im Krankenhaus auf. Die Krankenschwester, die hereinkam, sah, dass sie sich unter dem Laken bewegte. »Wir versuchen, deine Eltern zu erreichen«, sagte sie zu ihr. »Deine Freundinnen warten draußen, sie machen sich große Sorgen. Aber es geht dir schon besser, das wird wieder, wirst schon sehen.« Ali gelang es, zu murmeln: »Holt meinen Papa her.« Die Krankenschwester erschrak, als sie die brüchige Stimme hörte.

Sie wollte nicht sagen, was wirklich geschehen war. Als sie von Polizisten befragt wurde, sagte sie aus, sie sei in der Dunkelheit überfallen worden, und als sie sich gewehrt habe, habe man sie zusammengeschlagen. Von der Vergewaltigung erzählte sie nichts, und im Krankenhaus wurde sie nicht mal gründlich untersucht. Sie hatte den Eindruck, dass der Arzt und die Krankenschwestern wussten, was los war, es aber vorzogen, zu schweigen. Früh am nächsten Morgen kam eine Krankenschwester, um sie zu waschen, und nahm ihre Unterwäsche mit. Ali bat flüsternd, sie wegzuwerfen. Die Frau schüttelte erst den Kopf, sah sie dann aber mitleidig an und nickte. Auch als die Polizei die Anzeige aufnahm, verschwieg Ali die Vergewaltigung. Im Krankenhaus und später zu Hause sagte sie sich, dass es so besser sei. Aldo zu beschuldigen würde ihren Vater umbringen. Zuerst würde er sie voller Zorn, dann voller Mitleid ansehen. Und sie wollte nicht, dass er sie als etwas Minderwertiges betrachtete oder sich vor ihr ekelte. Am dritten Morgen ihrer Genesung, inzwischen zu Hause, kam Don Carlos zu ihr ins Zimmer. Er zog die Vorhänge zurück und sah seine Tochter an. »Wie geht es dir?« »Besser«, sagte Ali, die sich sehr schlecht fühlte. Die Rippen taten ihr weh, sie hatte nur fünf Stunden schlafen können, so lange, wie die Wirkung des Medikaments anhielt, das sie erst in einer Stunde wieder einnehmen durfte. »Viel besser«, log sie, und die Augen ihres Vaters füllten sich mit Tränen. Er setzte sich ans Fußende ihres Bettes. Zuerst überwachte er die Einnahme der morgendlichen Tabletten (einschließlich des Beruhigungsmittels) und wechselte den Verband. Als das erledigt war, sagte er zu ihr: »Hör mal, Yeyo ist hier. Er wartet unten. Macht sich große Sorgen. Seine Mutter sagt, er wollte schon zehn Mal herkommen. Wenn du dich stark genug fühlst und ihn kurz begrüßen willst ...« »Bring ihn her«, sagte Ali. »Kann ich dich mit ihm allein lassen, während ich dusche und dir Frühstück mache?« Sie nickte schwach. Ihr Vater küsste sie auf die Stirn. Kurz darauf kam Yeyo ins Zimmer, den Kopf gesenkt, die Hände in den Taschen. Don Carlos klopfte ihm auf die Schulter und zeigte aufs Bett, als wollte er sagen: Da ist sie. Er ermutigte Yeyo, sich ans Fußende zu setzen, wie er selbst es getan hatte. »Sag Bescheid, wenn irgendwas ist, und sei's, dass eine Fliege durchs Zimmer fliegt.« Der Junge nickte, ohne die Hände aus den Taschen zu nehmen. Don Carlos war so taktvoll, beim Hinausgehen die Tür hinter sich zu schließen. Ali hätte sich gerne aufgerichtet, doch es gelang ihr nicht. Ihr tat alles weh, sie fühlte sich zerzaust, zerschlagen und schmutzig (zuletzt hatte sie vor fünf Tagen und zwei schlaflosen Nächten geduscht). Ihre Kräfte kehrten nur langsam zurück. Yeyo sah sie an. Sie schaffte es, ihm ihre linke Hand hinzustrecken, die, die ihr weniger wehtat (ihre Finger waren geschient). In Windeseile nahm er eine Hand aus der Tasche und ergriff die ihre. Sie sahen sich eine oder zwei Minuten an, ohne ein Wort zu sagen.

»Ich bring das Schwein um«, stieß Yeyo hervor. Ali durchfuhr es wie ein elektrischer Schlag, vielleicht aus Freude. Der Nachbarsjunge verstand sie. Wie damals, als er niedergekniet war und getan hatte, was sie von ihm erwartete, ohne dass sie es ihm hätte sagen müssen. »Könntest du das?« »Wenn du weißt, wer es war.« Sie nickte. »Ich weiß es.« »Einer aus der Schule?« »Ja.« »Sag mir, wer.« »Willst du dir den Namen aufschreiben?« »Ich werde ihn mir merken und ihn mir immer wieder vorsagen. Ich werde ihn so oft ermorden, dass er mich nie vergisst.« Ali wollte lächeln (die Lippen taten ihr weh), aber Yeyo sprach mit der ganzen Ernsthaftigkeit seiner einundzwanzig Jahre. »Ich will das aber nicht«, sagte sie, und Yeyo ließ ihre Hand los. »Ich bring ihn um.« »Nein. Du wirst gar nichts tun.« Der Junge sah sie argwöhnisch an. Er machte sich Sorgen. Ali hätte ihn gern geknuddelt wie einen Hund und lächelte ihn an. Er errötete und senkte den Blick. »Wie du willst«, sagte er. Ich muss nachdenken, dachte er. Denk nach. Denk nach. Ali streichelte ihn und merkte, dass er erstarrte. »Ich hab das nicht von dir verlangt.« Der Nachbar. Der Junge. Der verrückte Junge. Der verrückte Junge, der den Ball gegen die Hauswand gedonnert hatte. »Aber ich kann ihn umbringen«, sagte er, als würde er sie um Erlaubnis bitten, noch eine Stunde länger aufzubleiben. »Nein. Du sollst mir nur helfen und bei mir bleiben. Und wenn das hier vorbei ist, das alles, verspreche ich dir, dass ich mit dir in ein Haus gehen werde, nur du und ich, und ich werde mich mit dir einschließen und wir werden dort bleiben, bis du genug von mir hast.« Yeyos Miene war so feierlich wie das einer Heiligenstatue. »Ich werde nie genug von dir haben«, sagte er. Die Geräusche in der Küche ließen darauf schließen, dass Don Carlos das Frühstück zubereitete und gleich mit einem vollen Tablett hochkommen würde. »Weißt du, was? Ich werde dich ›Hund‹ nennen«, sagte Ali. »Hund. Ich hatte nie einen, meine Mutter hat eine Hundeallergie. Ich weiß nicht, warum die Leute es für eine Beleidigung halten, jemanden ›Hund‹ zu nennen. Wenn es dich nicht kränkt, werde ich dich ›Hund‹ nennen.« »Wie du willst«, murmelte Yeyo. »Ich liebe dich, Hund«, sagte Ali und spürte, wie das Beruhigungsmittel in ihrem Nervensystem zu wirken begann. Eine Welle von Wärme durchflutete sie, und die Schmerzen waren wie weggeblasen. Die bloße Abwesenheit von Schmerz war eine Wohltat. »Hund«, sagte sie zu Yeyo, als Don Carlos mit dem Frühstück in der Tür erschien.

Jacobo, ihr Verlobter, schaffte es, sich am Wochenende für einen Moment freizumachen, um sie zu besuchen. Ali erinnerte sich erst wieder an seine Existenz, als er in ihr Zimmer kam. Keine Minute früher. Sie tat, als schliefe sie.

Reyes. So hieß der Sohn von Juan Serapio. Reyes Herrera. Er mochte zwölf Jahre alt sein und war schon so groß wie sein Vater. An jenem Nachmittag ging er unter einem grauen, Regen verheißenden Himmel zu dem Wasserfall, der sich, wie immer zu dieser Jahreszeit, oberhalb des höchsten Felsvorsprungs bildete. Der Junge liebte es, in der Umgebung von Nueva Olimpia herumzustreunen, zwischen den Zäunen und Wasserfällen und Bäumen, die dicht am Rand der Barranca standen. Wenn die übrigen Kinder sich ihm anschlossen – als es noch eine Menge Kinder in der Siedlung gab –, ging Reyes mit ihnen auf die Felder und organisierte dort Steinschlachten. Oder sie suchten Ungeziefer und kleine Tiere, die sie später auf einem Lagerfeuer verbrannten (Kakerlaken, Feldmäuse, den einen oder anderen unbeholfenen Vogel, den sie mit einem Kieselstein am Flügel oder am Kopf getroffen hatten). Doch inzwischen gab es keine Kinder mehr. Die meisten Bewohner waren fortgegangen. Man hatte ihnen gesagt, ihr Land gehöre anderen. Man hatte sie vertrieben. Geblieben waren nur er und seine drei jüngeren Brüder, die noch zu klein waren, um sich weit von zu Hause zu entfernen, und Margarita, die Tochter der Arellanos, eine wunderbare Spielgefährtin, die jetzt aber immer damit beschäftigt war, ihrer Mutter im Haus zu helfen oder ihr schwachsinniges Brüderchen zu beaufsichtigen. Klinisch schwachsinnig, wiederholte Reyes immer wieder für sich, nicht dumm. Krank. Als sie noch miteinander gespielt hatten, war Margarita seine Freundin gewesen. Sie hatten sich im Wäldchen geküsst, und er hatte schon einmal ihre Brüste angefasst, die gerade zu wachsen begannen. Doch er traf sie nur noch selten, und dann auch nur für einen Moment, denn sie hatte zu viel zu tun. Ihre Eltern waren den ganzen Tag auf dem Feld und machten sich Gedanken, lebten in ständiger Angst, dass die Leute, die ihnen ihr Land wegnehmen wollten, den Richter dazu bringen würden, sie zu vertreiben. Reyes hörte seinen Vater, Juan Serapio, mindestens einmal am Tag darüber klagen, dass der Scheißrichter weder den Räumungsbefehl ausstellte noch den Prozess wieder aufnahm, und wenn das so weitergehe, würden sie die Dummen sein und fortgehen müssen. Aber die Großmutter der Arellanos, eine unerschrockene Frau, sagte, einen Scheiß würden sie, nur über ihre Leiche, Nueva Olimpia gehöre ihnen und man werde sie mit den Füßen zuerst aus ihrem Haus tragen müssen. »Dieses Land hat immer uns gehört, Cárdenas hat es uns gegeben. Sie können uns nicht einfach so fortjagen, als wären wir irgendwelche Scheißbauern«, sagte sie.

Der Junge erreichte sein Ziel und wagte sich so nah wie möglich an den Rand der Schlucht. Es fiel nicht sehr viel Wasser vom Felsen, und es war auch nicht sauber, aber es fiel mit monotoner Gleichförmigkeit, wie der Schwanz eines Pferdes. Ein perfekter Wasserfall, dachte Reyes. Gern wäre er mit Margarita hier gewesen, um ihr die Farben zu zeigen, die man im Wasser sehen konnte, wenn man die Augen halb schloss und versuchte, es gegen das Sonnenlicht zu betrachten. Aber Margarita war nicht da, und es gab auch keine Sonne, die Farben ins Wasser zauberte. Reyes drehte sich beunruhigt um und wollte zurückgehen. Aus dem Wäldchen kamen Gestalten auf ihn zu. Sie bewegten sich merkwürdig langsam, fast träge, wenn auch irgendwie zielstrebig. Er dachte, es seien sein Vater Juan Serapio und Freund Arellano, die am späten Nachmittag manchmal spazieren gingen und die Angelegenheiten des Tages besprachen (und dabei aus einer schlauchförmigen Lederflasche Schnaps tranken, bis sie am Ende betrunken waren und gegen die Sterne, die Barranca und die Arschlöcher von Zapopan wetterten, die sie verjagen wollten). Aber sie waren es nicht. Es waren zwei Männer, das ja, und sie sahen nach Polizisten aus, schwarz gekleidet, mit schwarzen Mützen auf dem Kopf. Bewaffnet. Reyes warf sich der Länge nach auf den Boden, in der Hoffnung, sie würden ihn nicht sehen, denn er hatte Angst und dachte, sie könnten vom Richter geschickt worden sein, wovor sich sein Vater so sehr fürchtete. Die Männer entdeckten ihn nicht und sahen auch nichts Verdächtiges. Am besten, sie verschwanden wieder dahin, woher sie gekommen waren, im selben langsamen Trab. Reyes folgte ihnen auf dem Fuß. Wenn noch mehr von denen in Nueva Olimpia waren, gäbe es sicher lauten Streit mit seinem Vater und mit Großmutter Arellano, dachte Reyes. Und das wollte er sich nicht entgehen lassen. Er bahnte sich einen Weg durch das Dornengestrüpp und lief über die Felsen, um von der Schlucht aus in die Siedlung zu gelangen. Schließlich erblickte er die Männer fünfzig Meter weiter rechts von ihm. Als er die Siedlung erreichte, hörte er die Schreie. Es war seine Mutter, die neben einem Körper kauerte, in dem Reyes nicht gleich seinen Vater erkannte. Aber es war tatsächlich Juan Serapio Herrera, in der Hand immer noch die Machete, mit der er versucht hatte, andere, ebenfalls schwarz gekleidete Männer, die plötzlich aufgetaucht waren, zu verjagen. In panischem Schrecken verließ Reyes seinen sicheren Beobachtungsposten hinter dem Werkzeugschuppen und rannte zu seiner Mutter.

Juan Serapio Herrera lag mit dem Gesicht in einer Blutlache. Blind vor Zorn und stummem Schmerz, schien Reyes' Mutter nicht zu bemerken, dass ihr Sohn neben ihr stand. Schreie. Noch mehr Schreie. Freund Arellano und seine Mutter wurden aus ihrem Haus gezerrt. Arellanos Nase blutete, und die Alte klammerte sich verzweifelt an den Türpfosten. Die schwarz gekleideten Männer stießen beide mit ihren Gewehrkolben zu Boden, schafften es aber nicht, sie fortzuschleifen. Also begannen sie, sie mit Fußtritten und Faustschlägen zu traktieren. Reyes richtete sich auf. Die Männer, die er im Wald gesehen hatte, kamen hinzu. Sie wurden jetzt von Hunden mit Stachelhalsbändern begleitet. Die Tiere hechelten und bellten. Panische Angst packte den Jungen. Er ignorierte die Befehle und Drohungen der schwarz gekleideten Männer und rannte ins Haus. Er wühlte in der Schublade des Küchenschranks, bis er das Messer fand, mit dem seine Mutter das Rindfleisch zerteilte, wenn sie welches hatten. Dann ging er wieder hinaus, das Messer unter dem Arm verborgen. Margarita, das war sein einziger Gedanke. Er musste ihr zu Hilfe eilen, falls das noch möglich war. Doch auf halbem Weg sprang ihn einer der Hunde an. Er war nicht groß, dafür aber umso kräftiger. Reyes trat nach ihm, der Hund wich aus und bleckte die Zähne. Der Junge schwang das Messer, aber der Hund schien die Bedrohung nicht zu erkennen. Schüsse fielen, beide zuckten zusammen. Der Köter knurrte und stieß zwischendurch einen fiependen Laut aus. Die Schüsse hatten ihn erschreckt. Ein weiterer Schuss ließ ihn erzittern. Reyes gelang es jetzt, ihm einen Tritt zu verpassen, und sein Gegner rannte in eine der Hütten. Der Junge nutzte seine Chance. Er schlug die Tür zu. Das Tier war gefangen. Es warf sich von innen gegen die Blechtür, doch das Material hielt seiner Attacke stand. Reyes schob den Riegel vor. Er hatte den Gegner ausgeschaltet.

Die Schlacht aber war verloren. Seine Mutter wurde von einer Kugel getroffen, und der Junge schrie auf. Die Frau brach neben der Leiche ihres Mannes zusammen. Reyes vergaß alles: Margarita, den Hund, vergaß auch den Wasserfall und den Mond, der am Horizont sichtbar wurde. Mit dem Messer in der Hand stürzte er sich auf den nächstbesten Mann in Schwarz. Es gelang ihm, ihm die Klinge in den Oberschenkel zu stoßen, bevor er niedergeschlagen wurde. Ein Fußtritt ließ ihn zusammenknicken. Er sah nur noch rot, blutrot, wutrot. Er wollte den Kerl, der zu Boden gefallen war und blutete, erneut attackieren, als er einen brennenden Schmerz spürte. Es war, als hätte sich ihm ein glühendes Eisen unter dem Bauchnabel in den Unterleib gebohrt. Er kriegte keine Luft mehr und verlor das Bewusstsein. Es gab nur noch den brennenden Schmerz, das endlose Brennen im Unterleib. Er fasste sich an den Bauch und fühlte das Blut. Papa, Mama, das ganze Dorf.

Er fiel auf den Rücken. Am Himmel waren nur wenige Sterne zu sehen, die meisten von Wolken verdeckt, die dahinzurasen schienen. Ein Schatten fiel über ihn. Es war einer der schwarz gekleideten Männer, der seine Waffe auf ihn richtete. Das war das Letzte, was er sah.

Das erste Alarmzeichen war, dass sie sich übergeben musste. Ali hatte immer noch blaue Flecken am Oberkörper und an den Armen, und es fiel ihr schwer, ohne Tabletten zu schlafen. Sie hatte sich an den Schmerz gewöhnt, sodass die Übelkeit nur eins der vielen Symptome war, dem sie zunächst keine Beachtung schenkte.

Sie versuchte, nicht nachzudenken. Nie hatte sie so viele Bücher gelesen, nie so viel ferngesehen. Sie unternahm nichts mehr mit ihren Freundinnen und fand immer einen Vorwand, um ihnen aus dem Weg zu gehen. Es genügte ihr, hin und wieder mit ihrer Mutter María, die ihr blasser und schweigsamer vorkam, Kaffee zu trinken und über irgendwelche Belanglosigkeiten zu reden. Don Carlos hatte ein wachsames Auge auf sie, aber Ali vermied es, heikle Themen mit ihm zu besprechen. Sie glaubte, sie brauche nur etwas Ruhe, um sich abzulenken und gesund zu werden. Ihre Eltern führten fünfzehn Gespräche mit den Angehörigen des Instituts und der Polizei, bevor sie ihr gestatteten, wieder zur Uni zu gehen. Sie ließen sie schwören, dass sie einen Selbstverteidigungskurs absolvieren werde, bis sie den schwarzen Gürtel erreichen und sich in den tödlichsten Ninja verwandeln würde, den die Erde jemals gesehen hatte. Doch dazu kam es nicht, denn Ali wollte nicht. Ihre Rückkehr an die Uni verlief problemlos. Sie gönnte sich ein paar Tage Ruhe. Sie umarmte ihre Freundinnen auf den Korridoren und im Café und nahm die Mitgefühlsbekundungen von Mädchen, die ebenso erschrocken waren wie sie, und von Jungen entgegen, die ihr Leben dafür hergegeben hätten, der Held zu sein, der sie vor dem Überfall bewahrt hätte. Jedenfalls sagten sie das. Ali glaubte ihnen kein Wort. Sie erholte sich: Ihr Gesicht schwoll ab, die Rippen heilten, die Finger gehorchten ihr wieder. Lili war nicht dumm. Sie hatte Aldo seit dem Moment im Verdacht, als sie Ali im Gras hatte liegen sehen. Das sagte sie auch dem Polizeibeamten, der den Bericht zusammen mit den Sanitätern abfasste. Aber als Ali aufwachte, entlastete sie den Hünen vollständig. Sie sagte es im Krankenhaus, sobald sie befragt werden konnte, und wiederholte es vor ihren Eltern, vor der Polizeibeamtin, die mit dem Fall betraut war, und vor Lili und den anderen Mädchen. »Ich konnte ihn nicht genau sehen, aber er war etwa so groß wie ich. Und Aldo ist ein Riese. Er war es nicht.«

»Bist du sicher? An dem Abend in der Bar hat er mir Angst gemacht.« Lili sah sie an, als bitte sie sie inständig, es zuzugeben. »Er war es nicht. Ich kann es beschwören.« Aldo konnte also aufatmen, und die Wunde an seiner Lippe heilte ab, ohne dass sie untersucht worden wäre. Er bestand sein Examen. Und verschwand von der Universität.

Ali hatte andere Pläne. Sie wollte so schnell wie möglich mit irgendjemandem ins Bett gehen, um den Ekel und den Hass, die an ihr nagten, zu überwinden. Und sie dachte, dass die Lösung ihrer Probleme ganz nah lag, dieselbe seltsame Alternative, die ihr schon früher bei mehreren Gelegenheiten geholfen hatte. Yeyo würde tun, was sie von ihm verlangte, wie immer. Nach den Abschlussexamen verkroch sich Ali für ein paar Tage zu Hause. Ihre Eltern verbrachten damals ihre Zeit mit den Anwälten, weil es bei einem ihrer Geschäfte Probleme gab. Sie hatten legal Land bei der Barranca gekauft, das die Bewohner für sich beanspruchten. So erklärten sie es ihr. Ali interessierte sich nicht dafür, wusste aber, dass sie die einsamen Stunden, die sie allein im Haus war, nutzen sollte. Eines Abends rief sie Yeyo an und sagte ihm, er solle sich bei der Arbeit und in der Schule einen Tag freinehmen oder sich krankmelden oder was auch immer, denn sie brauche ihn. Und am nächsten Morgen empfing sie ihn, allein. Sie bot ihm Kaffee und Gebäck an. Auf ihrem Körper waren noch Spuren der Vergewaltigung zu sehen. Sie führte ihn zum Bett, küsste ihn und bat ihn, sie zu lecken. Und sie nannte ihn Hund, ihren Hund. Als sie sich völlig verausgabt hatten und sie ihn neben sich schlafen sah, wurde ihr bewusst, dass sie nie richtig mit ihm gesprochen hatte. Sie wusste nicht viel von ihm, auch wenn sie in all den Jahren in seiner Nähe gelebt und zugesehen hatte, wie er im Garten gebadet worden war oder mit ihren Eltern in der Küche gesprochen hatte. Natürlich wusste sie, dass er gut mit dem Gewehr umgehen konnte, und kannte seine kindliche

Leidenschaft für Fußball. Und sie wusste auch, dass Don Carlos ihm alle möglichen Science-Fiction-Filme lieh. »Am Ende bringt er dich noch dazu, zu lesen, was?«, bemerkte Ali einmal. »Du weißt ja, dass Papa verrückt ist. Doch, doch, das ist er.« Und der Hund lachte über ihre Unverschämtheit.

An jenem Vormittag wollte Ali etwas mehr von ihm wissen. Sie weckte den Hund, der sich unter dem Laken bewegte und mit den Augen blinzelte. »Mit wie vielen Frauen hast du geschlafen?« »Wer, ich?« »Ja, du.« »Mit einer.« »Außer mit mir.« »Mit keiner.« »Dann hat dir das also niemand beigebracht? Du bist nämlich sehr gut.« Der Hund schien sich darüber zu freuen. »Welche Musik hörst du gerne?« Yeyo nannte eine Reihe von Namen, die Ali nicht kannte, und er stand auf und ging nackt zu dem Plattenspieler, um eine Platte aufzulegen. Er versucht nicht mal, sich zu bedecken, dachte sie. Und er ist hübsch. Obwohl er älter geworden war, hatten sein Körper und sein Verhalten noch immer etwas Kindliches an sich, fand sie. Er stellte die Musik so laut, dass Ali sich die Ohren zuhalten und ihm zuschreien musste, er solle sie abstellen. Er lachte. Er ist wirklich ein Hund, dachte sie. Würde ich einen Ball werfen, könnte es sein, dass er ihm den ganzen Nachmittag hinterherhechelt. Er spielt gerne. Als er wieder ins Bett kam, redeten sie weiter, bis es Ali übel wurde und sie aufstehen musste, um sich zu übergeben.

»Ich würde mich gerne woanders mit dir treffen, außerhalb dieser Scheißstadt«, sagte sie zum Hund, als sie, blass und schwach, wieder neben ihm im Bett lag. Andererseits konnte sie sich ihn nicht anderswo als in diesen ruhigen, baumbestandenen Straßen vorstellen. Mit dem fast kahl rasierten Schädel, den Flanellhosen und den weißen Hemden aus dem Supermarkt schien er einem Fotoband von vor siebzig Jahren entsprungen zu sein. Der Junge in Schwarz-Weiß, dachte sie. Es ist gut, dass er Buchhalter wird. Als sich Ali nachts, jetzt wieder allein, erneut übergeben musste, hatte sie plötzlich die Erklärung. Es war ein vom ersten Moment an unerträglicher Gedanke. Der noch nicht überwundene Ekel kehrte mit aller Macht zurück. Sie erbrach den Kaffee, das Gebäck und jede Menge Flüssigkeit. Sie wusste, was zu tun war, aber sie wusste auch, dass es nicht einfach sein würde. Sie rief eine Cousine an und fragte sie nach einem Arzt, dem man vertrauen konnte.

Und als alles fehlschlug, griff sie wieder auf Yeyo zurück.

In Nueva Olimpia hatten, bevor die Situation durch den Prozess untragbar geworden war, mehr als fünfzig Seelen gelebt, achtundzwanzig weibliche und fünfundzwanzig männliche Bewohner zwischen drei Monaten und vierundneunzig Jahren. Als es mit der Zeit schlimmer wurde (denn außer ein paar kleineren Notizen im *Despertador* hatte sich niemand für sie interessiert), fingen die Familien an, ihr Land zu verkaufen und fortzugehen. Man zahlte ihnen ein Almosen, aber das war immerhin besser als gar nichts, sagten sie sich. Sie hatten immer dort gelebt, doch eines Tages würden sie so oder so fortgehen müssen, wie ihre Verwandten in anderen Dörfern, die sich nicht mehr damit hatten begnügen wollen, der trockenen Erde etwas Mais und Pilze zu entreißen, und vor langer Zeit in die Vereinigten Staaten ausgewandert waren. Nach einigen Monaten waren es nur noch die Arellanos und die Herreras, die sich der Übernahme der Siedlung widersetzten. Es waren alles in allem zwölf Personen: zwei Ehepaare, ihre Kinder, zwei Großmütter. Der Erste, der ihr Verschwinden bemerkte, war Elías Ramos aus San Cristóbal de la Barranca, der sich mit dem Verkauf von Düngemittel seinen Lebensunterhalt verdiente. Er fuhr in die Siedlung, um das Geld für die Säcke zu kassieren, die die Kooperative von ihm gekauft hatte, und fand jenseits der Regenwand nichts als die Hühner in ihren Ställen. Ramos war ein argloser Mann (im Polizeibericht bezeichnete man ihn als »schwerfällig«), er nahm an, dass irgendein Volksfest der Grund für die Abwesenheit der Menschen war. Als er sich wieder auf den Weg machen wollte, begegnete er Heberto Machuca aus der Gemeinde Santa Margarita in Zapopan, der mit seinem Pick-up raufgekommen war, um wie jede Woche Gasflaschen zu liefern. Ramos sagte ihm, dass niemand da sei. Der Gaslieferant war ein Mann mit mehr Verstand und beschloss, der Sache auf den Grund zu gehen. Zusammen mit seinem verängstigten Begleiter ging er ins erste Haus, an dessen Tür unaufhörlich der Wind rüttelte. Die Blutflecken und Pulverspuren an der Wand waren für ihn ein eindeutiger Beweis. »Verdammte Scheiße«, sagte er zwei Mal, ganz leise. Sie mussten mehr als die Hälfte des Weges nach Zapopan zurücklegen, bevor sie ein Telefon fanden, von dem aus sie die Polizei benachrichtigten. Bei ihrer Schilderung geriet man auf dem Revier der Gemeinde in Panik und bat sie, ihre Kollegen von der Landespolizei anzurufen. Sie kamen der Bitte nach. Die Telefonistin der Landespolizei sagte, sie sollten in die Siedlung zurückkehren und auf die Einsatzkräfte warten. Auch das taten sie. Sie warteten, jeder in seinem Lieferwagen. Nach einer Weile glaubten sie entferntes Gebell zu hören. Sie stiegen aus, gingen zu den Hütten und stellten fest: Irgendwo heulte etwas in ohnmächtiger Wut. Aus Angst, angegriffen zu werden, betraten sie die Hütte nicht, informierten aber sofort den Comandante, als er und seine Einheit auf dem schlammigen Weg heraufkamen.

Comandante Marcelo Cuervo wusste, was zu tun war. Er ging zu der Hütte, aus der das Geheul drang, öffnete die Tür und ließ den Hund frei. Der Polizeibeamte hatte viele Jahre auf dem Buckel, graues Haar, eine schwarze Uniform und den schwammigen Bauch eines Trinkers. Der Hund war auf einem dreckigen, überdachten Hof, der an das Haus der Arellanos (ein paar Papiere in der Schublade des Küchenschranks gaben über den Namen Auskunft) grenzte, eingesperrt gewesen, neben zwei Gasflaschen und einem Eimer mit schmutziger Wäsche, die darauf wartete, gewaschen zu werden. Die Tür, folgerte Cuervo, war vom Wind zugeschlagen worden, der Riegel vorgefallen, sodass der Hund drinnen gefangen war. Oder jemand hatte ihn eingesperrt. Vorher mochte das Tier gefährlich gewesen sein, jetzt aber atmete es kaum. Seine Flanken waren nach tagelangem Hungern eingefallen, und überlebt hatte er wohl dank des Wassers, das durch die Ritzen des schadhaften Daches seines Gefängnisses getropft war. Er legte sich neben den Stiefeln des Polizisten nieder. Der Regenschauer wurde nur kurz unterbrochen, dann holte er Luft und kam mit neuen Kräften zurück. Der Himmel war dicht bewölkt, grau. Dicke Tropfen fielen auf den Comandante und seine Männer und auf den halb verhungerten Hund. Cuervo hatte eine Halbglatze, seine Dienstmütze hatte er im Pick-up vergessen. Das Wasser lief ihm von der Stirn in den Schnurrbart, und er musste es mit dem Ärmel abwischen. Er hatte Hunde immer gemocht. Er warf ihm ein paar Stücke trockener Tortilla hin, die er in der Küche der Arellanos gefunden hatte. Als er sah, wie euphorisch das Tier reagierte, fasste er sich ein Herz, nahm es auf den Arm und brachte es zum Pick-up, wo er ihm auch noch sein eigenes Mittagessen hinstellte: Hühnereintopf in grüner Soße, den ihn seine Frau mindestens einmal in der Woche zur Arbeit mitzunehmen nötigte, obwohl Cuervo den Eintopf in den dreißig Jahren Ehe immer gehasst hatte. Der Köter stürzte sich auf die Schale. Der Comandante streichelte seine Flanke. Er beschloss, ihn zu behalten, da niemand da war, der Besitzansprüche geltend machte, und der Hund keine Marke trug, nur ein Lederhalsband mit Eisenstacheln, mit dem man ihn in Schach halten konnte. Kein weiterer Trick war nötig, um ihn zu überzeugen: Nachdem sein Hunger gestillt war, legte er sich in den Pick-up, satt und in Sicherheit, endlich. Der Polizist füllte die Schale mit Wasser aus seiner Feldflasche, und während er seinen neuen Schützling zum Trinken ermunterte, streichelte er ihm wieder übers Fell. Der Hund leckte seine Hand. Abgesehen von den Hühnern, Schweinen und anderen Tieren war er das einzige Lebewesen, das sie in der Siedlung fanden. Der Comandante und seine Leute durchkämmten den Hügel, ohne auf ein Anzeichen menschlicher Aktivitäten zu stoßen. Laken und Hemden hingen auf Wäscheleinen, doch es war niemand mehr da, den sie zudecken oder kleiden konnten. Der Wind rüttelte an den Türen der Hütten, Ställe und Schuppen. Schuhabdrücke und Reifenspuren waren vom Regen getilgt worden, aber in den Häusern fanden sie Einschusslöcher und Blut: Spritzer, Flecken und Pfützen auf Wänden, Tischen, Böden, Sesseln, Matratzen. Ein Schwarm Fliegen hatte die Herrschaft übernommen. Manche von ihnen waren dick und träge nach dem blutigen Festschmaus. Cuervo zertrat eine mit dem Stiefelabsatz. Er genoss das knackende Geräusch. In den Ställen dagegen war alles friedlich. Hennen, Hühner, Ziegen, Schweine und sogar eine mürrisch dreinschauende Ente. Nachdem sie ihre Näpfe leer gefressen hatten, hatten die Tiere wohl alles verschlungen, was sie finden konnten – Würmer, Kakerlaken und anderes Ungeziefer –, und der Regen hatte sie mit Wasser versorgt. Sie sehen noch ganz passabel aus, sollen die Jungs sie mitnehmen, sagte sich der Comandante, vielleicht bringen ihnen die Viecher ein paar Pesos ein. Aus einer windschiefen Baracke dröhnte ein Radio: die Klänge einer Ranchera voller Wut und Verzweiflung, die hin und wieder vom Sturm verschluckt wurden, um Sekunden später umso gespenstischer aufzusteigen. Ein Kabel, das das öffentliche Stromnetz anzapfte, versorgte das unverwüstliche Radio mit Energie. Sie stellten es ab, und es kehrte wieder Ruhe ein. In der ärmlichen Hütte fanden sie niemanden, auch nicht im Schlafzimmer. Beim Hinausgehen entdeckte der Comandante etwas am Türrahmen, das ihm wichtig schien: Fingernägel und Kratzspuren von jemandem, der versucht hatte, sich dort festzuhalten, um nicht fortgeschleift zu werden. Vergeblich.

Der erste Journalist, der zur Siedlung der Verschwundenen kam, konnte seinen Widerwillen kaum verhehlen. Er war von der staatlichen Nachrichtenagentur geschickt worden, ein erfahrener Mann, der keine Lust hatte, sich den Morgen zu verderben. Er begnügte sich damit, ein paar Fotos zu machen, die nie veröffentlicht werden würden, und hielt sich ansonsten in der Nähe der Polizisten auf und wartete ab. Der Zweite war Reporter der Sensationspresse. Ein kleiner, quirliger Mann, der in die Häuser ging, in die man ihn gehen ließ, sich die Taschen mit so viel Plunder vollstopfte, wie er klauen konnte, und die Blutspuren fotografierte. Der Dritte und Letzte war ein Reporter des *Despertador Americano*. Ein Typ mit Pferdeschwanz und arrogantem Gesichtsausdruck, der den Schilderungen der Untergebenen des Comandante nicht traute. »Im Moment wissen wir nicht, was passiert ist«, sagte einer von ihnen. Ein anderer fügte hinzu, dass der Regen wichtige Spuren verwischt habe, in schulmeisterlichem Ton, als wolle er keinen Zweifel daran lassen, dass niemand irgendetwas finden werde und letztlich die Elemente und das Schicksal für das Verschwinden der Dorfbewohner verantwortlich seien. Cuervo selbst pflegte mit Worten zu sparen, wenn es nichts zu sagen gab. Auf die Fragen des Reporters antwortete er einsilbig, mit den Spuren beschäftigt, die er am Türrahmen entdeckt hatte. Er untersuchte sie aufs Gründlichste, bewaffnet mit einer Lupe, die er einem schwarzen Etui, das einem Reisenecessaire ähnelte, entnommen hatte. Wen auch immer man hier fortgezerrt hatte, man musste es mit roher Gewalt getan haben. »Ich habe keine Ahnung«, antwortete er auf die Frage nach dem Schicksal der Verschwundenen. »Wo sind all diese Leute?«, hakte der Reporter nach. »Welche Leute?« »Die, die verschwinden.« »Na ja, irgendwo. Manchmal kommen sie zurück, wenn sie mit ihrem Freund durchgebrannt sind oder sich nur versteckt haben.« Die üblichen ausweichenden Antworten der Polizei. »Aber so was geschieht nur sehr selten. Vielleicht ist das hier ja der Fall, kann sein. Tja ... es bleibt mysteriös. Was soll ich sagen? Ist Ihnen schon mal jemand abhandengekommen?« Der Reporter schluckte. »Nein.« Cuervo verzog den Mund. Schließlich begriff der Reporter, dass es zwecklos war, hier und jetzt, am Tag, an dem sich ein ganzes Dorf in nichts aufgelöst hatte, weiter nachzufragen. »Dann ist also keiner mehr hier«, stellte er fest. »Hennen, Schweine. Und ein Hund. Den hab ich in den Pick-up gelegt.« »Lebt er noch?« »Ja.« »Ein Haustier der Bewohner?« »Weiß ich nicht. Er war in einem der Häuser eingesperrt. Hat zwar keine Hundemarke, sieht aber gepflegt aus. Scheint nicht von hier zu sein. Ich werde ihn mitnehmen. Aber schreiben Sie das bloß nicht in Ihrer Zeitung.« Der Reporter grinste, merkte aber, dass Cuervo es ernst meinte. Während der Comandante sich hinhockte, um den Türrahmen aus einer anderen Perspektive zu betrachten, ging der Reporter zum Pick-up, in dem das Tier lag. Die Füße des Mannes versanken im Matsch. Er musste sich auf einen Stein stellen, um in die Fahrerkabine sehen zu können. Der Hund schlief. Er war nicht mehr das halb tote Tier von vorhin. Als ihm der Journalist über den Kopf strich, öffnete er ein Auge. Er atmete ruhig, wie jemand, der gerade dem sicher geglaubten Tod entronnen ist. »Ich hab einen großen Hof, da werd ich ihn halten, zusammen mit meiner Hündin, die ist schon sehr alt«, sagte der Comandante, der plötzlich neben dem Reporter aufgetaucht war. »Ist der hier auch alt?« »Nein, nur völlig entkräftet. Aber er sieht gepflegt aus. Er muss nur einen Monat lang ordentlich fressen. Und möglicherweise kann ich ihn ja als Zeugen gebrauchen.« Der Reporter lachte, und der Comandante hielt eine Erklärung für nicht nötig. Der Hund hechelte wie ein Motor, zufrieden. Die Zunge hing ihm aus dem Maul.

»Ali sagt, dass es von dir ist, aber wir wissen, dass du ihr nur helfen willst.« Carlos Flores beugte sich zum Schreibtisch vor und trank einen Schluck Tequila. In einem Sessel im Arbeitszimmer seines Hauses sitzend, versuchte er den Eindruck eines Mannes zu vermitteln, der weiß, was zu tun ist, auch wenn das im Moment nicht der Fall war. Er hätte Yeyo in eins der schmucken Büros seiner Baufirma bestellen können, doch dieses Geschäft konnte man nicht einfach so abhandeln, sozusagen vor aller Augen. María, seine Frau, saß in einem zweiten Sessel, den man an den Schreibtisch gerückt hatte, weil sie den Stuhl unbequem fand. Sie war eine stille kleine Frau, deren blasses Gesicht keinen Zweifel daran ließ, dass es ihr nicht gut ging. Yeyo sagte nichts. Es stand ihm nicht zu, Ali Lügen zu strafen, und er wusste auch nicht viel zu sagen. Er hatte gerade das nächtliche Gespräch mit seiner Mutter hinter sich gebracht, der er so schonend wie möglich beibringen musste, dass er die Nachbarstochter geschwängert hatte. Der Anästhesistin blieb der Mund offen stehen. Sie verstand es nicht, nicht beim ersten und auch nicht beim dritten Versuch. Dass ihr gerade mal zwanzigjähriger Sohn mit einem Mädchen schlafen könnte, überstieg ihre Vorstellungskraft. Und dass dieses Mädchen das Schneewittchen der Familie Flores war, ließ sie der Ohnmacht nahekommen. »Meine Frau war es, die alles entdeckt hat«, sagte Don Carlos, »den Schwangerschaftstest und die Ergebnisse der Laboruntersuchungen. Zum Glück hat sie es herausgefunden. Wir hatten keine Ahnung. Als das damals passiert ist, haben wir es befürchtet, aber Ali hat immer gesagt, nein, man habe sie nicht angerührt. Nur geschlagen. Und jetzt das … Es musste ja so kommen.« Yeyo wollte ihn unterbrechen, aber Don Carlos befahl ihm mit einer Handbewegung, ihn ausreden zu lassen. »Wir haben mit der Oberschwester und dem behandelnden Arzt gesprochen. Sie wollten etwas sagen, aber Ali ließ sie nicht und stritt alles ab. Vielleicht täusche ich mich ja, vielleicht werden solche Dinge in Krankenhäusern immer verschwiegen. Ich weiß es nicht. Ist auch egal. Ali hat es jedenfalls abgestritten. Sie hat uns angelogen, wir werden schon noch erfahren, warum. Im Moment geht es um etwas anderes. Das ist jetzt das Wichtigste. Ali wird das Kind bekommen. Und wir werden die Schuldfrage nicht weiter stellen.«

Yeyo hatte sich darüber nie Gedanken gemacht und tat es auch jetzt nicht. Man sagte ihm nicht, dass die Mutmaßungen über Alis Zustand durch einen Verrat aufgekommen waren: Ihre Tochter hatte sich heimlich nach einem Arzt erkundigt, der einen Schwangerschaftsabbruch vornehmen könne, doch sie hatte den Fehler begangen, eine Cousine zu fragen, die sogleich zu Alis Mutter gelaufen war, um es ihr zu erzählen. Zutiefst besorgt wegen der Gefahr, in der die unsterbliche Seele ihrer Kleinen schwebte, war María in Alis Zimmer geschlichen und hatte die Beweise gefunden. Die Eltern zwangen sie, alles zuzugeben, und Ali erfand die am wenigsten schmerzliche Geschichte, die ihr in den Sinn kam: Der Verantwortliche sei Yeyo, der Nachbarsjunge, mit dem sie hin und wieder schlafe. »Ich weiß, dass du Ali nie anrühren würdest, denn du hast uns immer geliebt und wir haben dich wie einen Sohn behandelt«, sagte Don Carlos, und Yeyo dachte, dass sie einem Sohn niemals zwanzig Pesos fürs Wagenwaschen gezahlt hätten. Aber er sagte nichts. »Ich erkenne deinen Mut an, dich für Ali einzusetzen. Wir sind dir wirklich sehr dankbar dafür. Es sagt viel über deinen Charakter und deine Erziehung aus. Du bist ein Kavalier.« Yeyo musste sich eingestehen, dass er für derartige wohlfeile Schmeicheleien empfänglich war. Sie machten ihn stolz. »Wir wissen, dass Ali uns anlügt, aber wie gesagt, darüber wird noch zu reden sein. Die Ärmste hat Schlimmes durchgemacht, und jetzt möchten wir wissen, wie es weitergeht. Ich glaube auch nicht, dass ihr Freund es gewagt hat, etwas mit ihr anzustellen. Jacobo ist ein anständiger Junge, und meine Frau sagt, dass seine Eltern wunderbare Menschen sind. Schuld an Alis Zustand ist allein das, was mit ihr passiert ist. Sie wollte es nicht sagen, weil sie Angst hatte, es zuzugeben. Aber wir müssen einen Weg finden.« Yeyo sah zu Boden. Er war sicher, dass sie ihm die Rolle des mustergültigen Angestellten zuweisen würden. »Wir möchten dir nochmals dafür danken, dass du ihr helfen willst. In einer so delikaten Angelegenheit! Wir werden mit ihr reden. Vorher aber möchte ich dich noch etwas fragen. Etwas Wichtiges.« Don Carlos schien es eilig zu haben, es hinter sich zu bringen. In seinen Mundwinkeln zeigten sich Speichelfäden. »Wärst du bereit, uns noch einmal behilflich zu sein, wenn wir dich darum bäten? Würdest du uns aus der Patsche helfen? Das möchte ich von dir wissen.« Yeyo schluckte. Und sagte natürlich Ja.

Die Samstagnachmittage des Comandante folgten stets einem unveränderlichen Ritual. In seinen dreißig Dienstjahren hatte er samstags immer freigehabt, es war sein Lieblingstag. Wenn seine Frau ihren Nachmittagsschlaf hielt, ging er auf den Hof. Sein Haus war eine längliche, verwahrloste Bruchbude, eng und baufällig, doch das Grundstück am Ende des alten Viertels Oblatos, am Fuße der Barranca, war riesig. Der Hof maß fünfzig Meter in der Tiefe, und Cuervo trug sich schon seit Langem mit dem Gedanken, ihn in einen Nutzgarten zu verwandeln. Aber nie fand er den Schwung, ihn aufzuräumen und den Zement zu entfernen, mit dem er Jahre zuvor den Erdboden bedeckt hatte, um des Ungeziefers Herr zu werden. Auch an jenem Nachmittag folgte er seinem Ritual, eskortiert von Nena, einer Mischlingshündin mit langem, krausem Fell, und dem Hund, den er aus Nueva Olimpia gerettet hatte. Im Geräteschuppen an einer Seite des Hofs bewahrte er ein Tischchen mit Rollen auf. Er zog ihn auf den Zementboden, legte Ölfläschchen, Bürste und Lappen zurecht. Die Dienstpistole hatte einen Perlmuttgriff, auf dem sein Name und sein Rang eingraviert waren. Ein Geschenk zu seiner Beförderung. Jeden Samstag zerlegte der Comandante die Waffe und reinigte sie. Er hatte sie gern frei von Schmutz und gut geölt. Er fettete sie ein, blies den Lauf durch und rieb sorgfältig jedes einzelne Teil ab, bevor er die Waffe wieder zusammensetzte. Dann ging er zu der Mauer aus aufeinandergestapelten Ziegelsteinen, die er mit Aluminium verkleidet und mit Kork verstärkt hatte. Darauf war eine Zielscheibe aufgemalt, die Umrisse eines menschlichen Körpers. Seine Pistole war kleinkalibrig, darum erübrigten sich weitere Vorsichtsmaßnahmen. Zuerst hatten sich die Nachbarn wegen der Schüsse beschwert, doch seit sie erfahren hatten, dass der Verursacher des Lärms ein Polizist war, gingen sie ihm damit nicht mehr auf die Nerven. Cuervo verschoss nie mehr als ein Magazin. Er wollte sich nur vergewissern, dass Visier und Lauf in Ordnung waren. Er ging die üblichen zwanzig Schritte zurück, drehte sich zur Zielscheibe um und schoss. Er traf mitten in den Korkbauch. Der Hund, der ihm die ganze Zeit gefolgt war, fing jämmerlich zu jaulen an und beobachtete ihn aufmerksam, als er zum zweiten Mal schoss. Diesmal traf der Schuss die Hand der Silhouette. Der Hund klemmte den Schwanz ein und winselte. Der hat schon öfter Schüsse gehört, und er mag es nicht, sagte sich der Comandante und steckte die Waffe ins Futteral, ohne das Magazin leer geschossen zu haben. In Nueva Olimpia hatte er die Einschusslöcher gesehen. Der Köter musste Zeuge der Verschleppung der Bewohner gewesen sein, schloss er. Und aufgrund seines Aussehens war es unwahrscheinlich, dass er einem von ihnen gehört hatte. War er zusammen mit den Tätern in die Hüttensiedlung gekommen? Warum war er eingesperrt gewesen? Wo, verdammt noch mal, waren die Verschwundenen hingebracht worden? Als die Schüsse verhallten, beruhigte sich der Hund. Cuervo untersuchte ihn sorgfältig, während er sein Fell kraulte. Nena wurde eifersüchtig, schob die Schnauze in die Hand ihres Herrchens. Sie war es nicht gewohnt, still den Liebkosungen zuzusehen, die einem anderen galten. Seit seiner Rettung war der Hund kräftiger geworden. Die Rippen traten nicht mehr hervor, sie wurden von einer Fettschicht verborgen. Die Ballen seiner Pfoten waren nicht mehr verstaubt und schartig, sondern stramm und glatt. Während Cuervo ihn unterm Kinn kraulte, sagte er sich noch einmal, dass der Hund die gewaltsame Vertreibung der Bewohner von Nueva Olimpia miterlebt haben musste. Ja, er war ein Zeuge, aber ein nutzloser. Oder vielleicht doch nicht? Im Fell am Hals fand der Comandante einen Chip. Er ertastete ihn mit der Fingerspitze und musste drei, vier Mal über die Stelle streichen, bis er ihn erneut spürte. Der Chip hatte die Größe eines Sesamkorns. Offenbar hatte man ihn nicht mit der gebotenen Sorgfalt dort angebracht, denn man konnte ihn mit einem Ruck aus der Haut lösen, ohne eine Pinzette zu Hilfe zu nehmen. Der Hund musste wohl ein Zwicken gespürt haben, er jaulte auf und krümmte sich zusammen, um sich an der Stelle zu lecken. Cuervo strich ihm über den Kopf. Nena sah aus wie ein Wischmopp und hatte so viel Angst vor der Welt draußen, dass man sie frei laufen lassen konnte. Nie wäre es dem Comandante in den Sinn gekommen, ihr einen Chip einzusetzen, um sie lokalisieren zu können. Aber er erinnerte sich an ein Plakat, das seit Jahren neben dem Eingang der Tierklinik hing. Er konnte sich nicht vorstellen, dass der Tierarzt, der in dieser Gegend der Stadt sowohl Pferde und Hühner als auch Hunde und Katzen zu seinen Patienten zählte, sehr viele dieser Chips verkaufte. Es würde dennoch nicht schaden, das zu überprüfen.

Er ging hinaus und nahm den Hund an der Leine mit. Das Tier schien sofort zu begreifen, dass es ein ganz besonderer Spaziergang werden würde. Es drehte sich um seine eigene Achse, stellte sich auf die Hinterbeine und schmiegte sich an den Comandante. Durch eine kurze Gasse gelangten sie zur Tierklinik. Vor dem Eingang begegneten sie zwei Mädchen mit einer Katze, die soeben geimpft worden war. Der Hund duckte sich sprungbereit, und Cuervo musste ihn kurzhalten, um zu verhindern, dass er sich auf sie stürzte. Der Tierarzt war ein korpulenter Mann mit Aknepickeln im Gesicht. Er wischte gerade mit einem Lappen über den Behandlungstisch. Der Comandante kam sogleich zur Sache. Er zeigte ihm den Chip und fragte ihn, wie man herausfinden könne, welche Informationen er enthalte. Das Tier, das schreckliche Erinnerungen an Impfungen haben musste, zerrte an der Leine, um vor dem Tierarzt Reißaus zu nehmen. Dieser wischte sich nervös die Hände an der Hose ab. Der Polizist schüchterte ihn ein (jeder im Viertel wusste, was Cuervo von Beruf war; er konnte als Einziger sein Auto über Nacht auf der Straße stehen lassen, ohne Angst haben zu müssen, dass am nächsten Morgen die Rückspiegel fehlten). »Es gibt verschiedene Arten, die Informationen zu lesen. Lassen Sie mich sehen, ob es mir gelingt.« Er streckte die Hand aus, doch der Comandante kam seiner Bitte nicht nach. Er wollte mehr wissen, bevor er ihm den Chip anvertraute. Als hätte der Tierarzt seine Gedanken gelesen, erklärte er übereifrig: »Es ist so, dass Informationen über den Besitzer des Hundes auf dem Chip gespeichert werden, damit derjenige, der das Tier findet, es zu ihm zurückbringen kann.« »Und der Chip dient nicht dazu, ihn zu lokalisieren?« Der Tierarzt schüttelte ungeduldig den Kopf. »Ich zweifle nicht daran, dass der eine oder andere Reiche seinem Hund einen Chip mit GPS einsetzen lässt, aber das ist hier nicht der Fall.« Er streckte wieder die schwielige Hand nach dem Chip aus, dann verschwand er damit im Hinterzimmer. Kurz darauf kam er mit einem Zettel zurück, auf dem er eine Telefonnummer und eine Adresse notiert hatte. Der Comandante wartete darauf, dass er ihm den Chip zurückgeben würde. Er zweifelte daran, dass der Tierarzt ihm die Wahrheit gesagt hatte. »Los, geben Sie mir einen anderen, damit ich vergleichen kann«, befahl er. Der Tierarzt verschwand wieder im Hinterzimmer und brachte ein Plastiktütchen mit mehreren Chips, die alle gleich aussahen.

Cuervo gab sich schließlich zufrieden. Er nickte zum Abschied und zog den noch immer zitternden Hund hinaus auf die Straße. Der Tierarzt verzichtete darauf, ihm hinterherzusehen. Er hatte Angst, dass der Comandante sich umdrehen und ihn dabei überraschen könnte, wie er ihn beobachtete. Schließlich und endlich ging ihn das Ganze nichts an, sagte er sich und fuhr fort, seinen Behandlungstisch zu reinigen.

Sie heirateten an einem Samstag im April. Yeyos Mutter nahm, mit der Uhr in der Hand, exakt eine Stunde an dem Hochzeitsempfang teil, dann verabschiedete sie sich mit einem höflichen Kopfnicken von den strahlenden Schwiegereltern ihres Sohnes, die das als eine Beleidigung auffassten, es aber vorzogen, nichts zu sagen, und verließ den Saal. Yeyos Schwester Anita war gar nicht erst erschienen. Dass sie von der Heirat überhaupt wusste, erfuhren sie nur dadurch, dass sie sich auf der Geschenkliste eines Ladens mit dem Kauf eines Entsafters hatte eintragen lassen. Das Fest fand im kleinen Kreis statt, sodass die Gäste an zehn Tischen in einem kleinen Saal im zwanzigsten Stockwerk eines Hotels in der Avenida Américas Platz fanden. Dagegen waren die Kosten für Alkohol und Dekoration alles andere als niedrig. Jeder Winkel des Saals war mit Orchideen geschmückt, der Champagner floss in Strömen, und die Theke hielt den ganzen Abend über die teuersten Spirituosen bereit, obwohl fast alle den Tequila miserabel fanden (einer der Investoren hatte darauf bestanden, ihn beizusteuern, und man hatte es ihm nicht abschlagen können). Alicias Freundinnen bemühten sich in rührender Weise um eine ausgelassene Stimmung und tanzten unermüdlich – miteinander und mit ihren Freunden –, damit das Hochzeitsfest auf dem Video fröhlicher in Erinnerung blieb, als es in Wirklichkeit war. Niemandem fiel auf (am Anfang nicht einmal ihm selbst), dass der Discjockey der Junge war, der Ali, zusammengeschlagen und vergewaltigt, in der Nähe des Parkplatzes gefunden hatte. Er verdiente sich sein Studium, indem er auf Partys auflegte. Als ihm klar wurde, dass seine Aufgabe darin bestand, auf der Hochzeit jenes Mädchens, das er ein paar Wochen zuvor halb tot entdeckt hatte, für die Unterhaltung zu sorgen, unterbrach er den Tanz, nahm das Mikrofon in die Hand und hielt eine kleine Ansprache. »Als ich dich an jenem Abend im Park liegen sah«, begann er, »wusste ich, dass du ein so wundervolles Hochzeitsfest im Kreise deiner Lieben verdientest.« Alis Freundinnen sahen sich genervt an, weil sie sich diesen Schwachsinn anhören mussten. Die Flores lächelten, aber als die Freundinnen ihrer Tochter aufstanden, um zu tanzen, und sie allein am Tisch zurückblieben, seufzten und grummelten sie vor sich hin. Und als wäre das noch nicht genug, war Marías schlechter Gesundheitszustand, den die Gäste der überstürzten Heirat ihrer Tochter zuschrieben, nicht zu übersehen. (»Sie werden Ali mit diesem Bengel eines Tages im Bett erwischt haben, sie waren ja nicht mal ein Paar«, flüsterte Lilis Mutter jedem zu, der es hören wollte.) Die Gattin von Don Carlos war nur noch ein Schatten ihrer selbst, ganz gelb im Gesicht, das Haar stumpf trotz der eleganten Frisur und der frischen Färbung, die ihr gut stand. Zu dieser Zeit wusste selbst ihr Mann noch nicht von dem Tumor, der sie bedrohte. Zum einen, weil sie es ihm verheimlicht hatte, und zum anderen, weil er damit beschäftigt gewesen war, die Hochzeit zu organisieren und den seit Jahren währenden juristischen Kampf gegen die Gemeindelandpächter voranzutreiben, die ihn daran hindern wollten, Olinka, das Projekt seiner Träume, zu verwirklichen. So schenkte er seiner Frau keine große Aufmerksamkeit oder jedenfalls nicht die, die nötig gewesen wäre, um etwas zu bemerken.

Alicia und Yeyo hatten kaum ein Wort miteinander gewechselt, seit die Flores den Nachbarsjungen zu sich eingeladen und ihm in Anwesenheit ihrer mit gesenktem Kopf zustimmend nickenden Tochter ein Angebot gemacht hatten, falls er der Hochzeit zustimmen und das Kind, das in Alis Bauch heranwuchs, anerkennen würde. Geschwächt von der Übelkeit der ersten Schwangerschaftsmonate, hatte sie nur den einen Wunsch, sich ins Bett zu legen, Hühnerbrühe zu schlürfen und fernzusehen. Nachdem Yeyo das Angebot angenommen hatte, musste er die Arbeit in der Pizzeria aufgeben, um die Ausbildung zum Buchhalter so weit wie möglich voranzutreiben. Denn laut der Vereinbarung würde sie nach der Hochzeit erst einmal auf Eis gelegt werden. Nach der Feier und den Flitterwochen sollte das Paar ein Jahr in Los Angeles verbringen, um das genaue Geburtsdatum des Kindes zu verschleiern. Auch wenn Don Carlos nicht religiös war, war ihm sehr daran gelegen, sein Image als integrer Mann aufrechtzuerhalten, ein Image, dem eine von weiß der Himmel wem schwanger gewordene Tochter nicht gerade zuträglich war. Die Eheschließung eines schwangeren Mädchens würde Guadalajara eher akzeptieren können als eine alleinstehende Mutter ohne Partner. Die Braut warf ihren Strauß hinter sich, und die Freundinnen, die diesem Ritual gegenüber zunächst skeptisch gewesen waren, als man sie im Halbkreis aufgestellt hatte, kämpften am Ende dann doch wie Kaimane darum, ihn aufzufangen. Auf dem Video lächelte Ali. Wie ihren Eltern gelang es auch ihr, sich unbeschwert zu geben, obwohl sie gerade von Brechreiz und Stichen im Bauch gequält wurde. Ihr frischgebackener Ehemann dagegen freute sich wirklich. Nie hätte er es sich träumen lassen, das Mädchen zu heiraten, das seine Gedanken seit einem Alter, in dem die meisten Jungen den Frauen, die so unerreichbar waren wie Sterne, mit gierigen Verlangen hinterherschauten, fast vollständig beherrscht hatte. Auf dem Video kam deutlich zum Ausdruck, dass er das Ganze sehr genoss, auch wenn seine Mutter gegangen war, ohne sich zu verabschieden, seine Schwester nicht mal gekommen war und seine wenigen Freunde aus der Schule (betrunken und wie erstarrt angesichts der vielen Mädchen und Damen der Gesellschaft) sich an den letzten Tisch ganz hinten im Saal verkrochen hatten.

Jacobo, Alis offizieller Verlobter, bevor sich die Ereignisse überschlagen hatten, war stinksauer, weil sie mit ihm Schluss gemacht hatte. Er warf ihr alle möglichen Grobheiten an den Kopf und drohte ihr sogar, seinen Onkel vorbeizuschicken, der wer weiß was mit ihr machen würde. Und möglicherweise stammten auch die Gerüchte über ihre Schwangerschaft, die man sich auf dem Hochzeitsfest zuflüsterte, von ihm: Yeyo sei nur ein Strohmann und der wirkliche Vater des Kindes ein Drogendealer; Yeyo sei – wiederum – nur ein Strohmann, und der wirkliche Vater sei Jacobo; Yeyo sei – wie gehabt – nur ein Strohmann und der richtige Vater des ungeborenen Kindes einer von Carlos Flores' Geschäftspartnern, der Alicia in betrunkenem Zustand vergewaltigt habe (diese Version erklärte die Schwangerschaft als logische Folge der Vergewaltigung, enthüllte aber nicht den Namen des Schuldigen). Die Flitterwochen hielten die Brautleute zwar für überflüssig, doch das Ehepaar Flores gestattete ihnen nicht, die Reise ausfallen zu lassen, um das Anormale der Hochzeit nicht noch zu betonen. Also mieteten sie für zwei Wochen eine Hütte in den Bergen von Colorado (die Visa und ein Pass für Yeyo, der das Land nie verlassen und es auch nie vorgehabt hatte, mussten auf die Schnelle besorgt werden) und schickten sie mit ihrem Segen dorthin. Das Kind habe schon vor der Zeit vom Kuchen genascht, gestand Don Carlos während eines Treffens mit seinen Freunden beim dritten Glas, aber nach dem

Schrecken damals an der Universität, als sie überfallen worden sei, sei es ihm so lieber.

Alles läuft bestens, dachte er, als die Brautleute die Stadt verließen, und gönnte sich ein paar Tage Ruhe. Auch María erholte sich ein wenig, bekam sogar wieder etwas Farbe, und eines Abends stand sie kurz davor, mit ihrem Mann zu sprechen, um ihm mitzuteilen, wie es um sie stand, etwas, das bis zu diesem Moment nicht aus dem Sprechzimmer ihres Arztes gedrungen war. Doch an jenem Samstagabend zwei Wochen nach der Hochzeit erhielten sie einen Anruf. Es musste zehn Uhr oder halb elf gewesen sein, Don Carlos und einer seiner Anwälte saßen im Arbeitszimmer im Erdgeschoss und gingen die Unterlagen des Olinka-Prozesses durch. Also nahm María das Gespräch an. Es meldete sich Yeyos aufgeregte Stimme. »Señora ... Señora«, stammelte er, »Ali ist im Krankenhaus ... Vor ein paar Stunden ist ihr schlecht geworden ... in der Hütte. Sie hatte sehr starke Blutungen. Ihr Zustand ist jetzt stabil, aber die Ärzte haben uns gesagt, dass sie das Kind verloren hat ... Ich ... ich wollte Ihnen nur Bescheid sagen ...«

María fiel natürlich die Teetasse aus der Hand.

Die Büros des Bauunternehmens Flores befanden sich im zwanzigsten Stockwerk über der vornehmen Avenida Acueducto. Ein luxuriöses Gebäude für Kriminelle und Multimillionäre, dachte der Comandante, falls man sie überhaupt unterscheiden konnte. Alle Bürotürme der Gegend sahen sich ähnlich, entworfen von denselben Architekten und gebaut von denselben Unternehmen: rechteckige Klötze aus Glas und Beton, die man in Rekordzeit hochgezogen hatte, um den größtmöglichen Profit herauszuschlagen. Wie fast jeder, der sich Gedanken darüber machte, vermutete der Comandante, dass die Errichtung solcher Gebäude im Nordwesten der Stadt nur ein neues Kapitel in der Geschichte der flutartigen

Geldströme war, die zum Bau der unzähligen durch Mauern geschützten Bürotürme in der Umgebung geführt hatte. Neue Gebäude, die von einigen wenigen Unternehmen und einigen wenigen äußerst betuchten und operierten Leuten mit Cowboyhüten auf dem Kopf bewohnt wurden. Neue Gebäude, die Probleme mit Wasserrohrbrüchen, Rissen in den tragenden Wänden und der schlechten Qualität der so eleganten und kostspieligen Materialien hatten. Neue Gebäude, die in sich zusammenfielen. Cuervos Auto war eine Klapperkiste, die zehn Jahre zuvor ein Luxusauto gewesen war, zu einem guten Preis bei einer Versteigerung beschlagnahmter Fahrzeuge erworben und in einer staatlichen Werkstatt repariert. Er stellte den Wagen auf einem fast leeren Parkplatz ab, dessen drei von vier Zufahrten mit einer Kette abgesperrt waren. Überall lag noch Bauschutt herum – Erdhaufen, Steine und verschiedenes Material –, als hätten sich die Arbeiter kurz vor Fertigstellung aus dem Staub gemacht. Auf einer riesigen Glastafel in der Eingangshalle, die so leer war wie der Parkplatz, standen die Namen von nur zweien der zwanzig Unternehmen, die sie eigentlich hätten anzeigen müssen: die der Importfirma Culiacán Exprés und des Bauunternehmens Flores, das im Stockwerk unterhalb des Penthouses untergebracht war. Die übrigen Etagen standen leer. Ein Aufzug brachte ihn in schwindelerregendem Tempo nach oben in einen Empfangsraum, der identisch war mit der Eingangshalle, doch statt der einsamen Glastafel hingen hier Gemälde wie dekorative Flecken an den Wänden, und an der Rezeption saß eine hübsche, verbindlich lächelnde Sekretärin, auf dem Kopf ein Telefonkopfhörer, unter dem ein reizender kastanienbrauner Pony hervorschaute. Cuervo musste nicht zwei Mal darum bitten, den Ingenieur Carlos Flores sprechen zu dürfen. Das Mädchen drückte sogleich eine Taste und übermittelte Sekunden später die Bitte. »Wie war Ihr Name?« »Marcelo Cuervo, Landespolizei.« Sie nickte und wiederholte die Angaben. Der Comandante hoffte, sie möge ihn auffordern, in einem der Sesselchen Platz zu nehmen, die für Besucher bereitstanden. So hätte er die Gelegenheit gehabt, sie ein Weilchen zu betrachten. Er gehörte nicht zu den Typen, die die Frauen mit ihren Blicken verschlingen, aber an diesem Morgen, der so sehr von seiner alltäglichen Routine abwich, fühlte er sich wie verwandelt, anders, kühner. Nicht nur, dass er sich, zum ersten Mal in seiner dreißigjährigen Dienstzeit, krankgemeldet hatte, ohne es zu sein, er hatte auch beschlossen, das Rätsel des aus seiner verzweifelten Lage in Nueva Olimpia geretteten Hundes zu lösen. Und sich auf ein schwieriges, zwielichtiges Terrain zu begeben, das er im Moment nur undeutlich vor sich sah. Der vom Tierarzt ausgelesene Chip hatte ihm eine Adresse und eine Telefonnummer geliefert, die laut Telefonbuch zu einer Zucht- und Trainingsfarm für Hunde gehörten. Dem Comandante hatte ein diskreter, aber drohender Anruf genügt, um die Daten des Kunden zu erfahren, der die Registrierung des Tieres in Auftrag gegeben hatte. Es hatte ihn nicht überrascht, dass es sich um eine Security-Firma handelte, die laut Eintrag im Handelsregister der Familie Flores gehörte. Den Inhabern, jawohl, eben des Bauunternehmens, an dessen Empfang er gerade stand. Die junge Frau bat ihn, durch den Korridor zur ersten Tür rechts zu gehen, Herr Ingenieur Flores werde ihn sofort empfangen. Cuervo dankte ihr, senkte aber sogleich den Blick, denn er traute sich nicht, die Empfangsdame erneut zu bewundern. Vielleicht, weil er ohne Uniform, bekleidet mit einer Jeans und einer kurzen schwarzen Sportjacke, nicht er selbst war. Vielleicht auch, weil er am Morgen seine Frau angelogen und ihr gesagt hatte, er gehe zum Arzt, zu einer Routineuntersuchung, und es seiner Meinung nach die Lüge noch schlimmer gemacht hätte, wenn er das Mädchen am Empfang zu lange angestarrt hätte. Er hatte beschlossen, zivile Kleidung zu tragen, denn er wollte nicht, dass sich später jemand an seinen Besuch in Uniform erinnern würde. Das gehörte zu dem, was die vielen Jahre im Polizeidienst ihn gelehrt hatten, und er wandte seine Erfahrungen einfach an, ohne groß darüber nachzudenken.

Carlos Flores war jünger, als Cuervo erwartet hatte. Der Comandante hatte sich einen respektablen, grauhaarigen Herrn vorgestellt, doch der Ingenieur mochte etwas über fünfzig Jahre alt sein. Er wirkte seriös wie ein Buchhändler und trug die Haare etwas länger, als man vermutet hätte. Er hat etwas von einem Bohemien, dachte Cuervo, und das beunruhigte ihn. Dennoch schien er ein umgänglicher Mann zu sein, und seine schwielenlosen, glatten Hände ließen auf ein unbeschwertes Leben ohne körperliche Anstrengungen schließen, außer der im Schwimmbad und im Fitnessstudio. Sein Büro war eine Fortsetzung der Umgebung: Glas, Beton, abstrakte Bilder, von einem Innenarchitekten im Dutzend gekauft. Die einzigen persönlichen Dinge waren ein Foto seiner Familie, das neben dem Telefon stand (das sich auf dem Glas widerspiegelnde Sonnenlicht gestattete nicht, es deutlich zu sehen, aber man erkannte zwei Frauen, wahrscheinlich seine Ehefrau und seine Tochter), und die Urkunde mit dem Titel hinter dem Chefsessel. »Carlos Flores.« »Angenehm.« »Polizist? ... Ah, Comandante! Meine Frau und Geschäftspartnerin hat gerade etwas Dringendes zu erledigen, aber vielleicht kann ich Ihnen ja weiterhelfen.« Der Comandante beeilte sich klarzustellen, dass er nicht in einer dienstlichen Angelegenheit gekommen sei. Flores nickte, als verstünde er das nicht nur, sondern als erschiene es ihm ganz selbstverständlich. »Vielleicht haben Sie ja in der Zeitung gelesen, was in Nueva Olimpia passiert ist, einer Siedlung draußen bei der Barranca.« Wieder nickte Flores. In seinem Gesicht bewegte sich kein Muskel. »Möglicherweise ist es ja nichts«, fuhr Cuervo fort, »aber mir geht es um Folgendes: Wir haben dort ein totes Tier gefunden, einen Hund.

Bevor er verbrannt wurde, was in solchen Fällen üblich ist, haben wir in seinem Fell einen Chip gefunden. Der Chip enthielt die Telefonnummer einer Hundefarm. Und die Leute da haben uns die Nummer des Unternehmens gegeben, das auf Ihren Baustellen für Sicherheit sorgt. Ich hätte zu denen gehen können, aber warum Umwege machen und nicht gleich zu Ihnen kommen, habe ich mir gesagt.« Cuervo lehnte sich auf seinem Stuhl zurück und wartete auf eine Reaktion. Flores leckte sich über die Lippen und machte ein undurchdringliches Gesicht. »Und diese Sicherheitsfirma hat etwas mit unserem Unternehmen zu tun, sagen Sie?« Die Stimme des Bauunternehmers klang treuherzig, fast kindlich. Der Comandante fischte eine Zigarettenschachtel aus der Brusttasche seiner Sportjacke und hielt sie hoch, um seinen Gastgeber um die Erlaubnis zu bitten, rauchen zu dürfen. Flores stellte ihm einen Aschenbecher hin, nahm dann aber eine Fernbedienung in die Hand und schaltete die Entlüftung an. »Meine Frau mag den Geruch von Zigaretten nicht«, erklärte er. »Sie haben also einen Hund gefunden, sagen Sie ...« Der Comandante, der gedankenverloren aus dem langen Fenster im Hintergrund schaute, hustete, anstatt zu antworten. Und hustete weiter. Seit Jahren hatte er nicht mehr geraucht. Der Bauunternehmer drückte auf eine Taste und bat das Mädchen am Empfang, ein Glas Wasser zu bringen. Diesmal konnte Cuervo die Frau ungehemmt bewundern. Sie muss sehr jung sein, dachte er. Ihr Blick und ihre Figur hatten noch etwas Unschuldiges an sich. »Tot, ja. In der Siedlung. Ich glaube, er hat sich dorthin verirrt, und die Bewohner haben ihn aufgenommen. Aber Sie wissen ja, was inzwischen passiert ist: Man hat sie alle verschleppt oder weiß der Himmel was, und ich glaube, dass der Hund dabei getötet wurde.« Er log, denn er dachte nicht daran, den Hund zurückzugeben. Aber das, worauf es ihm ankam, war deutlich geworden.

Carlos Flores spielte mit einem vergoldeten und mit lächerlichen Verzierungen versehenen Füllfederhalter. »Haben Sie eine Waffe zu Hause?« Die Frage des Comandante ließ den Bauunternehmer hochschrecken. Der Füllfederhalter fiel auf den Nussbaumschreibtisch. »Ich? Nein, niemals. Nein.« »Sicher?« »Sicher.« »Der Hund wurde mit einer Pistole Kaliber .38 erschossen.« Flores schloss die Augen, um sich die Situation vorzustellen, die ihn erschauern ließ. Demnach wusste er um die Verwüstungen, die eine .38er in einem Körper anrichtet. »Verdammt.« »Ja.« Der Polizist trank sein Wasser aus. Er beschloss, auf den eigentlichen Grund seines Besuchs zu sprechen zu kommen. »Ihr Bauunternehmen führt einen Prozess gegen die Siedlung, nicht wahr, Herr Ingenieur? Hab so etwas in den Akten der Zentrale gelesen. Ein Streit um die Grundstücke. Deswegen waren die übrigen Bewohner bereits fortgegangen.« Flores nahm den Füllfederhalter und steckte ihn in die Brusttasche seines Hemds. Er bemühte sich, weiterhin unbeschwert zu wirken. »So ist es. Aber Sie werden doch nicht glauben, dass ...« »Nein.« Die Haut des Bauunternehmers war milchig weiß, fast transparent. Die Adern an den Schläfen und am Hals traten blau hervor wie Flüsse auf einer Landkarte. Seine Lippen waren kaum dunkler als die kalkweißen Wangen. »Nein, keine Sorge, Herr Ingenieur. Nur wäre es mir nicht recht, wenn die Presse davon erführe oder irgendein Politiker, Sie wissen schon, denn das würde meinen Geschäften schaden. Und Ihren. Hören Sie, besser, ich gebe Ihnen den Chip. Nicht dass ihn jemand findet und mit Ihnen in Verbindung bringt.« Die Hand von Comandante Cuervo zitterte, aber sehr viel weniger als die von Flores, als dieser den Chip entgegennahm. »Bewahren Sie ihn gut auf, Herr Ingenieur. Die Ermittlungen laufen bereits. Es gibt immer einen Riesenwirbel, wenn so viele Leute verschwinden. Zwei komplette Familien offenbar. Besser, das hier bleibt unter uns, nicht wahr? Stellen Sie sich vor, die kriegen raus, dass der Hund, der dort tot gefunden wurde, Ihnen gehörte und einen Chip mit der Telefonnummer Ihrer Sicherheitsfirma im Fell hatte ...« Flores konnte nur noch mechanisch nicken. Er schob den Chip in die Brusttasche zu dem vergoldeten Füllfederhalter. Unwillkürlich senkte er den Kopf und stieß einen Seufzer aus. Und erst in diesem Moment begriff er den Grund für den Besuch des Polizisten. Klar, einen anderen gibt es nicht, dachte er. Nicht mal eine Uniform hat er an. Der Comandante wollte all das verdammte Geld, das die Flores auftreiben konnten, um es ihm zu geben, sagte er sich. »Möchten Sie vielleicht einen kleinen Tequila, während wir weiterplaudern, Comandante?«, schlug Flores ihm vor. »Ich kann das Mädchen bitten, uns einen zu bringen. Mit einem Zitronenscheibchen natürlich.« Das Lächeln, mit dem er den Polizisten ansah, war so professionell wie das der Empfangsdame.

Die Jungvermählten kamen ganz gut zurecht, besser, als man hätte annehmen können. Yeyo konnte mithilfe der Beziehungen seines Schwiegervaters das Studium abschließen, woraufhin ihm die Flores sogleich einen Posten in der Baufirma anboten. Alicia setzte keinen Fuß in das Unternehmen, das sie einmal erben würde. Nach zwei Jahren wurde sie wieder schwanger, und diesmal gab es weder Gerüchte noch traten Blutungen auf. Carla wurde an einem Morgen im Februar geboren, im Krankenhaus Del Carmen, in dem auch die letzten vier Generationen der Flores das Licht der Welt erblickt hatten. Obwohl sich die Eltern des Mädchens in nichts ähnlich waren, verstanden sie sich inzwischen sehr gut. Yeyo war ein aufopferungsvoller Ehemann und Vater, zumindest nach den Vorstellungen eines Angestellten, der großes Glück gehabt hatte. Alicia war durch die schrecklichen Erlebnisse und die Geburt des Mädchens besonnener geworden, und auch wenn sie gegenüber ihrem Mann nur eine Art liebevolle Dankbarkeit verspürte und er eine gewisse sexuelle Anziehungskraft auf sie ausübte (die man allerdings nicht mit der vergleichen konnte, die sie als Jugendliche empfunden hatte, als sie Yeyo als Spielzeug benutzte), war er ihr doch keineswegs unangenehm. Nie hielt er ihr das Geschehene vor, und nie hatte sie das Gefühl, dass er mit ihr konkurrieren wollte (Ali erhielt natürlich sehr viel mehr Geld von der Firma als er). Sie hatte wieder angefangen, mit ihren Freundinnen auszugehen, und sogar ein paar Affären gehabt mit Typen vom Sportklub, bei dem ihre Eltern die beiden angemeldet hatten und in dem sich Yeyo, der kein Interesse an Tennis oder Spinning hatte, nie blicken ließ. Doch das waren flüchtige, eher unbefriedigende Geschichten gewesen. Yeyo verbrachte viele Stunden mit dem Mädchen, denn ihr gesellschaftliches Leben beschränkte sich auf wenige Kontakte. An den Wochenenden besuchten sie seine Schwiegereltern oder wurden von ihnen besucht. Er musste mit Don Carlos trinken und sich jedes Mal die schlechten Nachrichten über die Krankheit der Mutter anhören, die nicht beiden zusammen mitgeteilt wurden, sondern einzeln und mit gesenkter Stimme: Carlos erzählte Yeyo nach ein paar Gläsern im Garten davon, und María ihrer Tochter Ali in der Küche oder wenn sie ins Zimmer der Kleinen gingen, um miteinander zu tuscheln. Yeyos Mutter besuchte sie nur hin und wieder. Sie sprach wenig und überschüttete ihre Enkelin mit Zärtlichkeiten, küsste sie mit einer Mischung aus Zorn und Mitleid. Anita, seine Schwester, schickte der Kleinen das eine oder andere Geschenk zum Geburtstag, besuchte sie jedoch nie.

Mit dem Bau der Wohnanlage Olinka wurde begonnen, als das Mädchen drei Jahre alt wurde. Von Nueva Olimpia, der alten Hüttensiedlung, war nichts mehr übrig geblieben. Man hatte die Grundstücke mit schwerem Gerät eingeebnet und die Klippen der Barranca abgezäunt (niemand wollte, dass ein Kind in den Abgrund stürzte: die denkbar schlechteste Werbung). Die Maisfelder, das Dornengestrüpp und andere Sträucher waren mit Stumpf und

Stiel ausgerissen und durch Hunderte von ausgewachsenen Zierbäumen ersetzt worden; Spezialisten hatten sie gehegt, damit sie Wurzeln schlugen. Der Ort glich nun tatsächlich jenem Paradies, das Doktor Atl vorgeschwebt hatte, wenn auch ohne ein einziges seiner wissenschaftlichen oder künstlerischen Ideale. Und natürlich war es nicht »Das Was Ist«. Es ging darum, dass sich die Reichen der Stadt samt Personal dort niederließen. Um nichts anderes. Die Flores waren die Ersten, die eine der Villen bezogen, und es folgte ihnen ein Dutzend Familien, in der Mehrzahl junge Paare wie Alicia und Yeyo. Diese zogen allerdings erst ein Jahr später nach Olinka um, denn Ali gefiel das neue Heim nicht. Sie hatte an allem etwas auszusetzen. Sie ließ das Holz austauschen, die Haustür versetzen und eine Mauer hochziehen, um dann zu beschließen, sie niederreißen und das Grundstück einzäunen zu lassen. Und schließlich befahl sie, eine neue Mauer zu bauen. Es hatte sich eingebürgert, dass sie die Sonntage bei ihren Eltern in Olinka verbrachten, wo Yeyo und Carla wie kleine Hunde auf der Wiese herumtollten. »Das Kind soll sich daran gewöhnen, schließlich wird es hier aufwachsen«, sagte María zu ihnen. Sie war nur noch Haut und Knochen, bedeckte ihren Kopf mit einem Tuch und trug stets einen Pullover, selbst bei vierzig Grad Hitze. »Sie soll es kennenlernen. Es gehört ihr. Das alles gehört ihr.«

Irgendwann nahmen die Gespräche, die Yeyo mit seinem Schwiegervater beim Essen führte, einen anderen Charakter an. Sie redeten nicht mehr über Marías Krankheit (es war offensichtlich, dass es ihr schlecht ging, obwohl sie ein Vermögen für Behandlungen ausgegeben und Spezialisten aus drei Ländern konsultiert hatten). Jetzt kam es vor, dass Don Carlos bei einem Gläschen über die Wohnanlage sprach. Darüber, wie wundervoll sie sei und dass sie bald noch mehr Familien anlocken werde. Dass er mehr Geld brauche, um das Klubhaus zu bauen und außerdem ein kleines, unbedingt erforderliches Einkaufszentrum (die vorhandenen Geschäfte waren zu weit entfernt). Und er redete über den Druck vonseiten der Investoren, die ihre Nase überall reinstecken und alles kontrollieren oder ihm das Projekt sogar aus der Hand nehmen wollten. »Weißt du, was ich verdienen könnte, wenn ich diesen Scheißkerlen aus dem Norden alles überlassen würde? Wenn ich ihnen die Häuser verkaufen würde? Millionen! Alles Geld der Welt, Yeyo. Aber ich werde nicht an sie verkaufen. Nicht das hier. Hier werden keine Kriminellen wohnen. Nicht in der Nähe meiner Enkelin. Hier werden wir ihre Scheißmusik nicht hören und die aufheulenden Motoren ihrer Pick-ups nicht ertragen müssen. Von mir aus können sie die gesamte Stadt kaufen, aber das hier werden wir ihnen nicht überlassen.« Yeyo verstand nichts von dem, was sein Schwiegervater ihm erzählte, nur so viel: Die Dinge standen schlecht. Die Häuser verkauften sich nicht, gerade mal eins pro Monat, manchmal sogar nicht mal das. Die Kosten für den Unterhalt der Gemeinschaftsanlagen waren enorm, und dass es weder ein Klubhaus noch Geschäfte gab, erboste die Eigentümer. Einer von ihnen zog fort und wollte sein Haus vermieten. Carlos musste dringend irgendeinen Strohmann finden, dem er drei Viertel der Miete zahlte, damit die anderen Bewohner angesichts des leer stehenden Hauses nicht unruhig wurden. »Es kostet mich ein Vermögen, aber den Kriminellen verkaufe ich kein einziges Haus«, murmelte er, wenn seine Frau und seine Tochter ihn nicht hören konnten. An Carlas fünftem Geburtstag musste Ali fast alle Kinder der Vorschule in einer Flotte firmeneigener Wagen zur Party kutschieren lassen, denn Olinka lag weit außerhalb, und sie befürchtete, dass die Geburtstagsparty samt *piñata* ein ebenso großes Fiasko würde wie die Wohnsiedlung. Die Flores trafen erst sehr spät ein, was sonst nicht ihre Art war. Yeyos Mutter war schon gegangen. Und auch die meisten der kleinen Gäste waren bereits fort. Entweder waren sie von ihren Eltern abgeholt worden, oder Carlas Kindermädchen hatten es übernommen, sie in den Firmenautos nach Hause zu bringen. Carlos ging direkt ins Wohnzimmer und goss sich ein Glas des sündhaft teuren Whiskys ein, den er Yeyo (der Tequila vorzog) geschenkt hatte und jetzt immer trank, wenn er zu Besuch war. María ging in den Garten, um ihre Enkelin zu küssen, wie sie sagte, und um Ali ihre Hilfe anzubieten. »Hast du eine Minute, Yeyo?« Der Schwiegervater war beim zweiten Whisky angelangt, und seine Hand, die krampfhaft die Flasche umklammerte, verhieß nichts Gutes. »Komm her und schließ die Tür. Ich hab dir was Wichtiges mitzuteilen. Komm, gib mir eine Zigarette. Du hast keine? Auch gut ... Nein, geh nicht. Ich bleibe beim Whisky. Hör zu.« Es folgte eine Pause, während der sich Flores ein weiteres Glas eingoss. »Folgendes: Es gibt ein Problem. In den letzten Jahren hab ich hart darum gekämpft, Olinka sauber zu halten. Zuerst ging es darum, sich nicht mit kriminellen Investoren einzulassen Dann, Geld für das Projekt aufzutreiben und mit dem Bauen der Häuser zu beginnen. Und das alles, ohne die Verbrecher zu beteiligen. Wir wollen euer Geld, aber nicht euch, das war die Botschaft. Und es hat mich ein Vermögen gekostet, daran festzuhalten.« Der Bauunternehmer beschwerte sich wie ein Enterbter in der Eckkneipe. »In Guadalajara haben Leute wie wir mehr Geld als alle anderen Einwohner zusammen. Diese Arschlöcher sind die Einzigen, die kaufen können. Aber gut, das krieg ich hin. Irgendwann wird das alles hier explodieren. Die Stadt wächst, sie kommt mit jedem Tag näher. Diejenigen, die hier gekauft haben, wissen, dass es eine Oase ist. Sie werden nicht fortziehen. Und wir können sogar noch viele Jahre durchhalten und warten, bis andere kommen und jeden Preis zahlen.« Er trank einen großen Schluck, und Yeyo sah, dass eine Ader, so dick wie ein Finger, quer über seine Stirn lief. »Aber jetzt gibt es ein Riesenproblem. Als ich die Grundstücke gekauft habe, musste ich Stoßtrupps vorschicken. Hab ich dir das nicht erzählt? Wir hatten Probleme, sehr ernste sogar.« Er machte ein betrübtes Gesicht, als schmerze ihn noch heute die Gewalt, die er hatte anwenden müssen. »Einmal wurden die Leute, die die Grundstücke räumen und in Besitz nehmen sollten, mit Macheten angegriffen. Schrecklich, ja. Du kannst dir nicht vorstellen, was da los war. Und jetzt wird das Ganze wieder aufgekocht. Die Presse lässt nicht locker. Schuld daran ist irgend so ein Blödmann, der sich auf mich eingeschossen hat, ein kleiner Journalist, kannst du dir das vorstellen? Ja, eine Riesensauerei. Aber wir können gut mit dem Gouverneur und den Bürgermeistern. Wir haben Vertrauen zueinander. Keine Freundschaft, das nicht, aber Vertrauen.« Flores sprach wie zu sich selbst, und Yeyo ahnte, dass er zu einem Schlag ausholen und dass dieser Schlag ihn treffen würde. Währenddessen redete sein Schwiegervater weiter, den Blick auf die Vorhänge gerichtet. »Was sie wollen, ist, dass wir ihnen etwas anbieten, etwas, das es ihnen ermöglicht, einen Prozess zu führen. Einen Betrug oder was auch immer. Etwas, mit dem sich die Sache mit den Verschwundenen vertuschen lässt.« Plötzlich wandte er sich Yeyo zu. Die Schlange erhob ihr Haupt und begann ihren Tanz. »Schau, Yeyo, ich hänge mich jetzt schon seit vielen Monaten da rein, und es war schwierig, das kannst du mir glauben. Manchmal hatte ich morgens keine Lust, aufzustehen. Erst das mit meiner Frau und dann das hier. Verdammt, Yeyo! Und jetzt soll ich ihnen plötzlich was anbieten, irgendwas, damit sie sich rechtfertigen können. Damit sie uns zufriedenlassen, verstehst du? Und plötzlich kommen sie mir auch noch damit, dass die verfluchten Gringos einen Bericht veröffentlicht haben, in dem es heißt, dass mein Unternehmen schmutziges Geld vom organisierten Verbrechen wäscht. Dabei bin ich es, der verhindert, dass diese Arschlöcher sich alles hier unter den Nagel reißen! Ich nehme ihr Geld nur deshalb, weil sie die Einzigen sind, die welches haben!«

Yeyo kapierte gar nichts, nickte aber zu allem. Er goss seinem Schwiegervater nach und genehmigte sich selbst ein zweites Glas Tequila. Nicht sehr voll, denn Ali mochte es nicht, dass er trank, wenn ihre Eltern zu Besuch kamen. Es war ihr nicht recht. Flores war aufgebracht, er hatte sich in Rage geredet und fuhr in seinem Monolog fort: »Hör zu, Yeyo, ich würde dich nicht darum bitten, wenn nicht die Zukunft der Familie auf dem Spiel stünde. Und unsere Zukunft, das ist Olinka. Das Erbe deiner Tochter, deines Blutes. Ihre Zukunft. Dieses Land gehört ihr. Uns. Und wir werden nicht zulassen, dass man es uns wegnimmt, oder?« Er antwortete sich selbst mit einem Kopfschütteln. »Ich brauche wieder deine Hilfe, mein Junge. Noch ein Mal. Du warst schon mehrmals der Superman der Familie. Das wissen wir. Du warst immer wie ein Sohn für uns, schon seit du ein kleiner Junge warst. Wir haben dir Alicia gegeben, die wir mehr als alles auf der Welt lieben. Merkst du was? Es ist ein ewiges Geben und Nehmen. Wir sind eine Familie.« Und Yeyo, der jeden Morgen mit dem Gefühl aufstand, er verdiene das gute, unbeschwerte, fantastische Leben, das er führte, eigentlich gar nicht, sagte Ja, bevor er wusste, was von ihm erwartet wurde.

Sein Ja kostete ihn fünfzehn Jahre Gefängnis.

DIESE LOYALE STADT

Diesmal konnte sich Blanco nicht in Fantasien flüchten. Er wälzte sich im Bett hin und her, fand aber keinen Schlaf und konnte sich auf keinen Gedanken konzentrieren. Er kam sich vor wie ein Fernseher, der mit ungeduldigem Finger bedient wird. Wie sollte er sich den abgenutzten Träumen hingeben, in denen er mit seiner Tochter auf einer Wiese spielte, die einem grünen Teppich in einem Hotel glich, wenn Carla doch inzwischen erwachsen war und ihn hasste oder nachtragend genug war, um perfekt vorzutäuschen, ihn zu hassen? Wie sollte er zu einer imaginären süßen Alicia zurückkehren, wenn er doch soeben der realen begegnet war und sie ihm – weit entfernt davon, eine Versöhnung anzubieten – ihre Verachtung ins Gesicht geschleudert hatte? Er stand auf, trank, bis er eingeschlafen war, und wachte mitten in der Nacht mit heftigen Kopfschmerzen auf. Aus Angst, nicht frisch in die Schlacht zu ziehen, die ihn an jenem Tag im Reich der Flores erwartete, ging er hinunter auf die Straße und suchte eine Apotheke auf, wo er mithilfe zweier Scheine, die er der Apothekerin in Ermangelung eines Rezepts hinhielt, ein starkes Beruhigungsmittel erwarb. So stark war sein Glaube an die Wirksamkeit des Medikaments, dass er auf dem Rückweg einen schwarzen Kaffee trank, der ihn vermutlich aufputschen würde. Wieder im Hotelzimmer, stellte er den Ton des Fernsehers ab und sah sich ein Fußballspiel an, war aber nicht mal in der Lage, die Abkürzungen der Mannschaften links oben auf dem Bildschirm zu entziffern. Und die Trikots der Mannschaften hatten sich während seiner Zeit im Gefängnis so sehr verändert, dass es ihm sogar schwerfiel, das seiner Lieblingsmannschaft zu identifizieren. Als die Wirkung des Beruhigungsmittels nachließ und er mit staubtrockenem Mund aufwachte, wusste er immerhin, wie er hieß und wo er war. Ihm war übel, er musste husten. Der Kaffee hatte seine Gedärme in Aufruhr versetzt und eine Flut säuerlicher Flüssigkeit nach oben gespült.

Es war zwölf Uhr mittags, und er brauchte eine weitere Stunde, um wieder auf die Beine zu kommen. Zuallererst onanierte er mithilfe der Nacktfotos von Alicia (im Glanz ihrer zwanzig Jahre, heimlich aufgenommen im Zimmer seiner Ex, ein Bild von blendender Schönheit), doch auf eine verzweifelte und wenig begeisterte Weise, die ihn nicht befriedigte. Die Jahre, musste er sich eingestehen, hatten seine Leidenschaft für die Frau, die seine Ehefrau gewesen war, abkühlen lassen. Estrellas molliger, weicher Körper war ihm jetzt näher und stimulierte ihn mehr. Er legte die Bilder in die Mappe zurück und schloss sie im Safe ein. Er wollte nicht, dass das Zimmermädchen sie auf dem Boden verstreut liegen sah und mitnahm. Er duschte, bis die Spiegel und die gekachelten Wände des Bads beschlugen, und wartete darauf, dass die Lüftung den Dampf absorbierte und er sich rasieren konnte. Er wollte anständig aussehen, wenn er den Flores gegenübertrat. Er bespritzte sich mit Kölnischwasser und überlegte eine Weile, ob er noch einmal ins Einkaufszentrum gehen und sich zu dem einfarbigen Hemd und der Gabardinejacke, die er sich zurechtgelegt hatte, eine passende Krawatte kaufen sollte, doch am Ende verwarf er den Gedanken wieder. Er wollte nicht übertreiben. Sie verdienten es nicht. Er putzte sich die Zähne und stellte dabei fest, dass sein Zahnfleisch blutete. Er spülte sich den Mund mit einem Mundwasser aus, das stärker brannte als die schärfste Sauce. Er bereute es, ein Beruhigungsmittel genommen zu haben, denn seine Müdigkeit verflog nur langsam, und dazu quälte ihn nun schrecklicher Hunger. Dann ging er hinunter in das nahe gelegene Café, um etwas zu essen. Um diese Zeit – zwischen Frühstück und Mittagessen – war er allein im Lokal. Die Leute tätigten wohl ihre letzten Weihnachtseinkäufe. Als er den Milchkaffee halb getrunken hatte, wählte er Estrellas Nummer. Nichts. Er rief noch einmal an. Wieder nichts. Er versuchte es ein drittes Mal. »Heute geht es nicht«, antwortete sie in einer SMS, die zehn Minuten später auf seinem Display erschien. Aber sie war so nett, ihm erneut die Fotos von ihren Brüsten zu schicken, diesmal allerdings durch ein Smiley ergänzt. Blanco war enttäuscht, antwortete aber mit einem Herzen. Er wollte sie nicht verärgern.

Er ging ins Hotel zurück und nahm die Pistole aus dem Safe. Er steckte sie in die Jackentasche, doch als er feststellte, dass sie sich abzeichnete, wickelte er sie in ein T-Shirt, damit es so aussah, als wäre es irgendein Päckchen. Ihn erschreckte der Gedanke, eine Waffe bei sich zu haben, und er wollte nicht, dass man sie entdecken und sein Vorhaben dadurch scheitern würde. Er durchquerte die Hotelhalle und bat mit unbewegtem Gesicht den Portier, seinen Wagen zu holen. Dabei ermahnte er sich immer wieder, ruhig zu bleiben, und irgendwie gelang ihm das auch. Oder es war das Beruhigungsmittel, das immer noch wirkte. Er verspürte ein deutliches, zugleich aber unbestimmtes, dumpfes Unbehagen. Eine Herdplatte auf halber Flamme kurz vor dem Erhitzen. Wilder, aber gebremster Zorn, wie Leute ihn verspüren, wenn sie sich die Fingerkuppe mit einem Blatt Papier schneiden, sich auf die Zunge beißen oder niesen müssen, aber nicht können.

Er hielt an einem Lebensmittelgeschäft und kaufte zwei Flaschen Sekt und einen verstaubten Geschenkkorb mit Konservendosen, den letzten, der vorrätig war. Er zahlte bar. Es schien ihm das Vernünftigste zu sein, keine Spuren zu hinterlassen. Ohnehin hatte er nicht die Möglichkeit, seine Bankkarte zu benutzen, denn man hätte ihn aufgefordert, sich auszuweisen, und das einzige Dokument, das er besaß, war sein Diplom, und das lag in irgendeiner Kiste hinten in seinem ehemaligen Arbeitszimmer in Alicias Haus.

Er fuhr langsam, unterhalb der Geschwindigkeitsgrenze, durch die holprigen Nebenstraßen. Der Verkehr schien ihm schlecht verteilt: brodelnd in der Nähe der Einkaufszentren, gleich null hundert Meter weiter. Der Abend brach an, und es stand das Weihnachtsessen mit einer falschen Glückseligkeit bevor. Selbstmörderische Traditionen, die die Menschen, die es eigentlich nicht wollten, dazu zwangen, sich gemeinsam an einen Tisch zu setzen. Zu viel Trubel, dachte er. Die Ameisen beeilten sich, die letzten Blätter zu sammeln, bevor sie sich in ihren unterirdischen Gängen einschlossen und auf das Unvermeidliche warteten: die Familie, die gedankenlosen, überflüssigen Geschenke, das überreichliche Essen.

Der hypermoderne Kompass auf seinem Handy sagte ihm mit einer spanischen Telefonstimme, wie er fahren musste, um die Staus und die Schlangen an den Ampeln zu vermeiden. Es war ein weiter Weg, und er kam erst nach dem Mittagessen dort an.

Er hielt vor dem Seitentor. Eine bleierne Stille lag in der Luft. Sogar die Vögel schienen etwas Besseres zu tun zu haben, als sich in dieser Gegend blicken zu lassen. Den Wachmann, der neben seinem Wagenfenster auftauchte, bestach er mit einer Flasche Sekt. Der Mann dankte es ihm mit einer Unterwürfigkeit, die Blanco daran erinnerte, wie er selbst einmal gewesen war, Jahre zuvor. Der Hunger macht uns zu Lakaien, mein Freund, dachte er. »Ein Sektchen gefällig?« »Oh, und so teuren, Chef«, sagte der Mann und nahm dankend an. »Damit hab ich was fürs Essen.« »Dann zum Wohl. Geben sie dir wenigstens frei, damit du den Abend zu Hause verbringen kannst?« »Heute machen wir früher Schluss«, antwortete der Wachmann lächelnd und verstaute die Flasche in seinem fast zum Platzen gefüllten Rucksack, zwischen einem Pullover und ein paar Zeitschriften. »Sie lassen uns um sechs gehen, damit wir den Bus kriegen. Ich möchte Sie nur um etwas bitten.« Er beugte sich zum Seitenfenster hinunter, um sich vor fremden Ohren zu schützen, obwohl niemand in der Nähe war, der sie hören konnte. »Ich bitte Sie, die Kette wieder vorzulegen, wenn Sie hinterher rausfahren, Chef. Sonst krieg ich Ärger mit den Idioten vom Haupttor.« Blanco versprach es ihm, und in einem Anfall von Rührseligkeit stieg er sogar für die obligatorische Weihnachtsumarmung aus dem Auto. Aber der Wachmann verströmte einen penetranten Schweißgeruch, und als Blanco wieder einstieg, musste er ein Würgen unterdrücken. Die Verbrüderung war vergessen. Zum Kotzen, dachte er, jemanden zu berühren und berührt zu werden. Er war so etwas nicht mehr gewohnt.

Er fuhr durch die Straßen von Olinka, die nach Kiefern und Gras rochen und nach der Scheiße, die Generationen von Straßenkötern hier hinterlassen hatten: dieser seltsame Modergeruch städtischer Parks. Immerhin war kein Müll zu sehen, bis auf die Schutthaufen der halb fertigen Häuser oder das Gerümpel derer, die zwar fertig gebaut, aber verlassen waren. Er fuhr über einen Kiesweg weiter, bis er zu dem aus Felsen geformten Kreis gelangte, aus dem eines Tages ein Rondell werden sollte, in dessen Mitte der Grundstein der Wohnanlage gelegt worden war: der Sockel mit der vergoldeten Büste von Doktor Atl, jenem unvergesslichen und bereits halb vergessenen Künstler, an den er seit Jahren nicht mehr gedacht hatte. Für alle, die das Genie gekannt hatten (Blanco hatte nur von ihm gehört), war er unverwechselbar: gerunzelte Stirn, biblischer Blick, halb geschlossene Augen, mächtiger Eremiten- oder Schamanenbart. Die Büste war als Ersatz für das von dem Utopisten geplante, praktisch aber nicht vorstellbare »Denkmal Für Das Was Ist« aufgestellt worden. Blanco betrachtete den Künstler ohne jede Sympathie. Anfangs, so erinnerte er sich, hatte er gedacht, der

Name Olinka käme aus dem Russischen oder Tschechischen. Alicia hatte ihm dann mit spöttischer Miene erklärt, das Wort sei in Wirklichkeit eine Erfindung von Doktor Atl, eine jener Nahuatl-Wortschöpfungen, die seine Prosa durchzögen. Generator der positiven Bewegung. Oder so ähnlich.

Blanco rauchte zwei Zigaretten, während er das inzwischen schon angegriffene Gesicht des Alten betrachtete (Vogelscheiße und Regenspuren waren seine Gesichtscreme) und versuchte, im Geiste an der Ansprache zu feilen, mit der er sich vor Carlos Flores stellen wollte, und sich gleich die passenden Antworten auf dessen mögliche Ausflüchte zurechtzulegen. Und für den Fall, dass er mit seiner Rhetorik nicht weiterkam, sagte er sich, hatte er ja die Pistole des Comandante dabei, in der Jackentasche, eingewickelt in ein T-Shirt. Seine Hand war vielleicht nicht mehr so sicher wie in seiner Jugend, als er imstande gewesen war, eine Ratte auf die Entfernung von zwei Häusern samt Garten zu töten, jedoch sicher genug, um Flores, angenommen, er widersetzte sich seinen Forderungen, ein Loch in den Kopf zu jagen, sagte er sich mit einem Optimismus, der die These von der anhaltenden Wirkung des Beruhigungsmittels stützte. Er stellte den Wagen hinter einer Straßenbiegung ab, außer Sichtweite, und ging zu Fuß weiter, den Geschenkkorb in der einen und die Sektflasche in der anderen Hand, ganz so, als wäre er einer der Nachbarn. Nach wenigen Metern begegnete er einer dünnen, blassen Frau in Leggins, die wohl schon in der Mittagshitze joggen gegangen war. Sie lächelte ihm zu und wünschte ihm das erste »Fröhliche Weihnachten« des Tages. Blanco brachte nur ein verlegenes Kopfnicken zustande. Er widerstand der Versuchung, sich umzudrehen, um den Po in den Leggins mit Schuppenmuster zu bewundern. Und während er sich von ihr entfernte, sagte er sich, dass so viel Beherrschung kontraproduktiv sei und er irgendwann durchdrehen werde. Im Moment jedoch musste er den Blick nach vorn richten und sich in der Gewalt haben. Er bog in einen Seitenweg ein, der sich zwischen den Häusern hindurchschlängelte. Flores hatte ihn angelegt, um seine Villa mit der seiner Tochter zu verbinden. Folgte man diesem Pfad konsequent, dann stellte man fest, dass er keine der Straßen kreuzte. Er stieg zwischen Blumenkästen und Rasenhügeln an, drängte sich wie ein Fluss zwischen Mauern und Zäunen hindurch und führte in Form einer Brücke über eine Senke. Wenn man ihn nicht verließ, bestand kein Risiko, einem Auto zu begegnen. Auf diese Weise hoffte Flores, dass seine Enkelin ihn gefahrlos besuchen konnte, doch in Wirklichkeit war Blanco seit jeher der Einzige gewesen, der den Weg benutzt hatte. Alicia war er zu unheimlich, und es machte ihr nichts aus, die fünf Straßen zum Haus ihrer Eltern zu überqueren. Vielleicht deswegen, und weil er ihn vor fünfzehn Jahren zum letzten Mal benutzt hatte, kam Blanco der Weg so verwahrlost vor. Bisweilen war er auf sein Bauchgefühl angewiesen und musste sich zwischen Sträuchern, Erdhügeln und Schutthaufen vor halb fertigen Häusern seinen Weg bahnen. Am Ende beschloss er, auf seine nostalgischen Erinnerungen zu pfeifen und die letzten Straßen zu überqueren, um zum Anwesen von Carlos Flores zu gelangen.

Es war der übliche Kasten, quadratisch und patrizisch. Man hatte die Außenbeleuchtung erneuert und die Fassade fünfzehn Mal neu gestrichen, damit sie so aussah wie neu. Obwohl der Seitenflügel mit den großen Fenstern angebaut worden sein musste, nachdem Blanco von der Bildfläche verschwunden war. So schien es ihm jedenfalls, denn er konnte sich nicht an ihn erinnern. Ein Pfad führte zu der aus einem Stück gefertigten monumentalen Doppeltür, die mit Eisenbeschlägen versehen war, schwer wie die der Zellentüren im Gefängnis. Die Casita ... Beim bloßen Gedanken daran sträubten sich ihm die Nackenhaare. Die Farben der Weihnachtsgirlande waren verblasst, ihre Enden durch Knoten im Makramee verunstaltet. Offenbar hatte man die Dekoration nicht wieder aufgehübscht, sondern nur in aller Eile mit einem Lappen abgestaubt. Doch niemand würde die geflickte Girlande bemängeln, dachte Blanco, genauso wenig wie den übrigen Weihnachtsplunder, der im Garten verstreut war wie Tretminen: Nikoläuse, kleine Spazierstöcke aus Bonbonmasse, aufblasbare Rentiere und Schlitten aus Plastik. Niemand würde sich dafür interessieren. Niemand, außer ihm, für den die Zeit in dem Moment stehen geblieben war, als man ihn in eine Zelle gesteckt hatte.

Er betätigte drei Mal den Türklopfer, so wie er es immer getan hatte. Sein persönliches, lächerliches Klopfzeichen, mit dem er versucht hatte, dem Mann, der einmal sein Schwiegervater gewesen war und es jetzt nicht mehr war, zu imponieren. Alicia hatte behauptet – und es ihm immer unter die Nase gerieben –, Blanco versuche, durch Übereifer bei ihrem Vater Anerkennung zu finden. Vielleicht hatte das ja gestimmt. Vielleicht stimmte es noch immer. Als er keine Antwort auf sein Klopfen bekam, drückte er den Klingelknopf. Die Villa war riesig, und das Klingeln drinnen war nicht zu hören. Doch nach wenigen Sekunden und einem knisternden Geräusch, das sich wie brutzelndes Fleisch anhörte, meldete sich eine Stimme aus der Gegensprechanlage, die Blanco erst in diesem Moment im gemauerten Türrahmen entdeckte. »Ja?« Nach dieser einsilbigen Frage verstummte die Stimme mit einem erneuten Brutzeln. »Ich bin's, Aurelio Blanco«, antwortete er, wobei er all seine Selbstsicherheit zusammennahm. Das quietschende Geräusch der sich öffnenden Tür ließ ihn vermuten, dass Alicia trotz ihres abweisenden Verhaltens seine Botschaft übermittelt hatte und er schon erwartet wurde. »Hallo, mein Junge! Nach so vielen Jahren …«, empfing ihn Carlos Flores in Hausmantel und Pantoffeln.

Yeyo ins Gefängnis zu schicken war das Einzige, was Carlos Flores richtig gelungen war. Sein Absturz ging langsam, aber unaufhaltsam vonstatten. Es begann mit der Vertreibung der Pächter des Gemeindelandes, auf dem Olinka entstehen sollte. Ein schwerer Fall von angeborener Dummheit – eine andere Erklärung gab es für Flores nicht – hatte den Mann, der die Räumung von Nueva Olimpia leitete, dazu veranlasst, seine Leute zu bewaffnen, als wäre er der Anführer einer weißen Garde. Außerdem hatte er sich die Genehmigung besorgt, automatische Waffen tragen und sich Wachhunde anschaffen zu dürfen. Als zusätzliche Abschreckungsmaßnahme, behauptete er, obwohl er das Fell der Tiere sorgfältig bürstete. Er kaufte sie von einem darauf spezialisierten Züchter, trainierte sie und ging sogar so weit, ihnen Chips einzusetzen, damit sie wiedergefunden werden konnten, falls sie davonliefen. Und diese Vorsichtsmaßnahme, die Carlos Flores für ganz besonders idiotisch hielt, brachte Comandante Cuervo auf die richtige Spur, sodass er den Fall lösen und dem Bauunternehmer viel Geld dafür abknöpfen konnte, dass er das Verschwinden der Bewohner vertuschte. Ein hervorragendes Geschäft. Als entdeckt wurde, dass die widerspenstigen Pächter nicht mehr in der Hüttensiedlung waren, fand die Presse kaum etwas, was sie ausschlachten konnte, doch auch ohne konkrete Beweise brachte sie Gerüchte in Umlauf, die einen Zusammenhang zwischen dem Verschwinden der beiden letzten Familien und den Machenschaften des Bauunternehmens der Familie Flores herstellten. Und nach einigen Monaten, als die Grundstücke planiert wurden, der erste Stein in Olinka verbaut und die Büste von Doktor Atl aufgestellt wurde, musste man weiteres Geld in eine Werbekampagne stecken, die den Zeitungen so viel Geld einbrachte, dass sie die Nachrichten, die sie vorher selbst verbreitet hatten, zu vergessen versuchten. Niemand veröffentlichte mehr eine einzige Zeile, niemand verlor mehr ein Wort darüber, dass Carlos Flores etwas mit dem Verschwinden zu tun haben könnte. Doch der Preis war hoch, und die Kassen des Bauunternehmens waren leer.

Denn zu allem Überfluss kam der Verkauf der Häuser nicht so recht in Schwung. Obwohl sich von Anfang an ein hervorragendes Team, ausgestattet mit Statussymbolen wie goldenen Uhren und schönen, kühlen Frauen, darum kümmerte, konnten die Erwartungen nicht im Mindesten erfüllt werden. Dabei war Olinka ein hübscher, von Bäumen umgebener Ort, und die Barranca im Hintergrund eine wunderbare Kulisse. Ganz ohne Zweifel. Doch die Siedlung lag zu weit außerhalb, und die Versprechen, breite Straßen und Läden in nächster Nähe zu bauen, überzeugten niemanden. Die Kosten für die Instandhaltung musste das Bauunternehmen tragen, genauso wie die für die Sicherheit (die ständige Überwachung des Haupteingangs und des Seitentors für die Arbeiter, die Maschinen und die Baumaterialien, dazu der Lohn für weitere Wachmänner, die in der leeren Wohnsiedlung ihre Kontrollgänge machten). Auch die Straßenbeleuchtung ging auf Kosten des Unternehmens. Flores musste sich eingestehen, dass Guadalajara sich in alle möglichen Richtungen ausbreitete, nur nicht in die seiner verdammten Siedlung. Und in diesem Moment trat besagter Journalist an ihn heran. Genauer gesagt, ein ehemaliger Journalist. Zuerst verstand Flores nicht, was der dünne Typ im Anzug wollte, der sich ihm in einem der Restaurants des Sportklubs näherte, in dem der Bauunternehmer jeden Morgen zu schwimmen und zu frühstücken pflegte. Doch offenbar war es ihm sehr ernst. Anscheinend hatte er jahrelang beim *Despertador Americano* gearbeitet, einer kleinen Zeitung, die in der Welt von Flores keine Leser hatte, eines jener Schmutzblätter, die von Studenten, Krawallmachern und Arbeitslosen gelesen und sichtbar unter dem Arm getragen wurden, dachte der Bauunternehmer. Doch jetzt war der Mann in die Politik gegangen. Jedenfalls hatte er das vor. Die Linke würde nie das Bürgermeisteramt von Zapopan übernehmen, selbst wenn Gott vom Himmel herabsteigen, die ganze Gemeinde zerstören und sie aus ihrer Asche auferstehen lassen würde. Und der ehemalige Journalist war Mitglied in einer linken Partei. Aber nichts lag ihm ferner, als zum Bürgermeister gewählt zu werden. Ein Platz im Gemeinderat würde ihm genügen. Um das zu erreichen, brauche er mehrere Tausend Stimmen, sagte er, und dabei könne Flores ihm behilflich sein: als Finanzier einer Wahlkampfkampagne. Andernfalls würden eines schönen Morgens die Gerüchte über die verschwundenen Personen wieder auf den Titelseiten landen. »Es gibt viel Material, Zeugen könnten sich melden, Leute, die den Ort verlassen haben, Polizisten … Ich selbst habe die Nachricht unterdrückt, damals, als es passiert ist. Alles, was wir wollen, ist Ihre Unterstützung bei der Kampagne, und die Angelegenheit ist vom Tisch.« Der Mann wusste genau, was er wollte.

Die Investoren waren nicht begeistert, als sie von dem Erpressungsversuch hörten. Die Investoren, so nannte Flores die mysteriösen Firmen, die ihm das nötige Geld für das Projekt gegeben hatten und deren Anweisungen ihm von einem nicht weniger zwielichtigen Mittelsmann überbracht wurden, einem Anwalt, den er nur einmal persönlich getroffen hatte, der ihn aber jede Woche anrief. Schick ihn zum Teufel, wurde ihm befohlen, doch Flores wusste, dass ihm diese verlockende Möglichkeit verbaut war. Nicht weil er dann im Gefängnis gelandet wäre (niemand, der die Möglichkeit gehabt hätte, ihn einbuchten zu lassen, interessierte sich für das Schicksal der Verschwundenen), sondern weil der Verkauf der Häuser und Grundstücke noch schwieriger geworden wäre, wenn der Bauherr in den Medien Prügel bezogen hätte. Die Dinge standen so schlecht, dass er befürchtete, die fünfzig Bewohner von Olinka könnten ihre Villen verkaufen wollen, wenn es einen Skandal gäbe, und das Projekt damit endgültig scheitern lassen. Olinka. Armes, verlassenes Olinka. Sein Luxusprojekt. Seine Prinzessin. Sein Platz auf Erden. Flores überwies zwei Mal eine bestimmte Summe auf das Konto des ehemaligen Journalisten und verfolgte, entgegen seines sonstigen Desinteresses an der Politik, die Wahlkampfkampagne bis zum Tag der Gemeinderatswahlen. Natürlich wurde die Linke vernichtend geschlagen, wie bei jeder Wahl in der Geschichte von Zapopan. Der Erpresser schaffte es nicht in den Gemeinderat, und Flores war sich sofort klar, dass ihm dieses Fiasko Probleme bereiten würde. Und er irrte sich nicht. Die Probleme ließen nur wenige Wochen auf sich warten. In einer Reportage im *Despertador Americano* über Streitigkeiten zwischen irgendwelchen Pächtern und Bauherren wurden die Vertreibung aus Nueva Olimpia und der Bau von Olinka erwähnt, als Musterbeispiel für Korruption und für die Unfähigkeit des Staates, die ländliche Bevölkerung vor den Vertreibungen zu schützen. Auch wenn niemand im Sportklub den Artikel gelesen hatte und niemand in den Industriellenkreisen, in denen der Bauunternehmer verkehrte, die Methoden, die er angewandt hatte, um die Pächter zu vertreiben, rundheraus ablehnte, spürte Don Carlos die gesellschaftliche Isolierung, die derartige Nachrichten für die Betroffenen zur Folge haben.

»Das geht vorbei«, versprach er seiner Frau María, um deren Gesundheit es schlecht stand und die innerhalb eines Jahres elf Kilo verloren hatte. Doch es ging nicht nur nicht vorbei. Eines Morgens bekam Flores einen Anruf aus dem Büro des Gouverneurs: Die Gringos hätten einen Bericht über weltweite Unternehmen veröffentlicht, die der Geldwäsche beschuldigt würden, und die Hälfte dieser Firmen seien in Guadalajara ansässig, wurde ihm mitgeteilt. Der Gouverneur empfinde diese Nachricht wie einen Schlag in die Magengrube, denn die Presse spreche von nichts anderem. Der Sekretär lud ihn zu einem Gespräch ein, und Flores wusste, dass er präzise Anweisungen erhalten würde. Das Büro, in dem man ihn empfing, befand sich in einem Gebäude ohne jeglichen Hinweis auf eine staatliche Stelle, weit weg von der Verwaltungszentrale. Es war offensichtlich, dass Tisch und Stühle am selben Morgen eigens zu diesem Zweck in das Büro gestellt worden waren. Der Sekretär konnte ihm nicht mal eine Tasse Kaffee anbieten (ein schwitzender Jüngling brachte ihnen zwei dampfende Styroporbecher, als Flores seinem Wunsch danach Ausdruck verlieh), behandelte ihn aber ansonsten mit derselben Ehrerbietung, die er auch seiner Großmutter entgegengebracht hätte, wenn sie ihn an diesem geheimen Ort aufgesucht hätte. Er war ein schlanker, blonder Mann, dessen Haare grau zu werden begannen. Ein sehr adretter Mann. Genau der Typ, den Flores sich für Alicia gewünscht hätte. Aber, na ja, mit dem gutmütigen Yeyo hatte man die bestmögliche Lösung gefunden. »Schauen Sie, Herr Ingenieur, wir haben volles Verständnis«, begann der Sekretär das Gespräch, um ihn dann wissen zu lassen, dass die Regierung ihm aus der Patsche helfen und die Gesellschaft und die Presse davon überzeugen wolle, dass die »Unregelmäßigkeiten« beim Bau von Olinka geahndet worden seien. Doch um das zu erreichen, müsse ein Kopf rollen. Nur einer, aber ein wichtiger. Und selbstverständlich nicht der von Flores, stellte er klar. Aber je wichtiger der Kopf, der rollen werde, desto besser. Um den Schein zu wahren. »Wir haben volles Verständnis, Herr Ingenieur«, wiederholte er. »Der Gouverneur möchte nicht, dass Sie Probleme bekommen. Helfen Sie uns. Die Gringos haben uns einen gezielten Schlag versetzt.« Flores sah aus dem Fenster. Der eiserne Arm eines riesigen Baukrans beförderte einen Betonpfeiler auf ein Nachbargebäude. Umbauarbeiten? Die Leute sollten seine Häuser im Paradies Olinka kaufen, anstatt die üblichen Allerweltstürme zu errichten oder umzubauen. »Ich kann es mir nicht leisten, mit den Verschwundenen in Verbindung gebracht zu werden, und schon gar nicht mit irgendwelchen Gaunern«, sagte er und trank seinen Kaffee aus. »Wenn das geschieht, werde ich das nie wieder los.« »So war das natürlich nicht gemeint.« »Sondern?« »Wir haben an etwas anderes gedacht, Herr Ingenieur. Steuern, Geld, so etwas erregt immer Aufsehen. Schwarzkonten, zum Beispiel.« Der Sekretär war Stipendiat an einer jener unerschwinglichen Hochschulen in den USA gewesen, und einige der Strategien, die man den Studenten dort einbläute, hatten sich seinem Gedächtnis eingeprägt. »Betrug?« »Irgendwas mit Urkundenfälschung vielleicht. Nicht genehmigte Nutzung von Grundstücken. Etwas, das sich mit Geld regeln lässt. Wir brummen Ihnen eine hohe Geldstrafe auf, aber darüber lässt sich reden. Dafür liefern Sie uns jemanden, der die Verantwortung auf sich nimmt, und den knöpfen wir uns vor. Und wir lassen durchblicken, dass wir im Fall der Verschwundenen weiter ermitteln, obwohl uns die Polizei klipp und klar gesagt hat, dass es keinen Grund gibt, anzunehmen, dass diese Leute mit Gewalt von dort vertrieben worden sind. Und das Thema mit den Gringos wäre damit beiläufig erledigt.« Das beruhigte Flores und bestätigte ihm, wie richtig es gewesen war, sich das Schweigen des Comandante zu erkaufen. Der Polizist hielt sich penibel an die Abmachung, den Fall zu vertuschen. Doch das Bild des zerrupften, halb fertigen Olinka mit der Büste von Doktor Atl, die er im Zentrum hatte aufstellen lassen, allerdings ohne das dazugehörige Rondell, ging ihm nicht aus dem Kopf. Er musste diese junge Knospe retten und in Sicherheit bringen. »In Ordnung«, willigte er ein. »Ich glaube, das wird sich machen lassen.« »Dann sind wir uns also einig, Herr Ingenieur. Sie müssen mir nur einen Namen nennen. Der Gouverneur wird einen Namen wollen.« Flores gab keine Antwort, doch er sah schon das Gesicht dessen vor sich, an den er immer dann dachte, wenn etwas schiefging und er einen Sündenbock brauchte. Das Gesicht von Yeyo.

Schon bald erfuhr Alicia davon. Flores hatte zwar darauf bestanden, sie persönlich über die Vereinbarung zu informieren, aber sein Schwiegersohn brachte es nicht fertig, sich an das Schweigegelübde zu halten, und weihte seine Frau eines Abends – ein paar Wochen bevor er ins Gefängnis ging – in die Pläne ein. Flores nahm den Telefonanruf seiner Tochter im Büro entgegen, denn María, die kaum noch Schlaf fand, sollte nicht hören, wie sie miteinander stritten. »Du sollst um diese Zeit nicht mehr anrufen, deine Mutter schläft schon«, log er, in der Hoffnung, das schlechte Gewissen seiner Tochter könne ihn vor den Vorwürfen bewahren. Doch sie war nicht bereit, sich zurückzuhalten. »Du bist ein Schwein! Du nimmst meiner Tochter den Vater.« »Nein, das ist nicht wahr.« »Du nimmst mir den Mann. Du willst dich hinter uns verstecken.« »Das ist nicht wahr.« Flores blieb unter der Wucht der Anschuldigungen der Atem weg. »Du bist ein Dreckskerl, Papa!« Er versank in seinem Schreibtischsessel. Sie gab ihm keine Möglichkeit, sich zu rechtfertigen, und so war er gezwungen, die Beleidigungen über sich ergehen zu lassen. Währenddessen spielte er mit dem vergoldeten Füllfederhalter, mit dem er Verträge zu unterschreiben pflegte und der immer in der obersten Schreibtischschublade lag, zusammen mit einer Pistole und zwei Ersatzhandys, die er benutzte, wenn er kompromittierende Gespräche mit den Investoren führte. Als seine Tochter endlich schwieg, hatte er genug Zeit gehabt, sich eine Antwort zurechtzulegen. »Ich will euch nichts nehmen«, begann er. »Es geht nur darum, dass jemand für ein paar Jahre den Kopf hinhält. Höchstens. Ich verspreche dir, wir holen ihn so bald wie möglich raus.« Doch es gelang ihm nicht, sie von seinen Argumenten zu überzeugen. Sie wollte nichts davon wissen. »Was heißt ›so bald wie möglich‹? Mir ist egal, was du machst, aber das nicht.

Das nicht!« Flores holte tief Luft und spitzte die Lippen, als wollte er die Luft küssen. »Es ist alles schon geregelt. Es war nicht meine Idee, der Gouverneur hat es von mir verlangt. Eine Abmachung. Und dein Mann weiß es, er hat sich dazu bereit erklärt. Ein Zurück gibt es nicht. Du weißt, dass ich mich nicht kompromittieren darf. Die Investoren ... Sie mögen so etwas nicht. Keinem von uns gefällt das. Yeyo kann dabei helfen, uns die Scheißpresse vom Hals zu halten. Weißt du, wie viel mich die Erpressung dieser Arschlöcher gekostet hat? Hast du eine Vorstellung davon?« Als er schon fast von seinen eigenen Argumenten überzeugt war, legte Alicia auf. Wutentbrannt knallte Flores den Hörer auf die Gabel. Er war kein starker Mann, und so blieb der Apparat heil.

Zur nächsten Katastrophe kam es, zwei Wochen nachdem Blanco ins Gefängnis gewandert war. Sie hatten eine entsetzliche Nacht hinter sich. María hatte plötzlich Fieber bekommen und nicht eine Minute schlafen können. Ihr Zustand verschlechterte sich so dramatisch, dass sie ins Krankenhaus gebracht werden musste. Nachdem die Ärzte sie untersucht hatten, beschlossen sie, ihr ein Schlafmittel zu verabreichen. Alicia hatte seit dem verhängnisvollen Anruf nicht mehr mit ihrem Vater gesprochen, und Flores wollte sie nicht dabeihaben. Er hoffte, allein damit fertigzuwerden, doch dann durchkreuzte der Arzt seine Pläne. »Wenn sich Angehörige oder Freunde von ihr verabschieden wollen, dann müssen sie es jetzt tun«, sagte er mit düsterer Miene zu ihm. »Mit Ihrer Frau geht es zu Ende.« Flores erschauerte. Obwohl er wusste, dass die Krankheit unheilbar war, hatte er den Gedanken, dass seine Frau sterben könnte, bisher beiseitegeschoben, und die Probleme mit der Wohnsiedlung hatten ihm einen Vorwand geliefert, um sich mit ganz anderen Fragen zu beschäftigen. Nun aber stand er vor einer unüberwindlichen Mauer. Er musste sich den Tatsachen stellen. Er rief seine Freunde und Marías Schwestern an. Und schließlich auch seine Tochter. Alicia war verzweifelt, als sie seine Nachricht abhörte. »Deiner Mutter geht es schlecht, sie wird die Nacht nicht überstehen. Bitte ... Wir sind im Krankenhaus«, hatte er in einem flehenden Ton gesagt, der ihn demütigte, noch während er den Satz aussprach. Doch er konnte nicht zulassen, dass seine Frau starb, ohne dass ihre Tochter und ihre Enkelin an ihrer Seite waren. Der Gedanke war ihm so unerträglich, dass er den Chef seines Sicherheitsdienstes anrief und ihm befahl, die beiden ins Krankenhaus zu bringen. »Aber ohne Aufsehen, mein Lieber. Ich will nicht, dass irgendwas nach außen dringt. Sie sind mein Fleisch und Blut.« »Keine Sorge, Chef, wird sofort erledigt«, versprach der schlaftrunkene Mann mit einer Stimme, die selbst zu dieser unmöglichen Uhrzeit unterwürfig klang. Noch vor Tagesanbruch brachte er Alicia und Carlita ins Krankenhaus. Die ungeschminkte und von Trauer niedergedrückte Tochter des Bauunternehmers ging grußlos an ihrem Vater vorbei. Nur die Enkelin blieb bei ihm, und er gab sich Mühe, sie abzulenken. Die Kleine würde den Schock nicht verkraften, sie braucht Ruhe, sagte er sich. Er ging mit ihr in die Cafeteria und sorgte dafür, dass man ihr ein Stück Kuchen, ein Schälchen mit Wackelpudding und heiße Schokolade brachte. Der Sicherheitschef war ihnen gefolgt, Flores schickte ihn fort. »Du gehst rauf und wartest vor dem Zimmer, und wenn was passiert, sagst du mir Bescheid«, wies er ihn an. Er fütterte die Enkelin, die auf seinen Knien saß, mit Wackelpudding und versuchte, sie mit einem Zeichentrickfilm abzulenken, der im Fernseher der Cafeteria lief (der Kellner war ihm nach einem bittenden Blick und einem Geldschein zu Diensten), als der Sicherheitschef zurückkam. »Sie sollen raufkommen, Chef«, murmelte er betreten und starrte auf seine Schuhspitzen. Dem Bauunternehmer fiel der Wackelpudding vom Löffel. Carlita war ganz von den Comicfiguren beansprucht, die über den Bildschirm sprangen.

Vom nächsten Schlag erfuhr er erst nach der Beerdigung seiner Frau. Er war so erschöpft wie noch nie nach Hause gekommen, um die erste Nacht allein zu verbringen. Das Personal hatte er schlafen geschickt, mit Ausnahme eines Angestellten, denn jemand sollte Kaffee bereithalten, wenn er danach verlangte, und sich um das Telefon und die Tür kümmern. Am nächsten Morgen schlug er, während er in seinem Arbeitszimmer ein miserables Frühstück zu sich nahm (er hatte den falschen Angestellten ausgewählt), die Zeitung auf. Und da stand sie, die Nachricht, weiter hinten, im Mittelteil der Zeitung: *Geldwäschering enttarnt.* Und der Mann auf dem Foto war ohne jeden Zweifel der Anwalt seiner Investoren. Der stets so unnahbare Mann war verhaftet worden und blickte konsterniert in die Kamera. Die Zeitung sprach von zehn weiteren Verhafteten. Sogar von Toten war die Rede. Zwei Männer waren erschossen worden: einer, genannt »die Eule« (verdammt, mit dem hatte er ein paar Mal gesprochen: einer aus dem Norden, hübsch, blond), und ein anderer, bekannt als »Man«, an den er keine Erinnerung hatte. Namen, die den Zeitungslesern vielleicht nichts sagten. Doch für Flores war es die schlechteste Nachricht eines schrecklichen Jahres.

Mit einem Schlag stand er ohne die verfluchten Investoren da.

Blanco folgte dem Alten durch den Korridor. In dem geschmückten und mit allem möglichen Krimskrams vollgestopften Haus konnte man die eigenen Schritte nicht hören, gleichzeitig erstickte ihn die Mitternachtsmessenstille. »Es ist niemand da, ich habe allen freigegeben, damit du dich nicht von ihnen gestört fühlst«, erklärte Flores und setzte sich hinter seinen Schreibtisch. Es war immer noch derselbe Schreibtisch aus massivem Holz, mit Eisenkanten, derselbe, vor dem Blanco gesessen hatte, als sie seine Eheschließung mit Alicia verhandelt und, Jahre später, seine mögliche

Haftstrafe besprochen hatten. Und er hätte schwören können, dass auch der Stuhl mit dem Ledersitz und den goldenen Nieten derselbe war, auf dem er während der Verhandlungen gesessen hatte. Jener Verhandlungen, die seinem Leben eine neue Richtung gegeben hatten. Eine grauenhafte, aber möglicherweise zwangsläufige Richtung, im Nachhinein betrachtet. »Du bist vorzeitig rausgekommen, nicht wahr? Wir haben dich erst im Februar erwartet. Frühestens im Januar.« Flores holte eine lackierte Schatulle aus einer Schublade und entnahm ihr eine parfümierte Zigarette. »Möchtest du auch eine? Ich kann mir dieses Laster einfach nicht abgewöhnen, Yeyo. Ich lasse es für ein Weilchen, und dann fange ich wieder damit an. So kommt man nicht davon los«, murmelte er wie zu sich selbst. »Und seit meine Frau tot ist, versuch ich's nicht mal mehr ...« Bevor Blanco antworten konnte, klappte Flores die Schatulle zu und ließ sie wieder in der Schublade verschwinden. Durch die offenen Vorhänge fiel die Sonne mit einer solchen Intensität auf den Bauunternehmer, dass sein eigentlich weinroter Morgenmantel silbern schimmerte. Staub wirbelte durch das Sonnenlicht. Das Arbeitszimmer roch nach Möbelpolitur. Blanco atmete tief ein, so als wäre er nach Jahren ans Meer zurückgekehrt. »Ich bin wegen dem Geld gekommen«, sagte er. »Mehr bleibt mir ja nicht. Nur das Geld.« Damit schien ihm alles gesagt, denn Flores wusste ja zur Genüge, dass er alles verloren hatte und es sinnlos war, ein Drama daraus zu machen. Sein ehemaliger Schwiegervater schwieg und atmete schwer, wie üblich. Als würde ihm beim Ein- und Ausatmen eine Lösung einfallen, dachte Blanco angewidert. Und er dachte weiter, dass er Alicia sein Gejammer hätte ersparen sollen, mit dem er jetzt ausgerechnet ihren Vater verschonte. Vielleicht stimmte es im Grunde, was sie ihm immer vorgeworfen hatte: »In Wirklichkeit ist er es, den du liebst. Du bist mehr sein Sohn als mein Mann.« Aber es war auch schwer, plötzlich nicht mehr zu dem Mann aufzuschauen, dessen Autos man gewaschen und der einem die Ergebenheit mit einem Leben vergolten hat, das besser war als alles, was man sich ausmalen konnte.

»Hör zu, Yeyo. Es sieht übel aus. Ich weiß, dass ich dich im Stich gelassen habe …« Flores hob die Hand, um Blanco daran zu hindern, etwas zu entgegnen, was dieser gar nicht vorhatte. »Nein, lass, ich hab dich wirklich im Stich gelassen. Ich hab dir was versprochen, das ich nicht halten konnte. Ich glaube, du weißt inzwischen, dass alles Geld, das du bekommen hast, in Wirklichkeit von Ali kam. Und ich weiß, dass alles, was ich dir jetzt sage, unglaubwürdig klingt. Aber ich erzähle dir keine Märchen.« Ohne sich dessen bewusst zu sein, schob er einen Finger zwischen die Zähne und biss ungeniert einen Fingernagel ab, den er auf den Boden spuckte. Ein spitzer, feuchter kleiner Splitter, den Blanco voller Ekel betrachtete. Flores schien von all dem nichts zu merken. »Ich habe getan, was ich konnte, Yeyo, aber seitdem, seit unserer Abmachung, ist viel geschehen.« Er rieb sich mit Daumen und Zeigefinger die Augen und wischte den Finger mit einer fast zärtlichen, ganz natürlichen Geste an seiner Wange ab. »Das Geschäft ist geplatzt, Yeyo. Ich hab auf Investoren gesetzt und verloren. Nachdem du weg warst, hat man sie eingelocht. Nach nicht mal zwei Wochen später, glaub ich. Am Tag nach Marías Beerdigung, diesem Scheißtag.« Wütend drückte er die Zigarette in einem Glasaschenbecher aus. Eine kleine Rauchwolke hüllte ihn ein, er musste husten. Er sah aus wie ein alter, enttäuschter Hund. Ein Hund, der nach einem Leben treuer Ergebenheit seine Aufgabe und sein Essen verloren hat. »Alles ist den Bach runtergegangen. Du hast ja die Siedlung gesehen. In fünfzehn Jahren hab ich sieben Häuser verkauft, mein Junge. Schuld daran sind die Leute, diese verdammten Leute! Sie wollen einfach nicht hierherziehen. Es ist zu weit draußen, sagen sie. Alle wollen sie in diesen Hochhäusern wohnen, wie die Affen. Hast du die gesehen? Eine

Seuche ist das! Türme, überall Türme. Beschissene Wohntürme, wie erigierte Pimmel. Guadalajara ist voll von Hurensöhnen, die unbedingt in einem Pimmel wohnen wollen, mein Junge.«

Blanco stellte fest, dass Flores betrunken war. Nicht nur, dass seine Stimme heiser geworden war mit den Jahren und den Sorgen, nein, Don Carlos hatte sich mit Tequila abgefüllt. Das war offensichtlich, und die letzte Bestätigung dafür erhielt Blanco, als Flores seinen Monolog mit einem kaum unterdrückten Rülpser beendete. »Ich kann dich nicht bezahlen. Ich habe nichts, womit ich meine Schulden bei dir begleichen kann. Ich kann dir etwas geben, damit du erst mal über die Runden kommst. Wir können das, was ich habe, unter uns aufteilen, aber das ist nicht im Entferntesten das, was ich dir schulde, ich weiß.« Flores riss die Augen weit auf und hob einen Finger, als wollte er seinen Schwiegersohn belehren. Der Magier hatte keine magischen Hände mehr, aber ein paar Asse steckten noch in seinem Ärmel. »Ich habe nachgedacht, gestern Abend, als Alicia mir gesagt hat, dass du kommen würdest … Das war seltsam, weißt du? Wir sprechen kaum miteinander. Wir wohnen fünf Straßen auseinander, und ich sehe sie nie. Nicht mal Carlita. Sie lebt übrigens schon seit Jahren im Ausland. Hast du sie gesehen?« Blanco nickte. Er hatte den Geschmack von Zigarettenrauch im Mund. »Wer, zum Teufel, hätte geglaubt, dass so etwas passieren würde, Yeyo?« Flores holte wieder die lackierte Schatulle hervor und nahm sich eine Zigarette. Diesmal stellte er sie weg, ohne Blanco zu fragen, ob er auch eine wolle, und mit derselben Bewegung versuchte er, ein dickes Glas hinter dem Telefonapparat verschwinden zu lassen, den Beweis dafür, dass er getrunken hatte. »Wer hätte gedacht, dass wir so enden würden, so alt und so kaputt. Und einsam … Dann hast du Carlita also gesehen? Und das Mädchen, das sie angeschleppt hat? Verstehst du das?« Blanco schüttelte den Kopf und hörte im Geiste, wie Alicia ihm Vorwürfe machte: Du gibst dem Scheißkerl recht, anstatt deine Tochter zu verteidigen. »Ehrlich, Yeyo, ich stecke seit Langem in einer Sackgasse. Es gibt keinen Ausweg. Ich kann nichts verkaufen, es sei denn, ich schmeiß alles hin und baue nichts als Türme, Scheißtürme für Idioten, die in erigierten Pimmeln wohnen wollen.« Er unterstrich die Wut in seiner Stimme, indem er mit Zeige- und Mittelfinger auf die ausgestreckte Fläche der anderen Hand schlug, als wäre es ein kräftiger Penis. »Aber mir gefällt Olinka so, wie es ist. Nein, besser gesagt, wie es sein sollte.« Der Bauunternehmer drehte den Bürosessel zum Fenster und blickte auf den friedlichen Nachmittag und den Vogelschwarm, der in Formation von links nach rechts am Himmel vorbeizog, ein großes V, das sich am Horizont verlor. Als er sich schließlich wieder umwandte, schien all seine Kampfeslust verflogen. »Wir sind am Arsch. Hat Alicia es dir nicht erzählt? Sonst könnte ich dich von den Gewinnen bezahlen. Zusätzlich zu dem Haus, das ich dir versprochen habe. Ein gutes Haus müsste so viel wert sein wie ein Teil dessen, was ich dir schulde. Ich würde es dir schenken, und das Geld dazu. Aber ich kann nicht. Die wollen uns fertigmachen, Yeyo. Sie wollen mir Olinka wegnehmen.«

Falls Flores eine dramatische Reaktion von Blanco erwartet hatte, so wurde er enttäuscht. Der ehemalige Häftling begnügte sich mit einem Kopfnicken, und seine Hände blieben gefaltet. Die ganze Zeit hatte er zugehört, ohne etwas zu sagen. Vielleicht kam er nicht damit zurecht, jenen Giganten, der Macht über sein Leben und seinen Tod gehabt hatte, wie ein Häufchen Elend vor sich zu sehen. Der Bauunternehmer war am Ende, wie seine beschissene Wohnsiedlung. Er stand mühsam auf, die Beine schwer wie Zementsäcke, holte eine Tequilaflasche aus dem unteren Fach des Schreibtischs und stellte sie neben sein Glas. Diesmal beschloss er, sein Laster zu teilen. Er holte ein zweites Glas hervor und stellte es vor Blanco hin. Dann goss er, ohne zu fragen, beide Gläser voll und trank den ersten Schluck. Blanco tat es ihm nach. Es war ein alter, ausgereifter Tequila, dessen Bernsteinfarbe an Urin erinnerte. Er trank ihn, ohne das Gesicht zu verziehen, wie Wasser. »Der ist vom Freund meiner Tochter«, murmelte der Alte. »Jacobo, dieser Arsch. Erinnerst du dich an ihn? Der verdammte Hundesohn! War nicht mal Manns genug, sie zu heiraten, als das mit ihr passiert ist. Der Mann warst du! Aber natürlich ist er wieder auf der Bildfläche erschienen, als es mir schlecht ging. Angeblich ist er ein Neffe oder so was Ähnliches von der Eule. Von meinem Investor, du Blödmann. Dem Blonden, den sie erschossen haben. Ich wusste nichts davon, oder ehrlich gesagt, ich hab mir keine Gedanken darüber gemacht. Aber überraschen tut es mich nicht. Die Stadt ist ein verdammtes Dorf. Jeder kennt jeden. Wir sind alle dieselben Arschlöcher, liefern uns gegenseitig ans Messer.« Blanco spürte, wie der Tequila mit der Kraft eines Rohrreinigers die Kehle hinunter in die Brust und von dort in den Magen schoss. Eigentlich sollte ein guter Tequila mild und süffig sein, nicht so scharf wie dieser Rachenputzer, dachte er. Aber er kippte ihn hinunter und schaffte es sogar, ein anerkennendes Gesicht zu machen. »Er hat sie in der Hand, meine Ali, der Scheißkerl. Und auf mich hört sie ja nicht, klar. Sie redet nicht mal mit mir, jedenfalls kaum. Auch wenn sie am Wochenende kommen oder die Kleine mich besucht, wenn sie in der Stadt ist.« Flores trank aus und stellte das Glas achtlos auf den Schreibtisch, so als würde er die Karten nach einem Pokerspiel hinwerfen. »Mit Alicia habe ich nie wieder vernünftig reden können. Obwohl ich sie jeden Tag sehe. Der Arsch hält sie in Schach. Er hat sie davon überzeugt, dass sie Olinka behalten muss und dass er das fehlende Geld auftreiben wird, die Summe, die wir brauchen, um die Straßen und die Beleuchtung und die tausend halb fertigen Häuser, die uns noch bleiben, fertig zu bauen und zu verkaufen. Und auch die Summe, die wir an die Regierung zahlen müssen.« Der Bauunternehmer lachte bitter, als er an die Blutsauger der Regierung dachte, die schlimmsten, mit denen er es je zu tun gehabt hatte. »Als meine Investoren zum Teufel waren, haben die von der Regierung aufgehört, meine Anrufe entgegenzunehmen. Sogar der verdammte Sekretär des Gouverneurs, stell dir das mal vor! Der Typ, mit dem ich das mit dir ausgekungelt habe. Dieses Riesenarschloch! Eine Million hab ich ihm für den kleinen Gefallen in die Hand gedrückt. In seine verdammte Hand! Und dann, von einem Tag auf den anderen, reagiert er nicht mehr auf meine Anrufe. Ich stand plötzlich ohne Geld da, und sie haben mich im Regen stehen lassen. Kein Geld mehr, weder für die Straßen noch für die Geschäfte. Und ohne Geschäfte, Yeyo, zieht kein Schwein hierher. Diese Scheißstadt! Wächst in alle Richtungen, nur nicht in unsere.«

Blanco hatte plötzlich das Gefühl, einer Komödie beizuwohnen. Er fand es unnatürlich, dass sich dieser Mann, den alle vernünftigen Menschen, wie Piña und der Comandante, als seinen gefährlichsten Gegner einstuften, so verletzlich gab. Er schmiert mir Honig um den Bart, der Dreckskerl, dachte er, und er versucht außerdem, mir Zucker in den Arsch zu blasen. Aber da vertut er sich. Und er fand, dass es Zeit war, die Pistole aus seiner Jackentasche hervorzuholen. Das Problem war nur, dass er es nicht mit einer raschen Bewegung tun konnte, um seinen Feind zu beeindrucken, denn er hatte die Waffe ja in ein T-Shirt gewickelt. Also musste er sie zuerst umständlich auspacken, wie eine Maispastete. Flores, der seine Rede unterbrochen hatte, als Blanco an seiner Jackentasche zu nesteln begann, neigte neugierig den Kopf, wie ein Haustier, das nicht versteht, welches Spiel man mit ihm spielen will. »Was soll das?«, rief er, als Blanco mit der Pistole auf die Schreibtischplatte klopfte, und sprang auf, aber nicht, weil er Angst bekommen hatte. Dann setzte er sich wieder, goss sich Tequila nach und öffnete langsam eine Schublade, aus der er eine Pistole hervorholte, die größer war als die, die der Comandante dem ehemaligen Häftling verkauft hatte. Er legte die Waffe vor Blanco auf den Tisch, um ihn zu beschämen. »Sollen wir uns duellieren, mein Junge? Wirklich? Versteh mich nicht falsch, ich will dich ja bezahlen. Und wenn du mir hilfst, aus der Sache herauszukommen, tu ich's auch, ich schwör's dir. Aber spiel kein Spielchen mit mir, mein Lieber.« Blancos Blut hatte noch nicht wieder zu fließen begonnen, um ihn erröten zu lassen, als sich die Tür zum Arbeitszimmer öffnete. Alicia, festlich gekleidet, geschminkt und wunderschön, sah die beiden mit zornig funkelnden Augen an. »Bist du schon hier, mein Töchterchen?«, fragte Flores freundlich, einschmeichelnd. Den liebevollen Vater zu spielen gelang ihm perfekt. »Leg bitte noch ein Gedeck auf. Wir haben einen Gast.«

Alicia hatte ein Ranking der schlimmsten Nächte ihres Lebens im Kopf. In den meisten davon spielten ihr Vater und Yeyo, der Hund, die Hauptrolle. Auf der Liste standen auch der Tod ihrer Mutter (und ihr vor Schreck wie gelähmter Vater, der die Kleine ablenkte, während sie mit den Ärzten sprach, eine Autopsie verhinderte und die Formalitäten für die Beerdigung erledigte), der Überfall im Park (wie ihr Vater an ihrem Krankenbett sich darum sorgte, dass bekannt werden könnte, was seiner Erbin widerfahren war, oder es selbst nicht wissen wollte, und dem Krankenhauspersonal Anweisungen gab, denen er mit Klapsen nachhalf) und Yeyos Inhaftierung (im Hintergrund, wie immer, ihr Vater mit der Kleinen auf dem Arm, als würde er sie beschützen wollen). Die beiden zusammen zu sehen hatte sie immer krank gemacht, so zum Beispiel beim sonntäglichen Essen im Familienkreis, wenn Flores Fleisch grillte und Witze erzählte und der Hund jedes Filet mit maßlos übertriebener Begeisterung verzehrte und über jeden dummen Scherz seines Schwiegervaters lachte.

Der Tag hatte schlecht begonnen. Jacobo schwieg, während sie ihm am Telefon von der Entlassung ihres Ex berichtete. Doch dann zeigte er sein wahres Gesicht und begann, sie mit Scherzen zu beleidigen. »Und, wirst du mit ihm vögeln, um seine fünfzehnjährige Enthaltsamkeit zu beenden?«, sagte er und brach in schallendes Gelächter aus, das sie wütend machte, als hätte man sie auf offener Straße in den Hintern gekniffen. Sie beschloss, sich nichts anmerken zu lassen, denn Jacobo war imstande, den Witz hundert Mal zu wiederholen, wenn er merkte, dass sie sich darüber ärgerte. »Ich habe keinen Grund, mich mit ihm zu treffen«, erwiderte sie. »Er ist wegen Carla hier gewesen, aber sie will nichts von ihm wissen. Ich habe ihn zu meinem Vater geschickt, der schuldet ihm nämlich Geld.« »Wenn der Alte meint, er könnte ihn mit Olinka bezahlen, dann hat er sich geschnitten«, beeilte sich Jacobo einzuwerfen. »Der kriegt keinen Quadratmeter!« »Das Land gehört mir«, stellte Alicia mit Besitzerstolz klar. »Und wir werden es bekommen«, ergänzte er etwas zögernd. »Denn es gehört dir, aber um die Investoren kümmere ich mich, okay?« Carla war verstört, weil der Hund wiederaufgetaucht war, und kam nicht zum Frühstück herunter, so als hätte sie Angst, ihm in der Küche erneut zu begegnen. Alicia hatte ihren Hass auf den Vater nie geschürt (Don Carlos hatte das vermutet oder, schlimmer noch, darauf spekuliert, weil das Mädchen tagelang geweint und nicht geglaubt hatte, dass sein Vater krank oder verreist war), und dennoch sah sie jetzt, da der Schwindel aufgeflogen war, den Abscheu in Carlitas Augen. Sie hätte schon vor Jahren reinen Tisch machen sollen, anstatt dem Thema auszuweichen, warf sie sich vor. Aber wenn Yeyo erst nach den Feiertagen freigekommen wäre, wie Alicia gedacht hatte, wäre Carlita schon wieder an der Uni gewesen, in den schützenden Armen ihrer Freundin. So war es nun nicht gekommen, und alles war schiefgelaufen.

Die stämmige Wendy kam am späten Vormittag als Erste herunter, um Eier mit Speck zu braten und einen Kaffee zu trinken. Erfreut stellte Ali fest, dass sie auch eine Portion für ihre Tochter zubereitete. Sie wechselten kaum ein Wort, doch als das Mädchen hinaufgehen wollte, ergriff Ali ihre Hand und bedankte sich bei ihr, leise, damit niemand sie hörte, obwohl niemand in der Nähe war, der sie hätte hören können. Wendy lächelte und setzte ihr gutmütiges Bärengesicht auf. »Sag ihr, sie soll sich hübsch machen, wir werden nämlich bei ihrem Großvater essen«, flüsterte Alicia ihr zu. Fast hätte sie ihr, die in Stiefeln und Jeans aufzutreten pflegte, was sie wie ein Rhinozeros aussehen ließ, dasselbe empfohlen, aber sie hatte Angst, dass Wendy die Bemerkung als Einmischung auffassen könnte. Die einzige Oase in der Familie war die Liebschaft zwischen Carla und Wendy, und das sollte auch so bleiben. Gegen Mittag schickte Jacobo ihr eine obszöne SMS, einen jener Scherze, die zu Millionen im Netz kursierten. Etwas mit Schwänzen. Ali reagierte nicht darauf und bat ihn, ihr mitzuteilen, wann er kommen werde. Und den Wein fürs Abendessen zu besorgen. Im Keller ihres Vaters gab es jede Menge Tequila, Whisky und Likör, aber mit Wein kannte er sich nicht aus. Jacobo natürlich auch nicht, aber zumindest würde er so schlau sein, sich den Verkäufern anzuvertrauen, und ihrem Rat folgen. Immer kaufte er die teuersten Flaschen, die ihm empfohlen wurden. Was für ein Trottel.

Vor zwei Jahren war sie wieder mit ihm zusammengekommen, nachdem sie lange Zeit allein gewesen war. Nachdem der Hund im Gefängnis gelandet und ihre Mutter gestorben war, hatte Alicia sich darauf konzentriert, die Lücke zu schließen, die María in der Baufirma hinterlassen hatte. Eine Zeit lang hörte sie auf, sich mit Männern zu treffen, und dann ließ sie sich auf eine Reihe halbherziger Beziehungen mit verheirateten Typen ein, bei denen keinerlei Aussicht auf Scheidung bestand. Die Männer fanden sie begehrenswert, solange sie nicht versuchte, sie zu überreden, sich von ihren

Frauen und Kindern zu trennen. Auf ihr Geld war Ali nicht aus, und ihren männlichen Beschützerinstinkt fand sie lächerlich. Sie begnügte sich mit Sex und mit ihrer Gesellschaft und wählte deshalb bevorzugt die Männer aus, mit denen sie sich gut unterhalten konnte. Verloben wollte sie sich fürs Erste nicht, denn sie glaubte, dass es so besser sei für das Kind. Und als Clara heranwuchs und sie sie auf das erstbeste Internat schickte, das ihr empfohlen wurde, stellte sie fest, dass sie es vorzog, allein zu schlafen und ein unabhängiges Leben zu führen. Es genügte ihr, hin und wieder teure Restaurants zu besuchen, wenn es ihr schlecht ging, oder sich in Appartements, in denen die Typen offensichtlich nicht wohnten, oder in Villen mit Privatstrand einladen zu lassen. Die Männer zeigten sich nie mit ihr in der Öffentlichkeit, hielten sie geheim. Und das war ihr auch ganz recht. Wenn sie Lust hatte, in Urlaub zu fahren, tat sie das allein oder mit einer ihrer Freundinnen, von denen es im Laufe der Jahre allerdings immer weniger gab. Sie wusste nicht, was sie mit ihnen reden, was sie von ihnen halten sollte. Sie fand, dass niemand sie je richtig verstanden hatte. Nicht mal sie selbst.

Sie war ein launisches junges Mädchen gewesen und jetzt war sie eine spröde, scheue Frau, die es irgendwann geschafft hatte, unabhängig zu werden und Olinka gegen den Widerstand ihres Vaters aus ihren Plänen zu streichen. Denn sie hielt es für falsch, die Wohnsiedlung weiterhin als Kapitalanlage zu betrachten. Ohne die Investoren, die sich seit Langem nicht mehr bei ihnen blicken ließen, abgeschreckt von dem Bericht der Gringos oder auch von dem Skandal, den Yeyos Verhaftung ausgelöst hatte, ohne diese Investoren mit ihren vollen Brieftaschen und Blut an den Händen konnte man Olinka vergessen. Unmöglich, zu bauen, zu verkaufen oder eine Werbekampagne zu starten, unmöglich, die Beamten zu schmieren, die die Baumaßnahmen genehmigen mussten, zwecklos, die Supermarktketten anzulocken, die eine Siedlung brauchte, um attraktiv zu werden. Alicia konzentrierte sich darauf, das Unternehmen mit kleineren, aber einträglichen Aufträgen zu versorgen, und überließ ihren Vater seinen Spinnereien. Sie verkaufte die Maschinen, schloss das Büro, betätigte sich als Vermittlerin zwischen Architekten und Bauherren. Sie lernte, andere für sich arbeiten zu lassen und sich ihren Anteil an der Beute zu sichern, bevor die anderen sie unter sich aufteilten. Für Don Carlos war das natürlich Ketzerei. »Für die Baubehörde existierst du nicht!«, schrie er sie wie ein empörter Pfarrer an. »Du kennst Geschäftsführer und Verwalter, aber beim Gouverneur wirst du nie zum Essen eingeladen.«

»Die Gouverneure, mit denen du gegessen hast, sind lange tot«, entgegnete sie.

Alle zwei oder drei Monate reiste sie nach Kalifornien und besuchte ihre Tochter, das scheue Reh. Sie brachte ihr gesalzenes Brot aus Guadalajara mit und fragte sie aus Gewohnheit nach den Jungen ihrer Schule (Grundschule, dann Highschool, schließlich Universität). Carla erzählte ihrer Mutter nichts, bis zu dem Tag, an dem sie ihr Wendy vorstellte. Eine jener Überraschungen, von denen man sich lange nicht erholt. Alicia hatte sich nie von Frauen angezogen gefühlt. Ganz im Gegenteil, von Kindheit an war sie von Männern fasziniert gewesen, die so wenig feminine Züge wie möglich aufwiesen. Natürlich nicht die knallharten Machos, sondern eher jene lässigen Typen ohne den geringsten Hang, gefallen zu wollen, Männer, denen ihre Kleidung oder ihr nettes Aussehen, falls sie denn darüber verfügten, völlig egal waren. Ihr gefielen jene unauffälligen Männer, die sie aus den Katalogen anlächelten, an den Bildrand gedrängt von den Frauen, die immer im Fokus der Fotografen standen. Jacobo jedoch erfüllte diese Norm ganz und gar nicht. Sie begegnete ihm eines Abends in einem Einkaufszentrum wieder, als sie aus dem Kino kam. Es war offensichtlich, dass er auf sein Äußeres achtete. Er kleidete sich jugendlich, war schlank, aber muskulös, gerade richtig, wie ein Superheld, und trug das Haar mittlerweile sehr kurz, um zu verbergen, dass er bereits grau wurde, und vielleicht auch, dass er langsam eine Glatze bekam. Er war arrogant, ja, aber er zeigte sich hocherfreut, sie zu sehen. Er gab mit seinen teuren Schuhen und mit seinem Waschbrettbauch an (und mit seinen Bizepsen, die sich unter dem Hemd abzeichneten), erkundigte sich dann aber, mit derselben Treuherzigkeit wie vor mehr als zwanzig Jahren, als sie verlobt gewesen waren, nach ihrer Tochter und ihrer eigenen Situation (»Bist du noch verheiratet?«). Der Kleinen gehe es gut, sagte Ali, sie studiere im Ausland. Carlas Freundin verschwieg sie. Sie fand, das sei deren Privatangelegenheit. Oder sie fürchtete Jacobos Reaktion. Sie selbst sei ledig, fuhr sie fort, und dabei fiel ihr auf, dass sie sich bisher nie als ledige Frau gesehen hatte. Sie hatte die Scheidung eingereicht, weil sie mit einem Yeyo im Gefängnis nichts anfangen konnte, weil sie weder die Kraft noch das Geld hatten, ihn da rauszuholen, und weil ihre Liebe zu ihm im Grunde nie so stark oder so groß gewesen war, um die Opfer, die nötig gewesen wären, zu rechtfertigen. Der puritanische Jacobo erwies sich als guter Liebhaber. Und als jemand, der nach den ersten schüchternen Verabredungen darum bemüht war, über alles mit ihr zu reden: über die Vergangenheit (er fragte immer nach dem »Hund«, man hätte meinen können, er sei von ihm besessen), über Geld (er prahlte mit seinen Geschäften und interessierte sich von Anfang an für die Baufirma), über die gegenseitige Abneigung, die ihn mit Don Carlos verband. Eines Abends brachte er, schon ein wenig angetrunken, das Thema Olinka zur Sprache. Er fragte nichts Konkretes, deutete nur an, dass er alles über die Wohnsiedlung wisse und ein Onkel von ihm, der »die Eule« genannt wurde, einer der ersten Investoren gewesen sei. »Viele von denen, die gleich zu Anfang eins der Häuser gekauft haben, sind von ihm überzeugt worden«, sagte er. »Wenn mein Onkel noch leben würde, sähe es mit Olinka anders aus. Er ist ermordet worden, weil andere Investoren ihm seinen Erfolg geneidet haben«, brummte er. »Ich bin sein Erbe.«

Im Laufe der folgenden Wochen wurde klar, dass er sich wirklich für das Projekt interessierte. Er ließ sich von Ali einladen, eine Nacht bei ihr zu verbringen, und am nächsten Morgen gingen sie gemeinsam durch die zehn bewohnten Straßen der Siedlung. Danach wollte er das riesige, noch unbebaute Gelände erkunden. Unterwegs blieb er an der Büste von Doktor Atl stehen, um gegen den Sockel zu pinkeln. Ali fand es geschmacklos, sich in aller Öffentlichkeit hinzustellen und die Hose zu öffnen, und das in ihrer Gegenwart. Aber irgendwie erregte es sie, und als sie kurz darauf nach Hause kamen, gingen sie sofort miteinander ins Bett. Jacobo schlief danach wieder einmal ein. »Wir werden es deinem Alten abluchsen«, sagte er am nächsten Morgen zu ihr, nachdem er aufgewacht war. »Es gehört dir und deiner Tochter. Dein Vater hat es nicht auf die Reihe gekriegt. Mein Onkel hatte eine andere Vision, andere Pläne.« Alicia zündete sich eine Zigarette an. Sie war skeptisch. »Ich habe keine Ahnung, wie wir ihm sein Spielzeug wegnehmen können. Er hat sogar meinen Mann in den Knast geschickt, um es nicht zu verlieren.« »Mir wird schon was einfallen«, erwiderte Jacobo, »aber ich brauche Zeit. Ich muss nachdenken.« So plauderten sie weiter, und bevor die Sonne wieder unterging, erzählte sie ihm Dinge aus ihrem Leben, die sie zuvor niemandem anvertraut hatte. Irgendwann erwähnte sie sogar Aldo, den Kerl, der sie vergewaltigt hatte, das Schwein, durch dessen Schuld sie Hals über Kopf den Hund hatte heiraten müssen. Jacobo sah sie nicht an, bat sie aber, den Namen zu wiederholen. »Welchen Namen?« »Den von dem Schwein.« Aber Ali wollte nicht mehr darüber reden. »Ich hätte dich heiraten sollen«, murmelte Jacobo, weil er sah, wie wütend sie war, und er sie besänftigen wollte. Vergebens. Er drückte seine Zigarette aus und ging pinkeln. Als er zurückkam, wechselte er das Thema und sprach stundenlang über Olinka und über das, was man damit machen könnte, wenn man es schaffte, Don Carlos loszuwerden und neue Investoren zu finden. Ali war über Yeyos Inhaftierung wütend gewesen, hatte aber schon in der ersten Nacht beschlossen, sich davon nicht unterkriegen zu lassen. Wenn ihr Mann entschieden hatte, Don Carlos ergeben zu sein und tausend Jahre für ihn im Gefängnis zu schmoren, war das sein Problem. Sie hatte sich nichts vorzuwerfen. Sie war niemandem ergeben und erwartete es auch von niemandem. Eines Sonntags zwang sie ihren Vater, mit ihr über die Zukunft von Olinka zu sprechen. Sie wollte behutsam vorgehen, doch der Bauunternehmer war nach drei oder vier Sätzen alarmiert, kaum dass Alicia von Jacobo und der Eule und von neuen Investoren, die man gewinnen müsse, angefangen hatte. Flores schützte plötzliche Zahnschmerzen vor und verabschiedete sich.

Und auch an diesem Heiligabend in Olinka, als Alicia sich für das Abendessen zurechtmachte, erwartete sie nichts Gutes. Sie zog sich ein hübsches Kleid an und schminkte sich. Etwas Lippenrot, ein wenig Rouge, schließlich ging sie ja nicht zu einer Cocktailparty. Am liebsten hätte sie sich von ihrem Vater ferngehalten, doch Jacobo erklärte ihr – und sie sah es ein –, dass es aus taktischen Gründen nötig sei, zu dem Essen zu gehen und ihm deutlich zu machen, dass es Zeit war, sich aus dem Geschäft zurückzuziehen. Und damit sicherzustellen, dass all das ungenutzte Land am Ende Carlita zufallen würde, auch wenn er, Jacobo, seinen Anteil bekäme. Zuerst einmal musste ihr Vater aus dem Verkehr gezogen werden, dachte sie, und dann würde sie sich überlegen, was sie mit dem Neffen der Eule, der sie bereits zu langweilen begann, machen sollte. Don Carlos hatte seinen Angestellten freigegeben, was Ali, als er es ihr am Telefon mitteilte, als kaum versteckte Aufforderung interpretierte, sich um das Essen zu kümmern. Also kaufte sie einen fertigen Schweinebraten und einige Tabletts mit Kanapees. Brot würde da sein, und wenn nicht, dann eben nicht. Bevor sie sich in das väterliche Haus begab, rief sie den beiden Mädchen zu, sie erwarte sie um fünf, spätestens halb sechs. Nur Wendy antwortete mit ihrer Büffelstimme: »Ja, Señora.« Carlita hüllte sich in Schweigen. Ali hatte keine Lust, das Essen den ganzen Weg bis zu Carlos' Haus zu schleppen, also nahm sie das Auto. Sie betrat die Küche und legte das mitgebrachte Essen auf den Herd. Dann holte sie Teller, Gläser und Salatteller aus dem Schrank (obwohl sie, wie sie sich jetzt erinnerte, keinen Salat gekauft hatte und auch keine Lust verspürte, welchen zuzubereiten). Als sie den zweiten Schluck Bier aus der Dose trank, die sie aus dem Kühlschrank genommen hatte, wurde sie sich bewusst, dass sie den ganzen Tag darauf gewartet hatte, dass Don Carlos sie anrufen und so etwas sagen würde wie »Das Problem ist gelöst« oder »Ich hab deinen Ex bezahlt, er ist weg«. Aber Flores hatte nicht das nötige Geld, um den Hund zu bezahlen, so wie er es nicht gehabt hatte, um ihn aus dem Gefängnis zu holen. Er hatte für nichts Nützliches mehr Geld. Seit der Staat mit der Eule und seinen Leuten kurzen Prozess gemacht hatte, lebte ihr Vater in der absurden Hoffnung, dass Olinka wieder zum Leben erwachen und er in die erste Liga der Bauunternehmer zurückkehren würde. Ein naiver Traum. Nicht zu verwirklichen.

Als das Essen angerichtet und der Tisch gedeckt war, ging Alicia ins Arbeitszimmer. Und dort traf sie Flores an, schon ziemlich betrunken, im Gespräch mit dem Hund. Leg noch ein Gedeck auf, sagte Don Carlos zu ihr, wir haben einen Gast. Ein Befehl. Sie hasste Befehle so sehr, wie sie die beiden hasste.

Alicia hatte den Tisch wunderschön gedeckt: den Braten in der Mitte, flankiert von den Brotkörben, die Kanapees auf Glastellern (von ihrer Mutter) und zwei Gläser an jedem Platz, eins für Wasser, eins für den Wein. Sie hatte ihrem Vater auch ein Gläschen für den Tequila hingestellt und Blanco ein weiteres, denn sie kannte die Angewohnheit ihres Ex-Mannes, das zu trinken, was Don Carlos trank. Bier oder Sekt, Tequila, Whisky oder Mezcal Pechuga, egal. Sie ging noch einmal mit kritischem Blick um den Tisch, legte Stoffservietten dazu und beschloss sogar, einen Kerzenleuchter zu holen, den sie aber schließlich auf die Anrichte stellte, weil auf dem Tisch kein Platz für ihn war und er dort nur gestört hätte. Don Carlos, angeheitert, aber scharfsinnig, erschien in einem sehr eleganten grauen Anzug und mit einer flammend roten Krawatte und setzte sich ans Kopfende. Einige Minuten zuvor hatte Alicia ihn in die Küche gezogen und ihn aufgefordert, Blanco rauszuwerfen. »Das kann ich nicht«, sagte er verschlagen und weniger betrunken, als sie geglaubt hatte. »Ich habe ihn eingeladen. Er saß all die Jahre für mich hinter Gittern. An meiner Stelle. Das vergesse ich ihm nie.« Und dann ging die alte Schlange, die zu sein er nie aufgehört hatte, zum Angriff über: »Wenn ich Geld hätte oder frei über Olinka verfügen könnte, würde ich alles Yeyo geben. Alles, ohne Ausnahme. Jeden Quadratmeter. Ich würde mich zurückziehen. Denn was soll's, alles, was Yeyo gehört, wird eines Tages Carlita gehören … Aber im Moment habe ich das Geld nicht.« Er sah seine Tochter mit einem so betrübten Ausdruck an, als wäre er das Opfer einer Verschwörung von undankbaren Mitmenschen. »Ich weiß, dass du alles für dich willst. Und dein sauberer Freund auch. Nein, sieh mich nicht so an, der Hurensohn erwartet, dass ich ihm das Geld zurückzahle, das die Eule angeblich investiert hat. Aber was er in Wirklichkeit will, ist das Land. Stimmt, viel von dem, was du da draußen siehst, hat Jacobos Onkel finanziert. Aber ich kann ihm das Geld nicht zurückzahlen, weil er nämlich tot ist. Und weil nichts mehr da ist.« Und damit ließ Don Carlos seine Tochter stehen. Alicia wusste, dass nichts zu machen war. Liebend gern hätte sie Carla eine heftige Auseinandersetzung um Olinka erspart, aber das würde sich nun nicht vermeiden lassen. Es würde Geschrei geben, Anschuldigungen. Es würde Krieg geben. Sie schluckte, kniff die Augen zusammen und ging in den Rauchsalon.

Das Echo der hohen Absätze seiner Ex-Frau ließ Blanco in sich zusammensinken, denn er hatte schreckliche Angst davor, ihr gegenüberzutreten. Lieber wäre er einem Löwen begegnet. Don Carlos hatte seine Pistole in die Schublade zurückgelegt, doch die des Comandante lag noch immer vor ihm auf dem Tisch. Blanco strich über das dunkle, poröse Metall, dass in nichts der glänzenden Waffe ähnelte, mit der das Oberhaupt der Familie Flores aufgewartet hatte. Er traute sich nicht, seine Pistole wieder wegzustecken. Als er das Geplapper der Mädchen, die gerade eingetroffen waren, auf dem Korridor hörte, beschloss er, noch ein paar Minuten zu warten, damit sich sein Atem beruhigen konnte, bevor er hinausging. Aufgebrachtes Getuschel war zu vernehmen: Alicia sagte Carlita, dass ihr Vater da sei und sie es nicht habe verhindern können, dass er an dem Essen teilnahm. Wie Blanco durch einen Spalt in der Tür sehen konnte, hielt sich Wendy abseits von den Streitenden und zog es vor, vor den gerahmten Fotos an der Wand auf und ab zu gehen. Ihm gefiel diese junge Frau, die nichts mit dem Schlamassel zu tun hatte, in dem er steckte. Als Alicia und Carla die Bühne verlassen hatten, trat er aus dem Arbeitszimmer und stellte sich neben Wendy. »Guten Abend«, sagte er. Wendy, geschminkt, in ein pflaumenfarbenes Kleid gezwängt, lächelte wie ein freudiges Kind. »Das ist Carla, oder?« Sie zeigte mit ihrem riesigen Finger auf das Mädchen mit den Schleifen im Haar, das auf einem schon reichlich verblassten Foto zu sehen war. Und es war Carla, genau so wie Blanco sie in Erinnerung hatte. Ein Abzug desselben Fotos hatte ihm so lange in der Zelle Gesellschaft geleistet, dass die Ecken des vergilbten Fotopapiers geknickt waren. Mit jenem Mädchen hatte er jede Nacht in seinen Träumen gespielt, fünfzehn Jahre lang, auf einer imaginären Wiese, so weich wie eine Decke. Wendy hörte ihm respektvoll zu, und Blanco merkte, dass er laut gedacht hatte. »Sie lieben sie sehr«, murmelte sie. Blanco vergrub die Hände in seinen Jackentaschen und rieb seine Zunge an einem Eckzahn. Er hätte gerne mehr dazu gesagt. Oder weniger. Ihn überkam ein unbestimmtes Schuldgefühl, und er wusste jetzt, dass es besser gewesen wäre, die Essenseinladung abzulehnen, die Schulden der Flores zu vergessen, ein neues Leben zu beginnen und sich von dieser kaputten Familie, die ihm gezwungenermaßen, sozusagen mit zusammengebissenen Zähnen, einen Platz an ihrem Tisch angeboten hatte, fernzuhalten. In diesem Moment tauchte Carlita auf, zu unerwartet, als dass er sie hätte begrüßen können, und zog ihre Freundin von ihm weg. Und Wendy, die große, starke Wendy, ließ sich von ihr fortziehen. Für einen Moment litt Blanco unter der Zurückweisung durch seine Tochter. Sein Magen brannte.

»Du setzt dich ans andere Ende«, befahl ihm eine schneidende Stimme. Alicia. »Weit weg von der Kleinen, sie will nicht in deiner Nähe sein.« Seine Ex-Frau war aus dem Nichts neben ihm aufgetaucht, wie ein Schatten, den man nicht loswird, und entfernte sich auch schon wieder. Blanco bekam weiche Knie. Der kämpferische Mut, mit dem er sich am gestrigen Tag gewappnet hatte, hatte ihn verlassen. Don Carlos rief in wie immer selbstgefälligem Ton bereits zu Tisch, und Blanco musste der Aufforderung Folge leisten: »Kommt endlich, ich hab schon den Wein geöffnet, den Yeyo uns mitgebracht hat. Ein Schaumwein. Mal sehen, wie er schmeckt.« Natürlich drängte die Tischordnung Blanco an den Rand. Das war das Erste, was er bemerkte, als er das Esszimmer betrat, das hell erleuchtet und festlich geschmückt war, bereit für ein paar Fotos, die zu machen niemand Lust verspürte. Don Carlos hatte sich, wie es ihm gebührte, selbst ans Kopfende gesetzt, Carlita und Wendy an die eine Seite, vor die Anrichte, und Alicia ihnen gegenüber. Der Stuhl daneben war leer. Der Stuhl, auf dem sich der Idiot Jacobo breitmachen wird, dachte Blanco. Der Ehrenplatz für den Blödmann, der sie vögelt, den Hurensohn von früher. Blanco wies man den Platz am anderen Kopfende zu. Damals, zu seiner Zeit, hatte dort niemand gesessen. Sie haben mir den Stuhl gegeben, der übrig ist, dachte er. Am liebsten hätte er ausgespuckt, doch er beherrschte sich. Das Haus und die Menschen schüchterten ihn ein, wogen schwer auf seinen Schultern. Niemand bot ihm ein Glas Sekt an, und so schenkte er sich selbst ein. Höflichkeitsgesten hatte er nicht zu erwarten. Alicia betrachtete es als mehr als ausreichend, ihm einen Teller hingestellt zu haben. Seine Ex und seine Tochter wandten sich von ihm ab. Nur Wendy deutete ein Lächeln an, indem sie die Mundwinkel hochzog, was wohl bedeuten sollte: Tut mir sehr leid, aber da kann man nichts machen. Blanco goss sich das Glas randvoll, um nicht so bald wieder aufstehen zu müssen, und als er zu seinem Stuhl zurückging, stopfte er sich ein Kanapee in den Mund. Es herrschte allgemeines Schweigen, an eine Unterhaltung war nicht zu denken. Draußen wurde es langsam dunkel.

Wenige Minuten später strichen die Scheinwerfer eines Autos über die hintere Wand des Esszimmers. Jacobo war eingetroffen. Doch der Auftritt des Prinzen ließ auf sich warten. Er nahm sich alle Zeit der Welt; als müsste er sich jeden einzelnen Schritt überlegen. Wie wichtig sich der Kerl vorkommt, dachte Blanco. Endlich hämmerte Jacobo ein paar Mal an die Haustür, und Alicia stand mit einem nervösen Blick in die Runde auf, um ihm zu öffnen. Sie ging langsam, fast zögernd zur Tür, denn sie dachte an das aufziehende Gewitter, und das gefiel ihr nicht, schon gar nicht, wenn es vor dem Kind losbrechen würde. Carlita flüsterte Wendy etwas ins Ohr (»Ihr Freund ist gekommen, jetzt wird's spannend«). Don Carlos sah zu Blanco hinüber, als würde er ihn auffordern, in Aktion zu treten, als würde er sagen: Da ist er, was gedenkst du jetzt zu tun? Und Blanco wusste aus den Bemerkungen seines Schwiegervaters, dass sie den Kerl bremsen mussten, wenn sie nicht wollten, dass er sich Olinka unter den Nagel riss. Was er aber nicht wusste, war, wie sie es, mit Alicia an Jacobos Seite, anstellen sollten. »Ist er schon lange hier, der Trottel?« Der Satz kam lauter aus dem Korridor, als man es bei einem Familienfest erwartet hätte. Alicia hatte ihrem Freund mitgeteilt, dass ihr Ex-Mann auch da sei, jawohl, weil ihr Vater, der Idiot, ihn zum Essen eingeladen habe. »Mir doch egal«, knurrte die Stimme, »er soll sich ruhig anhören, was ich euch zu sagen habe.« Im selben Moment trat Jacobo ins Zimmer. Er trug einen pfauenblauen Anzug, den Don Carlos unpassend fand für ein Abendessen an Heiligabend (was er mit einem Stirnrunzeln, das an einen gereizten Stier erinnerte, zum Ausdruck brachte). Gestutzter Bart, das Haar kurz geschoren. Er biss sich auf die Lippen, um sich ein Lachen zu verkneifen. Die Miene war so provokativ, dass sie Blanco, der sich ohnehin über alles an ihm aufgeregt hätte, wütend machte. Inzwischen befand sich kein Molekül des Beruhigungsmittels mehr in seinen Venen. Jacobo warf ein allgemeines »Guten Abend« in die Runde und stellte eine Flasche Champagner auf den Tisch, mit einer so lässig-arroganten Geste, dass Blanco sich wegen des billigen Sekts, den er mitgebracht hatte, schämte. »Ist es nicht noch zu früh fürs Abendessen?« Der Ton wies den soeben Eingetroffenen als König aus, der zu regieren gewohnt war. »Aber von mir aus gerne, ich hab spät gefrühstückt und danach nicht zu Mittag gegessen. Oder sollen wir vorher lieber was Anständiges trinken?« Er sah das Glas mit dem Sekt des Ex-Häftlings an, das man für ihn hingestellt hatte, und schob es beiseite. Er schien fest entschlossen, das Essen zu nutzen, um die Angelegenheit mit den Flores ein für alle Mal zu regeln. Doch sein flegelhaftes Benehmen und sein flackernder Blick ließen Blanco an etwas denken, was er im Gefängnis gehört hatte. »Bevor man zuschlägt«, hatte ein Mithäftling, der eine Strafe für Internetbetrug absaß, zu ihm gesagt, »fühlt man sich scheiße, wie ausgekotzt, ich meine, unsicher, aber gleichzeitig auch allmächtig.« Und genau diese widersprüchlichen Gefühle schienen den Freund seiner Ex im Moment zu beherrschen. Aber sein Wille, sich mit der Axt Respekt zu verschaffen, war so offensichtlich, dass er unweigerlich die Situation dominierte. Er fing an, die Qualität des Champagners zu loben, obwohl er die Flasche noch gar nicht entkorkt hatte. Dann äußerte er sich begeistert über den Duft des Bratens und machte in diesem Stil weiter, bis Alicia beschämt eingestand, sie habe ihn im Supermarkt gekauft, und ihn bat, sie nicht immer »meine Starköchin« zu nennen. Jacobo aber ließ sich davon nicht beirren. Offenbar hatte er bereits getrunken, ehe er hergekommen war, und man merkte ihm an, dass er in seinem Element war. »Ich glaube, ich werde ein paar Tequila mittrinken«, verkündete er, weil er sicher war, dass sich Don Carlos darüber ärgern würde, wenn er ihm seine Flasche streitig machte. Und genau das wollte er: ihn ärgern. Unschuldig wie ein Engel goss er sich ein Gläschen ein, während Flores vor Wut in sein Glas biss und die Provokation hinunterschluckte. Der Scheißkerl ist da, um Stunk zu machen, dachte Blanco. Ihm wurde heiß. Die Wirkung des Beruhigungsmittels war nicht nur aus seinem Blut verschwunden, sondern auch aus seiner Leber, aus seinem gesamten Organismus.

Nach dem ersten Gläschen ließ sich Jacobo über die Bernsteinfarbe des Tequila aus, die einen »vom Hocker haut«, obwohl, schränkte er ein, jeder lange gereifte Tequila seiner Meinung nach Mist sei, weil er mit Karamell gefärbt werde und die wahren Kenner weißen vorzögen. Die Fäuste von Don Carlos, der immer abgelagerten Tequila trank, ballten sich fast von selbst. Und Alicia verzog minimal den Mund. Sie hatte mit ihrem Freund nicht abgesprochen, was gesagt werden durfte und was nicht, und es störte sie, dass sie nicht wusste, was auf sie zukam. Nach dem zweiten Glas bat Jacobo ums Wort, das er ja bereits hatte, um zu verkünden, dass er den Anwesenden etwas Wichtiges mitzuteilen habe. Alicia machte ihm verzweifelte Zeichen, um ihn darauf hinzuweisen, dass er einen passenderen Moment abwarten solle. Aber da Jacobo keinerlei Anstalten machte, auf sie zu hören, murmelte sie, sie wolle eine Zigarette rauchen, und stand vom Tisch auf. Was er zu sagen habe, fuhr Jacobo indessen fort, müsse unbedingt gesagt werden, es sei nämlich die Wahrheit, und die solle ans Licht kommen. Blanco verspürte den Wunsch, ebenfalls aufzustehen und zu seiner Ex-Frau zu gehen, um sie zu fragen, was zum Teufel jetzt passieren werde. Aber die beiden trennten zu viele Jahre, zu viele unlösbare Probleme, als dass sich ihre Vertrautheit so ganz nebenbei wieder hätte einstellen können. Also stand er zwar auf, ging aber ins Bad und verschloss die Tür von innen. So andächtig, wie alle im Esszimmer Jacobos Gequatsche lauschten, würde seine Abwesenheit nicht mal bemerkt werden, sagte er sich. »Hier ist dicke Luft«, schrieb er Estrella. Eine eilige SMS. Er hatte das Wasser laufen lassen, damit niemand hörte, wie er etwas ins Handy tippte. Eine lächerliche Vorsichtsmaßnahme, dachte er. Vor der Tür wartete niemand auf ihn. Auf ihn hatte nie jemand gewartet. Und den Flores war er ganz einfach nur lästig, das war völlig klar. »Wo ist ›hier‹?«, antwortete die Anwältin einen Moment später. »Ich sitze mit ihnen beim Abendessen. Im Haus von Don Carlos.« Blanco wurde sich bewusst, dass die aggressive Art, mit der er sich anfangs in Olinka präsentiert hatte, absurd gewesen war. Dass er nicht wusste, wie er weiter vorgehen sollte; dass er nur die Eintrittskarte gelöst hatte, um als Zuschauer einem Drama beizuwohnen, nach dem ihn nicht verlangte und in dem er seit Langem keine Rolle mehr spielte. »Du bist bescheuert, sieh zu, dass du Land gewinnst«, antwortete Estrella, als er sich gerade überlegte, dass er schon zu viel Zeit im Bad verbracht hatte und ins Esszimmer zurückgehen sollte.

Jacobo trank seinen dritten Tequila. Auf der Stuhlkante sitzend, fast über dem Tisch hängend, war er gerade dabei, seine historische Erklärung abzugeben, die, nach Blancos Einschätzung, wohl schon eine Weile andauerte. »Aber das hier«, Jacobo machte eine weit ausholende Armbewegung, »das Land, das Olinka heißt, wegen dem Maler Soundso, das alles hat ein Onkel von mir bezahlt, an den ihr euch vielleicht noch erinnert. Er wurde ›die Eule‹ genannt. Ein Cousin meines Vaters.« Jacobo sah angriffslustig in die Runde. »Vielleicht erinnert ihr euch auch daran, dass wir Weihnachten manchmal bei meiner Großmutter verbracht haben. Meine gesamte Familie. Nein? Alicia hat mir jedes Weihnachten die Hölle heißgemacht, weil ich weggefahren bin und wir unseren Jahrestag nicht gemeinsam verbringen konnten.« Blanco erinnerte sich natürlich bestens daran. Und schlagartig stiegen in ihm die Bilder auf, wie eine wütende, aufgebrachte, nackte Alicia ihn in ihr nach Seife und Cremes duftendes Zimmer beordert hatte, um sich an Jacobo zu rächen. »Von dort, aus dem Norden, kam mein Onkel«, fuhr Jacobo fort. Er erhob sein Glas auf das Wohl der Eule und jagte sich den Rest Tequila durch die Kehle. Flores sah ihn fassungslos an, während Alicia, die jetzt mit einer Zigarette im Mund am Fenster lehnte, sich in Schweigen hüllte. Die Mädchen hatten sich bei den Händen gefasst und blähten die Nasenflügel, besorgt um den weiteren Verlauf des Abends. Blanco hätte sie gern beruhigt, wusste aber nicht, wie. Mit der Zunge schnalzen, als wollte er ein Kind besänftigen? Es folgte das vierte Glas, und Jacobo fuhr in seinem Monolog fort. »Bei uns zu Hause waren alle gläubig. Meine Brüder sogar sehr. Alle waren Ingenieure, wie mein Papa, und alle arbeiteten in der Fabrik unserer Familie. Ich war auch gläubig, ehrlich. Ich habe an Gott und an meine Familie geglaubt. Ich habe es ihnen nachgemacht und Ingenieurswesen studiert. Und dann bin ich zur Verwaltung gewechselt. Es war mir egal. Als meine Eltern starben, haben meine Brüder die Fabrik übernommen.« Jacobo fasste sich an die Nase, als müsste er sie festhalten, damit sie nicht abfiel. »Aber wisst ihr was? Die Fabrik war eine einzige Lüge. Sie war einen Scheißdreck wert. Das Geld, von dem wir lebten und das wir scheffelweise kassiert haben, stammte alles von meinem Onkel. Von der Eule.« Erneut trank Jacobo auf seinen Onkel und leerte sein viertes Glas.

Und darauf folgte das fünfte, während Don Carlos noch beim ersten war und abwartete. Er wartete auf seine Stunde, geduldig wie eine Raubkatze. Die Frauen nuckelten weiter am billigen Sekt, den Blanco mitgebracht hatte. »Als die Gringos ihren Bericht veröffentlichten und damit zahlreiche Unternehmen ruinierten, war unser Familienbetrieb einer der ersten, die den Bach runtergingen. Ihr erinnert euch. Damals haben auch eure Probleme begonnen, nicht wahr?« Flores gab keine Antwort. Nur das Schnauben, das sich seiner Kehle entrang, deutete darauf hin, dass er noch atmete. Er blieb so unerschütterlich wie ein Leuchtturm im Sturm. »Meine Brüder waren Schweine, wisst ihr das?« Jacobo schien ernsthaft wütend zu sein. »Sie haben alles verkauft und dann das Land verlassen. Und mein Onkel wurde abgeknallt. Er und seine Leute. Sie haben sie fertiggemacht. Endgültig.« Er starrte mit glasigem Blick auf den Tisch, und sein Mund bekam einen bitteren Zug. Ein weiterer Schluck Tequila half ihm, den Kopf zu heben. »Aber jetzt sind sie wieder zurück. Die Familie, wisst ihr? Und ich bin es, der das Sagen hat.« Er stand langsam auf. Er sieht aus wie ein Priester, der gleich die Kommunion austeilt, dachte Blanco. Jacobo gestikulierte. »Das hier, das alles hat meinem Onkel gehört«, rief er. »Er hat es bezahlt. Und ich werde mir nehmen, was uns gehört. Nicht wahr?« Der letzte Satz war an Alicia gerichtet, die mit der Zigarette in der Hand zwischen Tisch und Tür zum Arbeitszimmer hin- und herging und Jacobos Worte mit einer Mischung aus Widerwillen und Ungeduld aufnahm. Ihr Freund goss sich das sechste Glas ein, sagte aber nichts mehr. Alicia wusste, dass er Unterstützung von ihr erwartete. Die Bühne gehörte ihr. Ihr Vater, ihre Tochter, sogar Wendy, alle sahen sie erwartungsvoll an, wie Zuschauer bei einem Tennismatch. Nur Blanco nicht: Versunken in seiner Bedeutungslosigkeit, starrte er auf seine Fußspitzen. Diese Hurensöhne werden das Imperium unter sich aufteilen, und mir wird keiner auch nur einen Krümel hinwerfen, dachte er. Er wusste genau, worum es hier ging: um ihre Zukunft, klar, aber auch darum, wer ihn irgendwann demütigen würde, wenn er erneut einforderte, was ihm zustand. Er schaute zu seiner Ex-Frau hinüber und versuchte, das Gesicht hinter der Maske zu erkennen, die sie zu tragen schien. Alicia, der es sichtlich unangenehm war, im Mittelpunkt zu stehen, ging wieder zurück an den Tisch, stellte sich hinter ihre Tochter, legte ihr die Hände auf die Schultern und begann zu reden. Sie sprach flüssig, denn sie kannte ihren Text auswendig und hatte jahrelang darauf gewartet, ihn aufzusagen. »Dies hier, dies alles, Olinka, wird einmal Carla gehören, Papa«, begann sie, die Augen wie Pfeile auf Flores gerichtet. »Du hast es nicht geschafft, Olinka aufzubauen. Und du wirst es nie schaffen. Wir haben alles hineingesteckt, was wir hatten, und es hat nicht geklappt. Ich musste mich von deinem Geschäft fernhalten, um mein eigenes Leben zu leben, weil du nicht begreifen wolltest, dass wir am Ende waren. Aber jetzt kannst du dich nicht mehr rausreden, Papa. Olinka wird nicht auferstehen. Du musst es aufgeben, wir werden es verkaufen und das Geld Carla zukommen lassen.« Und als sie sah, dass Jacobo grinste, fügte sie hinzu: »Na ja, Jacobo bekommt auch etwas, klar. Wegen dem, was sein Onkel getan hat. Wegen der Eule.« Jacobo deutete eine Verbeugung an, als wollte er den Geist seines Vorfahren grüßen. Doch noch ehe Alicia zu Ende geredet hatte, war bereits klar, dass ihre Rede ein Schuss in den Ofen war. Man konnte es an der verächtlichen Miene ablesen, mit der ihr Vater ihr zuhörte. Don Carlos Flores dachte natürlich nicht daran, sich geschlagen zu geben. Warum sollte er das tun? Für Blanco war es offensichtlich, dass sein ehemaliger Schwiegervater keinen Zentimeter von Olinka aufgeben würde. Er war in seinem Haus, mitten in Olinka, und auch wenn er resignierter und verletzter war als jener Señor, der vor Jahren, als sein Unternehmen florierte, in den Klubs und auf den Terrassen von Zapopan verkehrt hatte, war er noch nicht so tief gesunken, dass man ihm die Schelle umhängen und das Steuer aus der Hand nehmen konnte. Er war zwar ein alter, aber noch bissiger Hund. Und das hier war sein Haus. Sein Eigentum. Sein verdammter Platz auf Erden. »Nein, nein«, unterbrach er sie. »Einen Moment. Nein, nein. So nicht.« Alicia war verblüfft und sie sah den Bauunternehmer mit einer Miene an, die vielleicht sagen wollte: Es ist unvermeidlich, Papa, wir müssen es tun. Doch inzwischen war das siebte Glas eingeschenkt und getrunken und tobte bereits in Jacobos Eingeweiden. Und bevor Flores explodieren und seiner Tochter die unangenehmen Sätze, die er vorbereitet hatte, entgegenschleudern konnte, erhob der Neffe der Eule wieder die Stimme. »Warte, Ali, warte. Lass mich mal«, sagte er, und sein drohender Zeigefinger schnellte nach vorn, als wollte er sich in die Brust des Patriarchen bohren. »Genau das wird passieren: Wir werden nichts mehr von Ihnen erwarten, Señor. Wir werden uns das Land und die Häuser nehmen. Und Sie, Don Carlitos, ziehen sich zurück und gehen dorthin, wonach Ihnen Ihr verdammter Sinn steht. Ich hole meine Leute ins Boot, meine Investoren, und dann werden wir dafür sorgen, dass der Laden endlich läuft. Und davon, von dem, was auch immer dabei abfällt, werden wir Alicia und ihrer Tochter etwas abgeben. Aber das«, er wischte mit dem Finger durch die Luft, wie ein Zirkusdirektor, der die nächste Nummer ansagt, »gehört uns. Alles.« Seine Stimme versagte, wurde spitz, schrill, wenig überzeugend, doch die Botschaft war deutlich geworden. Für den Erben der Eule war der Tag der Ernte gekommen.

Aus irgendeinem Nachbarhaus drangen die glücklichen Klänge eines Weihnachtsliedes zu ihnen herüber. Die Stimme von Frank Sinatra oder eines talentierten Imitators schmeichelte ihren Ohren. Alicias Gesicht war rot wie eine Ampel. Blanco ahnte, was sie gleich sagen würde: Hör auf mit dem Scheiß, Jacobo. Und Alicia bestätigte seine Vermutung. »Lass uns nicht mehr darüber reden«, murmelte sie. »Jetzt essen wir erst mal. Alles andere regeln wir später, wenn wir unter uns sind.« Dabei sah sie Blanco an, der schweigend auf seinem Stuhl kauerte, fast vergessen, denn er gehörte nicht dazu, war ein Eindringling. Und dennoch war er da, und Zeuge des Familienstreits der Flores. Aber Jacobo war inzwischen richtig betrunken. Der Abend war ihm entglitten, und er war Vernunftgründen nicht mehr zugänglich. »Wieso denn, verdammt noch mal?«, schrie er. »Wenn nicht jetzt, wann dann? Damit das ein für alle Mal geklärt wird! So billig kommt ihr mir nicht davon.« Er ließ die Fingerknöchel knacken. Seine Worte hatten gefährlich geklungen, und Carla, die stärker zitterte als die Flamme einer Kerze, umklammerte die Hand ihrer Mutter. Wendy an ihrer Seite schloss die Augen zu Schlitzen. Bei sich zu Hause hatte sie häufig dieselbe angespannte Stimmung erlebt, und nie war es gut ausgegangen. Blanco fiel es mittlerweile schwer, sich an den Jacobo aus der Vergangenheit zu erinnern. Als Jacobo damals mit Alicia verlobt gewesen war, hatte er immer auf Leute wie ihn herabgesehen. Blanco erinnerte sich natürlich daran, wie Ali von dem hübschen, muskulösen Glückspilz gesprochen hatte, mit dem sie ausgegangen war, und von der Fabrik seiner ach so blonden Familie aus dem Norden, von seinen Reisen, seinen Familientreffen, seinem Geld und seinen Geschenken.

Und er erinnerte sich auch daran, dass sich Alicia immer mit ihrem Verlobten gestritten hatte und sie dann, wenn sie wütend war, am Ende häufig mit ihm, Blanco, ins Bett gegangen war. Nur um sich zu rächen. Und nun saß Jacobo wieder hier, so bescheuert wie immer, und schaffte es, Alicia aus der Fassung zu bringen.

Auf diesen Moment hatte Don Carlos gewartet. Und während Jacobo sein Glas erneut füllte und die Anwesenden zitterten, schlug der Bauunternehmer mit dem Messer an sein Glas, um die Aufmerksamkeit auf sich zu lenken, was ihm tatsächlich gelang. Er ließ sein Glas noch vier, fünf Mal klingen und atmete hörbar aus, bevor er sprach: sein Markenzeichen. Nun war er an der Reihe, und er würde seine Trümpfe ausspielen. »Jetzt mal ganz langsam, mein Junge«, begann er in gutherzigem, bedächtigem Ton, so als würde er es geradezu genießen. »Ich möchte nur ein paar Dinge klarstellen, auch wenn für dich schon alles klar zu sein scheint und du nicht zu denen gehörst, die sich überzeugen lassen.« Jacobo, betrunken und großspurig, nickte heftig, um ihm beizupflichten. Nein, zu denen gehörte er nicht. Flores lächelte ihm ironisch zu und fuhr fort: »Dein Onkel hat Geld hier reingesteckt, natürlich, er hat investiert. Du weißt ja, wir nennen sie Investoren, aber in Wirklichkeit sind sie etwas anderes, nicht wahr? Etwas weniger Sympathisches.« Der Alte beugte sich ein wenig vor. »Die Eule hat Geld investiert, ja, aber auch wieder abgezogen. Dein Onkel wollte keine Grundstücke kaufen. Er hat Olinka benutzt, wie er die Fabrik deiner Eltern benutzt hat, Jacobito. Wir haben sein Geld etwas aufpoliert, nicht mehr. Wir haben ihm eine Rechtfertigung geliefert, es zu besitzen. Du weißt ja, wie man so etwas nennt, oder? Reinwaschen. Geld waschen. Das haben wir gemacht.« Er klatschte einmal in die Hände, als wollte er damit die anderen aus der Erstarrung wecken, in die Jacobo sie versetzt hatte. Er applaudierte nicht, er drohte. »Wenn du willst, schenke ich dir ein Grundstück, in Erinnerung an deinen Onkel, der sich immer loyal zu uns verhalten hat. Aber mehr steht dir nicht zu, und mehr werde ich dir nicht geben. Olinka gehört mir, und wenn ich es eines Tages abtreten werde, dann an meine Enkelin.« Flores strich sich über den Mund, bevor er Jacobo den letzten Stoß versetzte: »Oder dem hier anwesenden Yeyo, denn ich stehe in seiner Schuld. Er hat für mich bezahlt und ist vor die Hunde gegangen. Fünfzehn Jahre Gefängnis, Jacobito. Würdest du das ertragen? Oder auch nur ein einziges?« Der Bauunternehmer schien gewachsen zu sein, und für einen Moment war er wieder der Mann, der die Vertreibung ganzer Familien veranlassen oder sich mit einem Gauner an einen Tisch setzen und eine Gesellschaft gründen und, das Kinn vorgereckt, mit der Faust auf den Tisch schlagen konnte.

Jacobo sah seine Hände an. Das achte Glas glitt ihm aus den Fingern, und der Inhalt ergoss sich über die Tischdecke. Man bot ihm ein Haus an. Beziehungsweise nicht mal das: nur ein Scheißgrundstück, ein verdammtes. Dreihundert Quadratmeter trockenes Gras ohne Strom und Wasser. »Ihr seid am Ende«, sagte er, und seine Stimme klang nicht mehr giftig, sondern flehend. Wie die eines Kindes, dem man die Süßigkeiten weggenommen hatte. »Spielen Sie bloß nicht den Gerissenen! Ihr seid nämlich völlig am Arsch. Es ist mir scheißegal, ob der Versager da«, er zeigte auf Blanco und sah ihn zum ersten Mal an diesem Abend an, »wegen euch sein Leben versaut hat. Oder ob Ihre Tochter, dieses Aas«, jetzt zeigte er auf Alicia, voller Hass von früher, »glaubt, dass Sie mich aus dem Weg räumen. Nein, meine Süße, nein!« Seine Augen sprühten vor Wut. »Als könnte ich nicht tausend andere finden, die besser sind als du und die mich nicht für einen Versager wie den da verlassen hätten ... Nein, mit mir nicht!« Alicia bebte vor Empörung. Carlita konnte sie nur mit Mühe am Arm zurückhalten, doch ihre Mutter wollte sich auf Teufel komm raus von ihr losreißen. Wendy, rasend vor Wut, ergriff beinahe unbewusst das Fleischmesser. Alicia war so etwas wie eine Mutter für sie, man hatte ihr ins Gesicht gespuckt, und das machte sie zornig. Der berühmte Freund hatte sich als Arschloch erwiesen, dachte sie. Doch Don Carlos war eine Schlange, war es immer gewesen, und er hatte seine Beute da, wo er sie haben wollte. Er richtete sich auf und strich sich übers Kinn, um anzukündigen, dass er einen Vorschlag zu machen hatte. »Ganz ruhig, Jacobo, ganz ruhig«, sagte er und zeigte auf ihn. »Hör auf, uns zu beleidigen. Ich bin bereit, zu verhandeln. Wenn du willst. Eingedenk deines Onkels. Aber ich werde dir nichts geben, was ihm nicht gehört hat. Hör zu«, er streckte ihm die Handflächen hin wie ein aufgeschlagenes Buch, »ich biete dir ein Haus an und dazu fünf Prozent Anteil an dem, was wir verkaufen werden. Fünf Prozent. Mehr ist für dich nicht drin.« Mit diesen Worten sank er wieder auf seinen Stuhl zurück. In diesem Augenblick gelang es seiner Tochter, sich von Carlita loszumachen. Durch den Schwung, mit dem sie sich aus ihrem Griff befreit hatte, geriet sie ins Straucheln und wäre beinahe hingefallen, doch sie fing sich wieder. Und anstatt sich auf Jacobo zu stürzen, wischte sie sich die Tränen ab und lief kopflos hinaus. »Fünf Prozent«, wiederholte Jacobo unterdessen, allerdings nicht, weil er das für ein gutes Angebot hielt. Er lachte. »Drauf geschissen, Don Carlos, drauf geschissen.«

Blanco bekam plötzlich Angst. Wenn Jacobo seine Leute anrief, von denen er kurz zuvor geschwafelt hatte, wären sie in ein paar Minuten hier, dachte er. Er stellte sich vor, wie mehrere Kleintransporter vorfuhren und ein paar Kerle in eng anliegender Kleidung und mit silbernen Baseballkappen die Tür eintraten und ins Esszimmer gestürzt kamen. Und sie gleich darauf von ihren Stühlen zerrten und in die dunkle Nacht hinausstießen. Er konnte Wendy schon schreien hören. Ihm tat der Gaumen weh, und seine Hoden zogen sich zusammen, als er sich auch noch Carlitas Schreie vorstellte. Er fasste mit der Hand in die Jackentasche und stellte fest, dass er die Pistole des Comandante im Arbeitszimmer liegengelassen hatte. Er war ein Idiot und verfluchte sich, versuchte jedoch, sich zu beruhigen, und dachte nach. Denk nach, denk nach. Und plötzlich schoss ihm ein Gedanke durch den Kopf, klar und deutlich: Wenn dieser Hurensohn von Jacobo tatsächlich Leute hinter sich hatte, die ihm dabei halfen, sich mit Gewalt zu nehmen, was ihm seiner Meinung nach zustand, dann hätte er es bereits getan. Wenn es Leute an seiner Seite gäbe, hätte er sich nicht an Alicia rangemacht, hätte weder seine Forderungen gestellt noch sonst etwas. Seine Leute hätten sich alles geschnappt, auf direktem Weg, so wie es die Leute von Don Carlos vor vielen Jahren mit den Pächtern von Nueva Olimpia gemacht hatten. Und Blanco glaubte sich zu erinnern, dass der Comandante so etwas angedeutet hatte: Sie glauben einem Fitnesstypen? Nein, das Schwein lügt. Er will kaufen, hat aber kein Geld. Das waren die Worte, die Blanco dem Comandante in den Mund legte, und er war überzeugt, dass der Polizist sie wirklich gesagt hatte. »Moment, du Arsch, einen Moment«, sagte Blanco, als niemand damit rechnete. Er wollte auch eine Rolle spielen an diesem Abend und Jacobos Aufmerksamkeit auf sich ziehen. Der zuckte überrascht zusammen, als er angesprochen wurde, vielleicht, weil er nicht damit gerechnet hatte. Blanco war aufgestanden. Die fünfzehn Jahre im Gefängnis lasteten auf seinen Armen, auf seinem Rücken und auf seiner Stimme, und gleichzeitig pochten sie auch in seiner Brust wie Hammerschläge. Er hatte sich für eine Familie geopfert, für die er jetzt kaum mehr als ein lästiger Angestellter war. Aber er hatte nie etwas anderes getan, als ihnen zu Diensten zu sein, und jetzt, da er frei war, würde er nicht zulassen, dass man seine Tochter und die Flores bei der ersten Gelegenheit ausraubte. »Einen Moment, du kleines Arschloch«, wiederholte er. »Ich hab gerade fünfzehn Jahre abgesessen. Und von mir aus verbringe ich weitere fünfzehn Jahre im Knast, weil ich dir den Schädel einschlage. Niemand interessiert sich dafür, was du hier willst. Olinka gehört dir nicht.« Die Bemerkung war nicht besonders intelligent, aber Jacobo verlor nun endgültig die Fassung. Er warf das Tequilaglas an die Wand, direkt über Wendys Kopf. Die Splitter stoben, und alle am Tisch duckten sich. Es war die Hölle, die Hölle auf Erden. »Es gehört mir, du Hurensohn!«, schrie Jacobo Blanco und den anderen zu. »Ich bin am Zug! Dich hat keiner gefragt!« Sein rächender Zeigefinger suchte sich bereits ein neues Opfer. »Und ich werde deine Kleine umbringen, deinen verfluchten Bastard, wenn du dich nicht verpisst! Ich werde sie umbringen, du Arschloch! Hast du mich verstanden? Abschlachten werde ich sie!«, fauchte er. Die Anwesenden saßen wie versteinert da, überwältigt von seinem Geschrei und dem wutverzerrten Gesicht. »Ich schlachte sie ab, du Versager, jetzt gleich! Ich bring sie um!« Carlas Entsetzen war so groß, dass sie jeden Augenblick tot umzufallen drohte, wie ein Vögelchen, dessen Herz von einem Dorn durchbohrt wird. Ihre Mutter hatte sich vom Geschehen entfernt und hörte nichts mehr. Ihre Tränen schmeckten metallisch. Sie verlor den Kopf. Sie wusste, dass sich in einer der Schreibtischschubladen ihres Vaters eine Waffe befand. Sie hatte sie gesehen, damals, als der Bauunternehmer Bargeld für die Arbeiter der Wohnsiedlung dort aufbewahrt hatte, zusammen mit den Zündschlüsseln für die Maschinen, den Bauplänen und den Genehmigungen. Doch als sie das Arbeitszimmer betrat, sah sie, noch bevor sie anfing, nach der Waffe zu suchen, das unerwartete Geschenk auf dem Schreibtisch liegen: die Pistole, die der Comandante Blanco überlassen und die dieser dort vergessen hatte. Und ohne zu überlegen, nahm sie sie an sich, wie jemand, der ein Schwert in einem Felsen stecken sieht, es herauszieht und damit ein Königreich erobert.

Blanco vermisste die Waffe, gerne hätte er sie aus dem Arbeitszimmer geholt. Doch er wusste, dass er hierbleiben musste, um dem Verrückten die Stirn zu bieten und zu verhindern, dass er per Telefon Unterstützung anforderte, falls es denn welche gab. »Ich werde dir deine Scheißsiedlung in den Arsch schieben!«, schrie Jacobo, und da weder Don Carlos noch Carlita fähig waren, ihm entgegenzutreten, richtete sich sein zitternder Zeigefinger auf Blanco. »Du wärst besser nicht hergekommen, du Idiot! Ich werde dich kaltmachen!« Und er spuckte ungeschickt quer über den Tisch, doch der Speichel erreichte sein Ziel nicht und landete auf dem Tablett mit den Kanapees. »Ich mach dich kalt«, drohte er dem Ex-Häftling, der sich, halb tot vor Angst, nur mit Mühe aufrecht hielt wie der letzte Wächter des Hauses, der letzte treue Beschützer der Flores, jener aussterbenden Art. Der als Römer verkleidete Barbar, der das Eisentor gegen die Eindringlinge verteidigt.

Drohungen sind eine Art Vertrag. Ein sehr spezieller Vertrag. Um ihn zu erfüllen, müssen bestimmte Voraussetzungen gegeben sein. Am Leben zu sein ist eine davon. Alicia kam aus dem Arbeitszimmer zurück, ging um den Tisch herum, hielt, bevor Jacobos Geschrei noch größer wurde, den Pistolenlauf an seinen Kopf und drückte ab.

Es gab einen Knall. Der Himmel von Olinka wurde von einem Feuerwerkskörper hell erleuchtet.

Carla konnte sich nicht daran erinnern, seit wann genau ihr Vater nicht mehr zu Hause war. Später sollte ihre Mutter ihr erzählen, dass sie viel geweint hatte, vor allem morgens und abends, nach dem Aufwachen und vor dem Einschlafen. Dann vermisste sie ihn sehr, und Tränen, dick wie Regentropfen, kullerten über ihre Wangen. Anfangs wurde ihre Mutter dann ärgerlich und redete nicht mit ihr. »Beruhige dich«, sagte sie zu ihr, als sie sich entschloss, wieder mit ihr zu sprechen. »Du musst dich beruhigen.« Irgendwann jedoch erzählte man ihr vom Gefängnis und erklärte ihr, allerdings nur in Andeutungen, warum ihr Vater dort saß. So erfuhr sie, dass man ihn beschuldigte, etwas Schreckliches getan zu haben. Was genau, verstand sie jedoch nicht. Manchmal wachte sie glücklich auf, weil sie geträumt hatte, sie wären zusammen im Garten, umgeben von einem Wald, und spielten Ball. Sie gewöhnte sich daran, dass sie beim Erwachen von der bitteren Realität enttäuscht wurde. Der Gedanke, dass sie ihn nicht wiedersehen würde, stammte von ihrem Großvater. Sie hörte es ihn eines Abends sagen, nachdem Großmutter María zuerst ins Krankenhaus und dann in eine weiße Mauernische auf dem Friedhof Colonias gekommen war. »Du siehst doch, wie es die Kleine mitnimmt«, hatte er leise, damit die Angestellten nichts hörten, zu ihrer Mutter gesagt. »Wir müssen dem Geheule ein Ende setzen, sonst wird sie dir noch krank. Stell dir vor, sie kommt jeden Monat oder wie oft auch immer in diesem Zustand zurück, nachdem sie bei ihm war.« Ihre Mutter widersprach ihm, wie immer, sagte, das sei Unsinn, und hörte am Ende nicht auf ihn. So lief das bei ihnen, seit ihr Vater und ihre Großmutter verschwunden waren: gedämpft, ohne sich offen auszusprechen.

Sie war eine gute Schülerin. Folgsam und sorgfältig bei den Schularbeiten, die ihr halfen, nicht nachzudenken. Sie hasste das Gefühl von Verlust zutiefst, das sie jeden Morgen überfiel. Der hohe Preis für die Sekunden geträumten Glücks. Sie zwang sich, den Gedanken zu verdrängen und zu vergessen, dass sie einen Vater hatte, der im Gefängnis saß. Und als ihr Großvater in betrunkenem Zustand einmal die Bemerkung fallen ließ, dass der Abwesende nicht mal ihr richtiger Vater sei, freute sie sich. Sie war noch zu jung, um es zu verstehen, aber alt genug, um es aufzunehmen und zu wiederholen. Erst sehr viel später wurde ihr klar, dass man sich besser nicht als die Tochter eines unbekannten Vaters ausgab, denn für ihre Mitschülerinnen und deren Familien bedeutete das, dass ihre Mutter eine Hure war. Das erklärte ihr eine der Nonnen, allerdings weniger aus Mitleid als aus der Lust daran, sie damit zu quälen. »Wenn du den Leuten erzählst, dass du nicht die Tochter des Mannes bist, der dir seinen Namen gegeben hat, dann heißt das für sie, dass deine Mama gegen das Sakrament der Ehe gesündigt hat«, sagte sie, und Carlita war so entsetzt, dass sie es vorzog, für den Rest des Jahres den Mund nicht mehr aufzumachen. Weil sie nicht mal mehr in der Lage war, auf eine einfache Frage im Unterricht zu antworten, und in den Pausen lieber in der Klasse blieb, während ihre Mitschülerinnen zum Spielen auf den Schulhof gingen, und weil sie keine Freundinnen hatte und (genauso wie ihr Vater, aber das wusste sie nicht) nur an den Schulfesten teilnahm, wenn eine perfektionistische Mutter darauf bestand, dass die gesamte Klasse anwesend war, wurde beschlossen, sie ins Ausland zu schicken. Die Nonnen schlugen ein Internat in Kalifornien vor, wo sich der Hauptsitz ihres Ordens befand. Dort gebe es Schwestern, die auf Fälle wie den ihren spezialisiert seien: Mädchen mit Problemen, Mädchen, deren Eltern getrennt seien (sie bekreuzigten sich, das Wort »Scheidung« kam ihnen nicht über die Lippen), Mädchen, die von Angehörigen oder Bekannten an »unschicklichen Stellen« berührt oder direkt »attackiert« und bedroht worden seien, damit sie schwiegen (die Nonnen schienen Experten auf diesem Gebiet zu sein, wie die übrige Kirche, in einem anderen Sinn). Ihre Mutter begleitete sie nach Kalifornien und blieb in den ersten Monaten bei ihr, bis sie sich eingewöhnt und sich damit abgefunden hatte, fern von zu Hause zu leben. Nur das erste Mal, als Alicia nach Guadalajara zurückkehrte, litt sie darunter. Sie fühlte sich einsam im Internat, unter der Fuchtel der Ordensschwestern, und weinte nächtelang. Hatte sie geglaubt, die anderen Mädchen hätten davon nichts mitbekommen, so sah sie sich getäuscht. Das Mädchen im Etagenbett nebenan hörte es und wusste nicht, was sie tun sollte. Schließlich, es wurde schon Morgen, kroch sie zu ihr ins Bett und nahm sie in den Arm. Carlita erschrak, erstarrte, doch nach einer Weile fühlte sie sich geborgen. Sie entspannte sich, legte den Arm um das Mädchen und schlief ein. Von da an vermisste sie ihre Mutter nicht mehr. Sie gewöhnte sich an das Internatsleben und passte sich dem vorgegebenen Rhythmus an. Sie ging mit den anderen spazieren, nahm an Ausflügen und Museumsbesuchen teil, spielte Volleyball. Mit der Zeit fand sie sich mit ihrer Situation ab und fasste neuen Mut. Feige, wie sie war, lernte sie weder Fahrradfahren noch Schwimmen (sie schaffte es nicht einmal, wenn ihre Freundinnen sie hielten, und verging vor Angst), und der bloße Gedanke daran, Auto zu fahren, jagte ihr einen Schrecken ein. Aber sie redete mit den anderen, nahm am gemeinsamen Leben teil, sprach Englisch so gut wie die Einheimischen, und die bis in die Wimpern blonden amerikanischen Mädchen wunderten sich ein wenig über ihre beiden Familiennamen (Blanco Flores) und sagten zu ihr, dass sie den anderen mexikanischen Mädchen gar nicht ähnlich sehe (eine Bemerkung, die Carlita seltsamerweise traurig machte, so als hätte man sie ein zweites Mal aus ihrem Heimatland vertrieben).

Dann, inzwischen auf der Highschool, zog sie es vor, im Internat zu bleiben, wenn ihre Freundinnen am Wochenende mit irgendwelchen Jungen ausgingen. Sie las viel, arbeitete den Stoff der kommenden Woche vor. Wenn ihre Mutter sie in den Ferien nicht besuchen konnte, nahm sie ein Flugzeug und verkroch sich ein paar Wochen im Haus in Guadalajara. Sie besuchte ihren Großvater, und da sie ihren alten Freundeskreis verloren hatte, weil sie jetzt in Kalifornien lebte, beantwortete sie die SMS ihrer Schulfreundinnen oder sah fern. Ihre Mutter ging mit ihr in Restaurants, die mexikanische Speisen anboten, und sie tat, als genösse sie es, aß aber wenig. Sie war dünn, klein, knochig. Sie ähnelte der Mutter ihres Vaters, an die sie sich jedoch kaum noch erinnerte. Eine der vielen gelöschten Erinnerungen. Inzwischen konnte sie über die Vergangenheit sprechen, als handelte es sich um eine Fernsehsendung. Wenn ihre Mutter ganz nebenbei über den Tag sprach, an dem ihr Vater aus dem Gefängnis kommen würde, reagierte Carlita gleichgültig. Nie kam es ihr in den Sinn, zu fragen: »Was hat er denn eigentlich getan?« Nie wollte sie in die Blase des Stillschweigens stechen, in die die allgemeine Gleichgültigkeit ihre Umgebung einhüllte.

Wendy lernte sie in der ersten Seminarwoche am psychologischen Institut der Universität kennen. Ihre Anwesenheit war kaum zu übersehen. Hübsch, kräftig, mit breitem Rücken, Lippen wie Blütenblätter und pechschwarzem Haar, das streng nach hinten gekämmt und zu einem Zopf geflochten war, was ihr das Aussehen eines Samurai gab, so kam sie eines Vormittags während der Pause zu ihr und legte ihre Sachen auf den benachbarten Stuhl. »Ich bin auch aus Mexiko«, sagte sie. »Aber das hast du ja wohl schon bemerkt, weil ich so laut spreche, nicht wahr?« Sie lernten zusammen, gingen freitags nach dem Unterricht gemeinsam aus. Wendy brachte ihr das Autofahren bei, und Carlita führte sie ins Schachspiel ein, das sie bei den Nonnen gelernt hatte und inzwischen meisterlich beherrschte. Carlitas Zimmernachbarin bekam eine Blinddarmentzündung, bei der es Komplikationen gab. Ihre Familie verschuldete sich, um die Krankenhauskosten zu bezahlen, und so konnte sie sich nicht zum nächsten Semester einschreiben. An dem Tag, nach dem sie mit gesenktem Kopf nach Hause gefahren war, zog Wendy bei Carlita ein. Von der ersten Nacht an schliefen sie aneinandergeschmiegt im selben Bett. Wendys Umarmung wärmte wie die eines Höhlenbären, und das beruhigte Carla.

Beim nächsten Besuch erzählte sie es ihrer Mutter. Anstatt wie üblich zu ihr ins Hotel zu gehen, bestellte sie sie in ein Café, in dem sie sich auf den Unterricht vorzubereiten pflegte. Auf neutralem

Boden fühlte sie sich sicherer. Alicia kam ihr schlanker und ihre Gesichtsfarbe gesünder vor als beim letzten Mal. Und sie schien es eilig zu haben, ihr Neuigkeiten mitzuteilen. Bevor Carla etwas sagen konnte, erzählte sie, dass sie einen neuen Freund habe, einen Mann aus Guadalajara, Jacobo, einen alten Freund aus der Schulzeit. »Stell dir vor, ich war jünger als du, als wir zusammen waren«, sagte sie, aufgekratzt wie ein Kind vor einem Ausflug. Sie wollte ihre Tochter unbedingt ins Vertrauen ziehen, etwas, das es zwischen den beiden nie gegeben hatte, und am Ende erwähnte sie ganz nebenbei, dass sie mit dem Mann ins Bett ging. Carlita sah ihre Mutter ungeduldig an und schwieg. »Er erledigt verschiedene Dinge für mich«, sagte Alicia, sprach dann aber nicht weiter, denn sie würde ihrer Tochter natürlich nicht sagen, dass sie sehr aufgeregt war. In einer plötzlichen Anwandlung nahm Carlita ihre Hand. »Ich möchte dir auch etwas sagen, Mama«, begann sie. Alicia hörte ihr aufmerksam zu, und als Carlita geendet hatte, verflog ihre mütterliche Freude. Doch dann verspürte sie Erleichterung darüber, dass ihre Tochter kein androides Wesen war, wie sie befürchtet hatte, unfähig, Beziehungen zu anderen Menschen aufzubauen. Sie fand ihr Lächeln wieder, gratulierte ihr zu Wendy und sagte, für sie sei es das Wichtigste, dass ihre Tochter glücklich sei. Diesen Satz hatte sie in einer Zeitschrift im Flugzeug gelesen, und er war ihr noch frisch in Erinnerung (in dem Artikel ging es um Geschlechtsumwandlungen). Die weniger erfreuliche Neuigkeit brachte der nächste, unvermeidliche Satz. »Dein Vater wird aus dem Gefängnis entlassen«, sagte Alicia. »Er hat seine Strafe verbüßt, im Februar oder so kommt er raus. Ich weiß nicht, ob du ihn sehen willst.« Sie hoffte, dass Carla Nein sagen würde, und ihre Hoffnung wurde erfüllt: Ihre Tochter schaute sie entsetzt an, klaute ihr sogar eine Zigarette und wollte sie gerade anzünden, als ein junger Kellner mit Aknepickeln angelaufen kam. »*You Can't Do That Here!*« Und mit einem verlegenen Lächeln zeigte er auf die Tür. »Ich will ihn nicht sehen«, sagte Carla auf der kalten Terrasse. Es war das erste Mal, dass sie vor ihrer Mutter rauchte, die sich ebenfalls eine Zigarette angezündet hatte. »Wozu auch? Für mich ist es so, als hätten wir nie etwas miteinander zu tun gehabt.« Alicia verspürte ein unerklärliches Gefühl des Bedauerns, aber auch Erleichterung darüber, dass alles seinen gewohnten Gang gehen würde. »Mein Vater war nie da, warum sollte ich ihn sehen wollen?« Sie schwiegen, bis sie zu Ende geraucht hatten. Dann nahmen sie sich ein Abendessen in Guadalajara vor, bei dem Wendy offiziell vorgestellt werden sollte. Alicia kehrte nach Mexiko zurück. Sie waren so verblieben, dass die Mädchen die Festtage dort verbringen würden.

Wendy stammte aus Tampico. Ihre Familie wollte nichts von ihr wissen, behandelte sie abweisend, kühl, und so erhob sie keinerlei Einwände gegen die Einladung. Im Gegenteil, sie war dankbar dafür, dass sie so schnell von Carlas Familie akzeptiert worden war. »Du kennst meinen Großvater noch nicht«, flüsterte Carlita ihr abends im Bett zu. »Ist er ein Idiot?« Carla dachte einen Moment nach, sie wusste nicht, was sie antworten sollte. Sie konnte sich nicht vorstellen, dass ihr Großvater die Nachricht, seine Enkelin habe eine lesbische Freundin, mit einem Lächeln aufnehmen würde. Aber es war ihr ziemlich egal. Trotzdem war sie auf dem Flug nach Guadalajara so nervös, dass Wendy ihre Hand nahm und ihr alte Familiengeschichten erzählte, um sie zu beruhigen. Sie sprach von Tampico, von ihrem Großvater, der Bürgermeister gewesen war, davon, wie man ihn entführt und Teile seiner Leiche auf die Straße zur Grenze geworfen hatte, wie seine Frau und seine Kinder danach nach Texas gegangen waren. Sie erzählte ihr davon, wie ihr Bruder ihr die Zähne eingeschlagen hatte, als er sie mit einer Nachbarin, einer schon älteren Frau, erwischt hatte. Und wie ihre Mutter zwei Tage geweint hatte, weil beim Frühstück des Elternbeirats gemurmelt worden war, dass Wendy eine Lesbe sei, dass eine Lehrerin sie in ihrem Auto mitgenommen habe, dass sie sich im Kino mit einem amerikanischen Mädchen, einer *gringa*, geküsst habe, was die halbe Klasse, die dort gewesen sei, mitbekommen habe. »Deswegen habe ich mir eine Universität so weit weg wie möglich ausgesucht. Mein Vater grüßt mich kaum, bis heute. Gesagt hat er nie was. Er kaut auf seinem Schnurrbart herum und macht ein Gesicht, als hätte ich ihnen ihr Leben versaut, als würden sie vor Scham sterben. Und das, obwohl mein Bruder nun wirklich eine Granate ist! Er raucht Crack, nimmt Ecstasy. Sie mussten ihn zu Verwandten nach Austin schicken, weil man ihm in Tampico irgendwann eine Bombe in den Arsch gesteckt hätte. Er wollte ins Geschäft mit den Barmädchen einsteigen. Er ist ein Arschloch.« Es war eine schreckliche Geschichte, die aber durch die Art, wie Wendy sie erzählte, umwerfend komisch wirkte. Am Ende streckten sie sich gegenseitig die Zunge raus und erzählten sich Geschichten über Skandale, die sie in ihrem bisherigen Leben ausgelöst hatten: die Nonne, die der einen dazu geraten hatte, sich den Mund mit eiskaltem Wasser auszuspülen, um sie vom Masturbieren zu heilen; das Gesicht der Vorsitzenden des Elternbeirats, die die andere mit einer Gringa Hand in Hand auf der Promenade gesehen hatte; die drei oder vier Mädchen, die über Weihnachten im Internat geblieben waren und sich mit verbundenen Augen geküsst hatten, während sich die Nonnen in der Küche um das Essen kümmerten. Der Wutanfall, den Wendys Bruder bekommen hatte, als er entdeckte, dass seine Schwester ihm die Pornozeitschriften klaute und die Seiten mit den eindeutigsten Fotos der attraktivsten Modelle rausriss (in Wirklichkeit hatte Wendy die Fotos vernichtet, sie hatte es getan, um ihn zu ärgern und zu schockieren).

Olinka sah heruntergekommener aus, als Carla es in Erinnerung hatte, aber das Haus ihrer Mutter war blitzblank wie ein Spiegel. Und die Villa ihres Großvaters wurde von einem Schwarm von Angestellten in Schuss gehalten wie ein Kriegspanzer. Die beiden Mädchen gingen zwischen dem Bauschutt spazieren und ließen sich zu Füßen der Büste von Doktor Atl nieder, um eine Zigarette zu rauchen. Wendy hatte keine Ahnung, wer der alte Maler war, und Carlita, die in ihrer Kindheit hundert Mal an der Hand von Don Carlos hierher gekommen war und ihren Großvater nach dem Künstler gefragt hatte, erzählte ihrer Freundin die Geschichte von dem wunderbaren Mann und seinem Plan, eine Stadt zu erbauen für seine Brüder, den Genies aus Kunst und Wissenschaft. Und im Zentrum das »Denkmal Für Das Was Ist« aufzustellen. »Deswegen wurde dieser Ort ›Olinka‹ genannt, ein Wort, das Doktor Atl erfunden hat«, sagte sie. »Es heißt nämlich, dass er seine Stadt hier errichten wollte. Doch statt an Wissenschaftler und Künstler wurden die Häuser an reiche Säcke aus Zapopan und andere Hornochsen verkauft, bis den Flores irgendwann das Geld ausging.« Sie lachten über die Geschichte und genossen den Wind, der aus dem Wald zu ihnen herüberwehte. Für Carla war die Welt in Ordnung, aber die Begegnung mit ihrem Vater in der Küche am nächsten Morgen verdarb ihr alles. Sie hatte so lange nicht mehr geweint (Wendy umarmte sie jedes Mal, wenn es ihr schlecht ging), dass sie sich über sich selbst ärgerte, als sie jetzt tränenüberströmt, die Arme um die Knie geschlungen, auf ihrem alten Bett kauerte. Aus Wut weinte sie noch heftiger. Seit über vierzehn Jahren hatte sie nicht mehr an ihren Vater gedacht, und nun tauchte er zwei Monate früher als vorgesehen hier auf. Sie hatte damit gerechnet, dass die Nachricht von seiner Freilassung sie in Kalifornien erreichen würde, weit weg, in Sicherheit vor jeglichen Gefühlen, und zwar aus dem Munde ihrer Mutter, am Telefon. Darauf, dass sie jenem grauhaarigen dünnen Mann, der in der Morgensonne blinzelte, von Angesicht zu Angesicht begegnen würde, war sie nicht vorbereitet gewesen. Wendy, die ihr in ihr Zimmer folgte, wohin sie vor dem Mann geflohen war, wollte sie aufmuntern: »Bist du mir böse, wenn ich dir sage, dass ihr euch ähnlich seht und gleich sprecht? Ich glaube, dass das, was er gesagt hat, wahr ist ...« Carlita antwortete mit einem weiteren Schluchzer. Alicia kam herauf, um nach ihr zu sehen, drang aber nur bis zur Tür vor. Sie wusste auch jetzt nicht, wie sie auf die Heulkrämpfe ihrer Tochter reagieren sollte. Es war wie damals, als Carlas Vater ins Gefängnis gekommen war. »Beruhige dich«, sagte sie, ohne zu merken, dass sie dieselben vergeblichen Worte benutzte wie Jahre zuvor. »Du musst dich beruhigen.« »Ich will ihn nicht sehen, ich will ihn nicht sehen«, schrie Carla. Doch es änderte nichts, es war schon geschehen. Am nächsten Morgen weckte Carla ihre Freundin und flehte sie an, mit ihr von hier zu verschwinden; die Koffer zu packen, ein Taxi zu rufen und abzuhauen. Sie flüsterte es ihr ins Ohr, stockend, unter Tränen, aber Wendy nahm sie in den Arm und sagte: »Nein, das geht nicht, das geht jetzt nicht mehr.« Und dann benutzte auch sie diese verdammten Worte – »Beruhige dich« – und schlief wieder ein.

Am Tag vor Heiligabend sprachen sie mit Alicia, die sehr blass und aufgedonnert war. »Heute Abend stelle ich euch Jacobo vor«, sagte sie, allerdings nicht so begeistert, wie sie es sich gewünscht hätte. »Wir sind bei deinem Großvater eingeladen. Das Essen habe ich schon besorgt, alles andere ist dort. Macht euch in Ruhe zurecht, damit dein Großvater euch hübsch sieht. Und seid bitte so gegen fünf dort. Wollt ihr vorher noch irgendwohin fahren?« Alicia hatte für sie ein Auto gemietet, das sie aber nur ein einziges Mal benutzt hatten, um ins Kino zu fahren und sich das alte Haus der Flores in der Nähe von Los Colomos anzuschauen. »Nein, Mama, wir hängen hier noch ein wenig rum und sind um fünf da.« Carlita wagte es nicht, nach ihrem Vater zu fragen. Sie klammerte sich an die

Hoffnung, dass Alicia und ihr Großvater ein weiteres Zusammentreffen zu verhindern wüssten.

Auch Wendy sagte nichts. Der Mann, den sie im Stillen bereits »Schwiegervater« nannte, tat ihr leid. Und als er dann dort, am Tisch von Großvater Flores, zwei Meter weit von ihr entfernt saß, lächelte sie ihm zu, ohne dass Carlita es bemerkte.

Die Feuerwerkskörper hallten wie festlicher Kanonendonner in Olinka wider. Die Kinder brannten sie seit dem Nachmittag ab, um sich die Zeit zu vertreiben, bis man sie zum Abendessen rief. Und nachdem sie sich mit Truthahn vollgestopft hatten und die Erwachsenen zum Trinken übergingen, liefen sie wieder auf die Straße, um weiterzuböllern. Es roch wie nach einer Feldschlacht.

Jacobos Kopf war aufgeplatzt wie eine Coladose. Blanco kannte sich damit aus, denn in seiner Jugend hatte er oft auf solche Dosen geschossen, wenn die Ratten im Garten nicht mitgespielt hatten. Irgendwo hatte er gelesen, dass das Gehirn im Schädel schwimmt wie in einem Druckwassertank. Jetzt hatte sich der Inhalt von Jacobos Wassertank über den Tisch ergossen. Zum Glück war der Schweinebraten verschont geblieben, doch in der Suppe schwammen Klumpen, wohl die Gehirnmasse des Mannes, der jetzt, nachdem er sich so aufgeplustert und herumgebrüllt hatte, reglos, mit unnatürlich verdrehtem Oberkörper, zwischen Stuhl und Wand auf dem Boden lag wie eine schmutzige Serviette. Carlita hatte Blutspritzer auf der Stirn und wimmerte wie ein verängstigtes Hühnchen. Wendy schlang schützend ihre Arme um sie, doch zwischen ihren muskulösen Oberarmen schauten die verschreckten, geröteten Augen des Mädchens hervor. Als Carlitas Schluchzen immer heftiger wurde und außer Kontrolle zu geraten drohte, legte die Freundin ihr eine Hand auf den Mund. Einen Meter weiter, am Tischende, saß Carlos Flores zitternd auf seinem Thron. Nur mit Mühe gelang es ihm, die Finger zu verschränken, damit das Flattern seiner Hände nachließ. Er hatte das meiste Blut abgekriegt, sozusagen als Belohnung, denn Alicia hatte in seine Richtung geschossen, sodass die Kugel, die Jacobo niedergestreckt hatte, auch ihn hätte verletzen können. Das war nicht passiert, aber sein Hemd und seine Haare waren blutverschmiert und sein Gesicht sah aus wie das eines Südseepiraten. Alicia hatte die Pistole inzwischen fallen gelassen. Sie schien nicht erschrocken oder verängstigt zu sein, nur ihr Mund war noch immer zu einer hasserfüllten Grimasse verzogen. Man hatte gedroht, ihr Kind umzubringen, da konnte man nicht erwarten, dass sie ruhig blieb, verdammt noch mal! Sie war sich noch nicht über die Konsequenzen ihrer Tat im Klaren. Vielleicht lebt Jacobo noch, war das Erste, was ihr durch den Kopf ging. Sie ballte die Fäuste und beugte sich über ihn wie eine Kobra und schrie ihm ins Ohr: »Du Schwein! Du verdammtes Schwein! Was machst du jetzt? Sag mir, was du vorhast!« Der Körper regte sich nicht. Die Pistole des Comandante war kleinkalibrig und ihre Reichweite begrenzt. Aber ihre Kugeln traten nicht aus, bevor sie nicht den größtmöglichen Schaden im Körper des Opfers angerichtet hatten. Sie irrten umher und verbrannten und zerstörten alles auf ihrem Weg. Deswegen sah Jacobos Schädel aus wie ein zerbrochener Krug. Blanco musste an eine *piñata* denken, aber er fand den Vergleich dann doch übertrieben. »Töchterchen, mein Töchterchen«, murmelte Don Carlos, doch Alicia schien ihn nicht zu hören. Sie war auf den Stuhl gesunken, einen halben Meter von der Leiche entfernt. »Tochter, Tochter, was sollen wir nur machen?« Flores stand schwankend auf und ging um die Leiche herum, der er einen angeekelten Blick zuwarf. Er wollte Alicia umarmen, doch sie wehrte ihn mit den Händen ab. Sie wollte nichts von ihm wissen. Nicht mehr. Nie wieder.

An der anderen Seite des Tisches versuchte Blanco, seinen

Atem unter Kontrolle zu bringen, und trank sein Glas auf einen Zug leer. Atme, atme, sagte er sich. Der Sekt gab ihm neuen Mut. Er verspürte den unbändigen Drang, laut loszulachen, beherrschte sich aber. Fünfzehn Jahre hatte er im Gefängnis gesessen, weil sein Schwiegervater krumme Geschäft gemacht hatte und er es ihm recht machen wollte. Und nun saß er inmitten der Familie, die ihn fallen gelassen und vergessen hatte. Er war gerade rechtzeitig zurückgekommen, um einen Mord aus erster Reihe mitzuerleben. Flores hatte nicht das Geld, um seine Schulden bei ihm zu begleichen, und Blanco hatte nicht die geringste Ahnung, wie es weitergehen sollte. Der Moment schien gekommen, in dem die Barranca ihre alte Drohung gegen die Stadt wahrmachte und abrutschte, bis die Kontinentalplatte entzweibrach und die mehr oder weniger imaginäre Linie, die Guadalajara und Kalifornien miteinander verband, zerstört wurde. Und die Stadt mit ihr. In dem die Statue der Minerva, die hässlichste der Hemisphäre, wie Marzipan in sich zusammenfiel. In dem die Türme der Kathedrale mit ihren gelben Kacheln, die ihre Mauern aussehen ließen wie Badezimmerwände, einstürzten. In dem das ferne Grollen der Zwietracht endlich das Teatro Degollado erreichte und, wie es die Legende besagte, die Kette dem Adler auf der Kuppe aus den Klauen glitt und das gesamte Theater implodierte und seine Steine auf die Köpfe der Anwesenden herabfielen. In dem Schluss war mit der Gerechtigkeit, der Weisheit und der Standfestigkeit, Werte, die seine angeblich ehrenhafte und loyale Stadt so lauthals verkündete und hütete. In dem die Dutzenden von Hochhäusern, die wie Aknepickel aus dem Boden geschossen waren, wie die Mauern von Jericho im Boden versanken, zusammen mit den Tausenden dieser verdammten Baukräne, und ihre Tyrannei ein Ende hatte. In dem die schicken Wohnanlagen verschwanden und Olinka über den Spießern zusammenbrach. Ein Feuerwerkskörper explodierte auf der Straße, vielleicht hundert Meter entfernt. Blancos apokalyptische Fantasie verflüchtigte sich.

Blanco überwand seinen Ekel und näherte sich dem Toten. Es gab ein Problem, das gelöst werden musste, und er war der Soldat der Familie. So dachte er. Er stöberte in Jacobos Jackentaschen und fand ein Handy. Das Display war nicht gesperrt, und er tippte auf eine Taste, um das Handy zu durchsuchen. Wenn er, der so ein Gerät kaum bedienen konnte, auf seinem eigenen Handy eine Sammlung von Momentaufnahmen des nackten Körpers seiner Anwältin hatte, musste doch jemand wie Jacobo noch viel mehr haben, sagte er sich. Ein ganzes Leben in SMS, Fotos, Telefonnummern. »Was sollen wir nur machen, Ali«, wiederholte Flores mit der piepsigen Stimme eines Manischen, während Alicia sich an die Nase fasste und Wendy dafür sorgte, dass Carlita Schluck für Schluck ihr Glas leerte und nicht ohnmächtig wurde. Eine Fliege umkreiste die Hand der Leiche und setzte sich schließlich auf die Pfütze, die aus dem leblosen Schädel sickerte und den Teppich zugrunde richtete. Es würden noch mehr Fliegen kommen, trotz der Kälte, dachte Blanco, und sie würden alles vernichten. Alles. Er konzentrierte sich wieder auf das Display. Flores seinerseits versuchte sich daran zu erinnern, ob die Telefonnummer des Comandante noch in seinem Notizbuch stand. Und ob er sich ihm gegenüber anständig genug verhalten hatte, um ihn anrufen zu können. Sonst fiel ihm niemand ein, an den er sich wenden konnte. Zusammen mit dem Geld hatten sich seine gesellschaftlichen Beziehungen mit einem Schlag in Luft aufgelöst. Auch die anrüchigen. »Du musst fort von hier, Ali«, überlegte er laut, verstört. »Du fliegst mit den Mädchen nach Kalifornien und bleibst dort. Diese Leute kennen keine andere Sprache als die der Kugel. Hier kannst du nicht bleiben.« Alicia sah auf ihre geröteten Handflächen, konnte ihren Vater aber nicht daran hindern, ihre Hand zu nehmen. »Du musst fort von hier«, wiederholte der Bauunternehmer. »Ich kümmere mich darum. Seine Leute werden kommen und uns abknallen. Sie werden uns abknallen!«

»Der Arsch hatte keine Leute hinter sich.« Blanco kam seine eigene Stimme fremd vor. Jacobos Handy zu durchsuchen hatte ihn mit einem Optimismus erfüllt, der zu der unheilvollen Szene um ihn herum so gar nicht passen wollte. Aber er hatte sich die SMS angesehen und wollte die gute Nachricht, die sie enthielten, den anderen mitteilen. »Jacobo hat Brüder in Chicago. Und eine Tante. Sie schreiben sich kaum. Alle SMS stammen von irgendwelchen Frauen.« Blancos Zeigefinger wanderte auf dem Display von einem Symbol zum nächsten, um die Profile und die E-Mails des Toten zu öffnen. »In den letzten vierzehn Tagen hat er nur drei Nummern gewählt«, verkündete er. Die von Alicia (die er, wie alle, Ali nannte), eine von einem Mädchen namens Irma, und eine dritte, die mit »Büro« bezeichnet war und sich als die eines Wettbüros herausstellte. Er durchsuchte die E-Mails und stieß auf die, die Jacobo an Irma geschickt hatte. »Er muss sie sehr geliebt haben«, sagte er, nachdem er fünf oder sechs gelesen hatte, denn Jacobo gab ihr alle möglichen Kosenamen, die ziemlich lächerlich klangen. Und ständig sprach er, immer im Diminutiv, von ihrem »Schnäuzchen«, ihrem »Ärschchen«, ihren »Füßchen«. Und er schrieb ihr: »Luchse gerade einem alten Trottel ein paar Grundstücke ab. Ich hab ihn an den Eiern. Ich werd mich an seine Tochter ranmachen und ihnen so viel wegnehmen, wie ich kann, und dann fahr ich mit dir nach Las Vegas, mein Mädchen.« Und dann wieder »Schnäuzchen« und »Ärschchen«. Blanco musste nicht lange suchen, um herauszufinden, dass es sich bei Irma um eine Verkäuferin in einem Juwelierladen handelte. Jacobos Korrespondenz war die eines Gescheiterten. Seine Familie hatte zwar Geld, aber die Eltern waren tot und die Brüder hatten die Firma verkauft und sich dann ins Ausland abgesetzt. Und den berühmten Onkel hatten die Amerikaner erledigt. Also lebte Jacobo, schloss Blanco, als wäre er gerade aus einer bleiernen Siesta erwacht, von seinem Anteil aus dem Verkauf der elterlichen Firma und versuchte, irgendwie über die Runden zu kommen und Frauen aufzureißen. Alicia war ein Himmelsgeschenk für ihn gewesen. Vielleicht war er ja der Lieblingsneffe der Eule, vielleicht auch nicht, aber das hatte keinerlei Bedeutung mehr. Die Eule war mausetot, und niemand erhob Anspruch auf ihr Erbe. Und die Investoren, von denen Jacobo gesprochen hatte, existierten nicht. Die hätte er sich bestimmt gesucht, wenn er sich erst einmal Olinka unter den Nagel gerissen hätte. Blanco hielt inne, denn Carlos Flores bekam plötzlich heftige Magenschmerzen. Der Alte bäumte sich auf und fiel dann vornüber. Sein Mund füllte sich mit Speichel, doch es hätten auch Steine sein können, denn er hustete und hustete, als würde er ersticken. Irgendein Hergelaufener hätte ihm beinahe sein Spielzeug weggenommen. Der Gedanke daran, dass ein Betrüger es fast geschafft hätte, ihm alles zu nehmen, brannte sich in sein Hirn und machte ihn rasend vor Zorn.

Als er nun neben Alicia trat, hatte die honigsüße Stimme der frühen Morgenstunden den Bauunternehmer milder gestimmt. »Hast du das gewusst?«, fragte er und tippte mit dem Zeigefinger auf das Handy des Verstorbenen, das er Blanco aus der Hand gerissen hatte. »Wusstest du, dass dieser Betrüger uns beiden Olinka wegnehmen wollte?« Alicia, bleich wie ein toter Fisch, fuhr sich mit der Zunge über die Lippen. Nein, eingeschüchtert wirkte sie nicht. Sie schwebte noch immer in der Irrealität dessen, was sie soeben getan hatte. »Was soll ich gewusst haben?« »Das mit dieser Irma, der Verkäuferin«, sagte ihr Vater. »Und dass Jacobo gar keine Investoren hatte. Auch keine Leute hinter sich. Nichts. Dass er uns etwas vorgemacht hat.« Alicia fuhr sich mit der Hand übers Gesicht, als müsste sie sich der Tortur unterziehen, einem Begriffsstutzigen etwas zu erklären, das offensichtlich war. »Ja, Papa. Mehr oder weniger. Wir wollten dir alles wegnehmen. Alles. Denn du hast alles zugrunde gerichtet, auch mich, Papa.« Und sie holte aus und versetzte ihm eine Ohrfeige, die Carlos Flores, den Patriarchen, den Erbauer von Träumen, mit voller Wucht traf. Blanco hielt den Atem an. »Von dem verfluchten Weib wusste ich nichts«, fügte Alicia hinzu, während ihr Vater sich wieder aufrappelte. »Ich dachte, Jacobo würde seine Drohung wahrmachen und Carla etwas antun. Deswegen habe ich ihn getötet.« Sie wandte sich zum fünften oder sechsten Mal um und sah den aufgeplatzten Kopf an. Das Blut rann aus dem Schädel wie Soße aus einer Schüssel. »Du hast mein Leben ruiniert, Papa, weißt du das?«, sagte Alicia wie in Trance. »Du hast mir meine Familie genommen.« Carlita schluchzte erneut auf. Don Carlos hielt sich die Wange, dort, wo ihn die Hand seiner Tochter getroffen hatte. Er ging ein paar Schritte auf und ab und wandte den anderen schließlich den Rücken zu. Darauf war er nicht vorbereitet. »Verfluchte Scheiße«, sagte er. Er hob den Kopf, schloss die Augen und gestikulierte wie wild. »Verfluchte Affenscheiße! Verfluchte verdammte Affenscheiße!«

»Zuerst mal müssen wir die Leiche fortschaffen«, sagte Blanco, den das praktische Vorgehen jetzt mehr interessierte, als sich weiter die Hasstiraden der Flores anzuhören. Seine Schuhe waren blutbespritzt, doch davon abgesehen, sah er aus wie ein Mann mittleren Alters, der an einem Weihnachtsessen teilnahm und den es betrübte, so harte Worte hören zu müssen. »Wir müssen sie fortschaffen«, wiederholte er, »irgendwohin bringen.« Carlita weinte lautlos, gedämpft durch Wendys Hand auf ihrem Mund. Ihr Vater war wieder zu jenem Kriminellen geworden, an den sie nicht denken wollte. Carlos Flores dagegen war sofort dabei. »Ja, ja. Ich glaube, ich weiß einen Ort«, ereiferte er sich, jetzt wieder Herr seiner selbst, aber immer noch mit dünnem Stimmchen. Er wusste, dass es das Allerwichtigste war, sich die Leiche vom Hals zu schaffen, bevor jemand Verdacht schöpfte oder Fragen stellte, bevor jemand auftauchte und Schweigegeld von ihnen verlangte. Diese Lektion hatte er gelernt. »Eine Grube, in die man ihn verschwinden lassen kann«, sagte er. »Eine Grube wie die, in die wir die anderen geworfen haben. Schön tief.« Blanco begriff schlagartig: Die Familien, die sich geweigert hatten, Don Carlos die Grundstücke in Nueva Olimpia zu verkaufen, hatten sich nicht einfach in Luft aufgelöst. Die Verschwundenen sind nicht verschwunden, es ist eine optische Täuschung, wie bei einem Zaubertrick, dachte er. Irgendjemand weiß immer, was mit denen, die von ihrem Land vertrieben werden, passiert. Irgendjemand bringt sie irgendwohin und verscharrt sie, weit weg von den Blicken der Welt. Sein ehemaliger Schwiegervater konnte das Geheimnis nicht mehr für sich bewahren und zeigte auf einen unbestimmten Punkt am Horizont. »Da drüben, unter Doktor Atl«, sagte er, »unter dem Sockel, da drüben, Richtung Barranca. Dort wurden sie alle vergraben, schön verpackt. Sind bestimmt schon zu Staub zerfallen.« Flores lächelte traurig, als wäre das die einzig mögliche Lösung. »Wenn dieses Arschloch wirklich keine Leute hinter sich hat, werfen wir ihn da rein und vergessen das Ganze, Yeyo. Und wir müssen seinen Wagen von hier fortbringen«, fügte er tonlos hinzu. »Aber das können wir nicht, am Haupttor sitzen die Wachleute in ihren Häuschen.«

Da kam Blanco die Erleuchtung. Er hatte jetzt einen freien Kopf, sein Gehirn arbeitete auf Hochtouren, denn es ging darum, diejenigen zu retten, die er als seine Familie betrachtete. Es war ihm egal, dass er der Indio war, den man auf die andere Seite des Flusses verbannte. Denn so war Guadalajara entstanden: die Eroberer auf der rechten Seite des San Juan und die Sklaven auf der linken. Es störte ihn auch nicht, dass er der unterwürfige Angestellte war, der den Chef sogar in der Art, sein Haus einzurichten, imitierte, der seine Seele verkauft hatte, um sich im Westen der Stadt niederzulassen und in einer schicken Villa ein ärmliches Leben zu führen. »Dann bringen wir das Auto eben am Seitentor raus, zum Wald hin. Da gibt es keinen Wachposten, sie haben ja heute frei. Da bin ich reingefahren. Jemand muss die verdammte Karre fortschaffen.« Blanco wusste, dass die örtliche Polizei sich nicht um eins der vielen herrenlosen Autos kümmern würde. »Der Wagen muss das Einzige sein, was sie von ihm finden, aber möglichst weit weg.« »Dann übernehmen wir das.« Flores und Blanco drehten sich um, als sie den Satz hörten. Wendy hatte ihn gesagt, mit gerötetem Gesicht und wie eine Wölfin darüber wachend, dass Carlita in ihren Armen nicht ohnmächtig wurde. Ihre Stimme hallte wider wie ein Donnerschlag und machte klar, dass die junge Frau alles daransetzen würde, sich einen Platz in der Familie zu erobern. »Sagt mir, wo wir ihn abstellen sollen, und wir fahren gleich los.« Wendy fürchtete den Tod kaum und sie fand, dass der Kerl, der ihre Freundin und ihre Schwiegermutter bedroht hatte, das, was ihm passiert war, verdiente. Vielleicht, weil auch er einmal ein Außenstehender gewesen war, der sich beliebt machen wollte, war Blanco der Erste, der auf den Vorschlag reagierte. »Gut, dann fahr das Auto weg«, sagte er aufgeregt zu ihr, »ich begleite dich.« »Nein, nein.« Wendy hatte eine andere Idee. »Carla fährt in unserem Wagen hinter mir her. Ich hab ihr das Fahren beigebracht. Sie kommt mit.« Ihr Blick duldete keinen Widerspruch, und bevor jemand Einwände erheben konnte, zog sie ihre Freundin vom Stuhl und hielt sie fest. »Wir übernehmen das«, wiederholte sie. »Sie geben den Weg in mein Handy ein.« Flores sah das Mädchen in dem pflaumenfarbenen Kleid erschrocken an, doch Wendys Gesichtsausdruck, der dem eines Pitbulls glich, ließ keinen Raum für Diskussionen. Schließlich erklärte sich Blanco mit einem Kopfnicken einverstanden. Jemandem, der so willensstark ist, sollte man nicht widersprechen, dachte er. Wendys Plan hätte auch von ihm stammen können. Er verstand sie. Carlita hängte sich wie ein nasser Lappen an Alicias Arm und wollte nicht mit. Beide weinten, aneinandergeklammert, leise vor sich hin. Aber Wendy war zu allem entschlossen und zog ihre Freundin ohne Rücksicht aus dem Zimmer. Die Tür schloss sich mit einem Knall, und nach wenigen Sekunden, jedenfalls schien es allen so, tauchten die Scheinwerfer zweier anfahrender Autos das Esszimmer in helles Licht. »Fährt das Mädchen tatsächlich Auto?« Blanco konnte es kaum glauben. »Wendy hat es ihr beigebracht«, sagte Alicia mit belegter Stimme. »Das hat sie doch gerade gesagt.«

Wieder herrschte Stille im Haus. Doch die Probleme waren nicht gelöst, sie hatten erst begonnen. Jacobos Leiche war schwer wie ein massiver Steinblock. Flores und Blanco besudelten sich mit Blut, als sie sie zu dem Laken zerrten, das Alicia gebracht hatte und das als Leichentuch dienen sollte. Der Bauunternehmer schnappte nach Luft wie ein Fisch auf dem Trockenen, denn schließlich und endlich war er ein alter Mann, ein verzweifelter alter Mann, kräftig, aber von den Jahren gebeugt. Er ging in die Küche und von dort auf den Hof. Kurz darauf kam er mit einer Motorsäge zurück. Mit ihr hatte sein Gärtner im Sommer die Büsche beschnitten, und danach hatte sie, mit Benzin gefüllt, in einem Schuppen gelegen. »Jetzt übertreiben Sie mal nicht, Don Carlos«, sagte Blanco, »damit können wir nichts anfangen. Wir können nicht damit umgehen. Wir würden Hackfleisch aus ihm machen.« Flores nickte humorlos und legte die Säge auf den Esstisch, neben die Salatschüssel. »Zuerst bringen wir ihn raus«, befahl er, und an seine Tochter gewandt: »Du machst hier sauber.« Nie hätte Alicia erwartet, dass ihr Vater ihr jetzt, ausgerechnet in diesem Moment, Befehle erteilte. Doch ihr blieb nichts anderes übrig. Sie raffte ihren Rock und ging auf den Hof, um Lappen und Reinigungsmittel zu holen. Die Lappen kann ich hinterher in die Müllverbrennungsanlage werfen, dachte sie. Sie zu Asche verbrennen. Sie merkte nicht, dass sie weinte. Erst als sie in der Küche Wasser in einen Eimer laufen ließ und flüssige Seife dazugab, stellte sie fest, dass ihr Gesicht feucht war. Inzwischen war Jacobos Leiche in das Laken gewickelt, das sie mit Kabeln aus dem Schuppen festzurrten. Dennoch erwies es sich als sehr schwierig, sie zu transportieren. Die schwere und unhandliche Last gehorchte den Gesetzen der Schwerkraft und war kaum zu manövrieren. Stolpernd schleppten sie sie zum Carport, doch dann gab es das nächste Problem, denn der Autoschlüssel von Don Carlos befand sich in seiner Hosentasche und man musste die Fernbedienung betätigen, um den Kofferraum zu öffnen. Ein paar vereinzelte Feuerwerkskörper deuteten darauf hin, dass die Kinder von Olinka noch immer ihr Unwesen trieben, bis sie ihre Weihnachtsgeschenke auspacken durften. Zum Glück kam niemand hier vorbei. »Deswegen hab ich das Haus etwas abseits gebaut«, sagte Flores schwer atmend, und Blanco erinnerte sich daran, dass der Alte immer mit der bevorzugten Lage geprahlt hatte. »Um Tote fortzuschaffen, ohne dass man gesehen wird?« Die Frage war wohl berechtigt, aber Blanco erhielt keine Antwort.

Nach mehreren Minuten der Plackerei und vieler Stöße und Püffe lag Jacobos Leiche endlich im Kofferraum des Wagens. Flores, noch mit zitternden Händen, fuhr schweigend durch die stillen Straßen von Olinka. Der inzwischen schneidende Wind wehte aus dem Wald und der benachbarten Schlucht herüber: die Kälte auf offenem Feld, ganz anders als die in Guadalajara. Doktor Atl stand immer noch an seinem Platz. Augen ohne Pupillen, klobiges Gesicht, der Bart von Ruß und nassen Blättern bedeckt. Dass die Bauarbeiten in der Nähe der Büste nie abgeschlossen (und vor langer Zeit gerade mal begonnen) worden waren, war jetzt ein Vorteil: Ein tiefer, nicht sehr breiter Graben – bestens dafür geeignet, etwas hineinzuwerfen – war nicht zugeschüttet worden. Eine offene Wunde hinter dem Denkmal. Unter großen Mühen hievten sie Jacobos Leiche aus dem Kofferraum, doch dann mussten sie feststellen, dass sie weder beim ersten noch beim zweiten Versuch in die schmale Grube passte. Sie ragte an beiden Seiten über, hing durch, blieb stecken. Es war, als wollten sie einen ganzen Marmorkuchen in den Schlitz eines Toasters schieben. Schwer atmend hielten die beiden Männer inne, um nachzudenken. Dann versuchten sie es ein weiteres Mal. Sie traten, stießen und zerrten, bevor sie sich geschlagen gaben und wieder innehielten, sich gegenseitig stützend wie Betrunkene. »Sie passt nicht rein, Don Carlos«, schnaubte Blanco. »Wir müssen es anders machen. Haben Sie irgendwo eine Schaufel?« Blanco hatte sich im Gefängnis nicht fit genug gehalten, und sein körperlicher Zustand ließ zu wünschen übrig. Um den seines ehemaligen Schwiegervaters stand es noch schlechter. Er war alt, sein Rücken tat ihm weh, ein Speichelfaden hing ihm im Mundwinkel, Schweiß lief in seine Augen und den Nacken hinunter. »Himmelherrgottsakrament«, fluchte er. »Himmel, Arsch und Zwirn! Verdammte Scheiße!« Er stand kurz vor dem Zusammenbruch, als ihm eine Idee kam. Ein paar Wochen zuvor hatte er verschiedene Maschinen gemietet, um die letzte bewohnte Straße zu planieren. Die Bauarbeiten in Olinka zogen sich endlos in die Länge. Der Bagger und die kleine Betonmischmaschine, die irgendwo herumstehen mussten und darauf warteten, dass die Arbeiten nach den Feiertagen wieder aufgenommen wurden, wären vielleicht hilfreich, um die Leiche zu verscharren, dachte er und sagte es hustend zu Blanco, der ständig um sich blickte und die Umgebung nach irgendwelchen Neugierigen absuchte, die sich zum Glück nicht zeigten. Die Maschinen, ja, das war die Lösung. »Die Zündschlüssel liegen zu Hause«, sagte der Alte, sprang in seinen Wagen und fuhr los. Für einige Sekunden tauchten die Schweinwerfer Blanco in grelles Licht, bevor es sich in der Ferne verlor.

Während Blanco auf den Alten wartete, dessen Komplize bei einem weiteren krummen Ding er geworden war, rauchte er eine Zigarette. Er lehnte am Sockel der Büste zum Gedenken an Doktor Atl, der sich nie hätte vorstellen können, dass der Ort, den er sich erdacht hatte, einmal von Ratten und Blutsaugern bewohnt werden würde anstatt von Genies und Cherubinen und dem »Denkmal Für Das Was Ist«. Und während er noch darüber nachdachte, malte sich Blanco eine schreckliche Szene aus: Lärmende, lachende Kinder, begleitet von einer bildhübschen Mutter, tauchten aus dem Nichts auf, in den Händen bengalische Feuer, schließlich war Weihnachten. Eins der Kinder, das kleinste, schrie: Ich will den Schlitten vom Nikolaus sehen, Mama, ich will ihn fliegen sehen! Die Mutter zeigte auf den hellsten Stern am Himmel. Da ist er! Erst jetzt entdeckten alle, dass Blanco mit seiner Zigarette ein paar Meter weiter neben ihnen stand. Sie wünschten ihm im Chor einen guten Abend, und er erwiderte freundlich ihren Gruß. Doch dann fiel der Blick eines der Kinder auf das blutige Paket zu Füßen des ehemaligen Häftlings und auf Jacobos Hand, die steif und schwärzlich aus dem Laken hervorschaute. Und auf die Fliege, die sie umschwirrte. Und die ganze Familie fing an zu schreien …

Flores wusste – oder er tat wenigstens so –, wie man einen Bagger bediente. Auch der dümmste Bauunternehmer musste sich hin und wieder auf den Baustellen seiner Firma sehen lassen und ungefähr wissen, wie man mit den Maschinen umging, wenn er nicht wollte, dass die Arbeiter seine Zeit und sein Material stahlen. Ehe er den Bagger in Gang setzte, gab er Blanco Anweisung, wie er den Betonmischer zu betätigen hatte, den er an den Bagger gekettet und wie einen Anhänger rumpelnd und humpelnd hergeschleppt hatte.

»Drück erst auf den Knopf, wenn das Wasser beigemischt ist«, wies er Blanco an.

Blanco sah die Maschine ratlos an. Mit ihrem eisernen Schlund und den Rädern, die dazu dienten, die Trommel zu bewegen, sah sie aus wie ein Dampfschiff. Er wusste nicht, was zu tun war. »Gieß erst Wasser drauf«, brummte Flores, als er merkte, dass Blanco nicht wusste, dass die Mischung aus Zement, Kies und Sand angefeuchtet werden musste. »Das Wasser ist da, Yeyo, in dem Tank an der Seite.« Wie im Traum fand der Ex-Häftling einen Behälter neben dem Motor. Er kippte den Inhalt in den Schlund der Mischmaschine, bis er sah, dass die Zementmasse feucht war. »Das reicht«, sagte Flores mit düsterer Miene. Die beiden Männer waren alles, nur keine Bauarbeiter und sie verursachten einen ziemlichen Lärm, aber niemand kam, um herauszufinden, warum die Maschinen zu dieser späten Stunde in Betrieb waren. Die Sonne war bereits untergegangen, und das Essen stand auf dem Tisch. Olinka war, wenn auch nicht etwas Besseres, immerhin eine Oase der Zurückgezogenheit. Nur wenige Bewohner hielten sich hier auf, einige waren in Ferien gefahren oder aßen außerhalb, und die Familien, die sich entschlossen hatten, zu Hause zu bleiben (die Familien der Kinder mit den Feuerwerkskörpern, zum Beispiel), waren wohl mit angenehmeren Dingen beschäftigt als damit, die Leiche eines Hochstaplers vom Antlitz der Erde verschwinden zu lassen. Der Bagger leistete hervorragende Arbeit. Vier oder fünf Bisse seiner Eisenzähne genügten, um die Grube zu verbreitern und Platz für Jacobos Leiche mit dem aufgeplatzten Schädel zu schaffen. Blanco beförderte sie mit Fußtritten in das Loch und sprang dann, trotz seiner Rückenschmerzen, wie ein Verrückter auf dem blutgetränkten Laken herum, um sicherzugehen, dass die Leiche auch tief genug lag. Es gelang ihm weit über jeden vernünftigen Zweifel hinaus, und so wurde Jacobo begraben, als Tribut an das Land, das er so gerne besessen hätte. Schließlich drückte Blanco auf den Knopf. Der Lärm war unververmeidlich. Er übertönte Flores' Geschrei, aber die Anweisungen, die sein ehemaliger Schwiegervater mit gestikulierenden Armbewegungen erteilte, waren so unmissverständlich, dass Blanco wusste, wo er den Mischer hinstellen musste. Der Zement glitt über die Rutsche wie ein Wasserfall aus grauer Scheiße, die innerhalb weniger Minuten die Grube füllte und sogar über die Ränder trat. Blanco stieß einen erleichterten Seufzer aus, als er per Handzeichen den Befehl erhielt, den Vorgang zu beenden. Er drückte wieder auf den Knopf, und der Betonstrom versiegte. »Bring den Mischer zurück!«, schrie Flores. »Ich stampfe den Zement mit der Baggerschaufel fest!« Blanco holte tief Luft. Er versuchte, die Mischmaschine von der Stelle zu bewegen, und war erleichtert, als es ihm beim zweiten Versuch gelang und er das knirschende Geräusch der kleinen Rädchen vernahm. Er schob die Maschine an ihren Platz zurück. Er dachte nichts. Er fühlte sich so erschöpft, dass es ihm leichtfiel, den Strom seiner Gedanken zu stoppen. Er stellte die Mischmaschine dort ab, wo sie zuvor gestanden hatte, unter einer Straßenlaterne. Der Mond hing am Himmel wie ein Schweinwerfer. Nach wenigen Minuten kam sein ehemaliger Schwiegervater mit dem Bagger angefahren, um ihn bedächtig auf seinem ursprünglichen Platz abzustellen. Sie nahmen sich nicht die Zeit, zu überprüfen, ob die Reifenspuren im Gras exakt mit denen von vorher übereinstimmten, denn sie waren der Meinung, dass das nicht wichtig sei. Nur ein manischer Erbsenzähler würde bemerken, dass die Baumaschinen von der Stelle bewegt worden waren, hoffte Blanco. Und wenn doch, würde er sich keine Gedanken darüber machen. Noch immer ganz erhitzt von der Anstrengung, sprang der Bauunternehmer vom Bagger und ging, schwankend wie ein Matrose – die Erschöpfung steckte ihm in den Knochen, auch wenn er Stärke beweisen wollte –, zu der Mauer, die das unbebaute Gelände von dem noch unfertigen Haus trennte, das ein paar Meter weiter südlich stand. Er fand einen Schlauch, der um einen Wasserhahn gerollt war, stellte das Wasser an und zog den Schlauch zum Bagger. Das Wasser spülte die Mischung aus Zement, Erde und Blut von dem Eisen, und auf dem Boden bildete sich eine große Pfütze. »Damit niemand den Dreck bemerkt«, sagte Flores, schnaufend wie ein Blasebalg. Blass, schweißbedeckt, mit aus den Höhlen tretenden Augen und einem leicht zitternden Kinn schien der Alte reif für einen Herzinfarkt. Aber er hat getan, was getan werden musste, dachte Blanco. Er war der Vater, auf den sich eine Tochter verlassen konnte. Und er war noch immer Carlos Flores. Aber vielleicht nicht mehr lange. Als der Alte meinte, die Arbeit sei getan, schleppten sie sich mit letzter Kraft zum Wagen. Man müsste auch noch das Auto waschen, dachte Flores, denn das war nach dem Transport der Leiche völlig verdreckt. Und natürlich müsste der Kofferraum gereinigt werden, mit einem so kräftigen Wasserstrahl wie dem, mit dem er soeben die Baumaschinen abgespritzt und in einen mehr oder weniger ordentlichen Zustand versetzt hatte. Aber das war im Moment sekundär, sagte er sich. Ohne die Aufmerksamkeit irgendeines Anwohners auf sich zu ziehen, fuhr der Wagen durch die Straßen, vorbei an Gärten, Zäunen und Mauern. Die helle Weihnachtsbeleuchtung ließ Olinka wie eine mit Fackeln getüpfelte kleine Stadt aussehen. Sie hörten das Knallen weiterer Feuerwerkskörper, hier und da ein Lachen und sogar die schrägen Töne eines Weihnachtsliedes. Keiner von beiden sagte etwas. Sie waren Partner, sie waren Familie, ein schlechter Vater und ein schlechter Sohn. Und es verband sie etwas, das dicker war als ihr Blut: das Blut der anderen.

Auch Alicia hatte ihre Arbeit beendet. Mit gerafftem Rock, die Schürze voller Blut und weiß der Himmel was sonst noch, hatte sie geschrubbt und gewischt, bis der Tisch sauber war. Und auch der

Fußboden glänzte. Sie war erschöpft, ihre Stimme kreischte wie eine Kreissäge. »Lauft mir nicht hier durch!«, schrie sie ihnen zu, sobald sie sie durch die Tür kommen sah. »Zieht euch die Schuhe aus und geht rauf und wechselt die Kleider. Wir werfen alles in die Müllverbrennungsanlage.« Die Männer hatten nicht die Kraft, ihr zu widersprechen. Gehorsam gingen sie zur Treppe. Blanco fiel es schwer, sich von den gerade gekauften Kleidern zu trennen, doch ihm war klar, dass er es tun musste, und wenn auch nur, um die Flores zu beruhigen. Es war paradox: Er hatte die Sachen gekauft, als er um sein Leben fürchtete, und unter dem Strich hatte seine angeheiratete Familie das Misstrauen gerechtfertigt. Der Tote war zwar ein anderer, aber die Flores hatten, wie Piña gesagt hatte, bewiesen, dass sie zu allem fähig waren, um ihren Landbesitz zu verteidigen. Davon konnte Jacobo ein Lied singen. Oder eben nicht. Blanco lachte in sich hinein. Jacobo würde nicht mehr singen. Er zog sich im Gästezimmer aus, wobei er darauf achtete, weder Teppich noch Möbel mit Blut oder Schlamm zu beschmutzen. Nachdem er sich geduscht hatte, schob er wie wild mit dem Fuß die letzten Blutspuren Richtung Abfluss, trocknete sich dann mit einem nach Lavendel duftenden Handtuch ab, ging zum Bett und ließ sich auf die Tagesdecke fallen, um sich auszuruhen. Das Denken bereitete ihm Mühe, Hände und Rücken taten ihm weh, und das Herz hämmerte in seiner Brust. Er wollte nur noch lachen. Sich vor Lachen ausschütten, die Augen schließen und sie wieder öffnen, um festzustellen, dass er immer noch in seiner Zelle lag, dass es sich um einen seiner Gefängnisträume handelte, einen ganz besonders abscheulichen. Er öffnete die Augen, nahm das Handy vom Nachttischchen, auf das er es gelegt hatte, bevor er zum Duschen ging, und schrieb Estrella eine SMS. »Immer noch mit meiner Ex-Familie beim Abendessen«, tippte er, »du kannst es dir nicht vorstellen.« Fünf Minuten später vibrierte das Handy: »Ich esse mit meinen

Kindern, morgen rufe ich dich an, Küsse.« Und er sah – verschwommen, denn er konnte nur mit Mühe die Augen offen halten – ein Foto der vom Slip eingezwängten Scham der Anwältin. Bestimmt hatte sich Estrella vom Tisch erhoben und sich für einen Moment entschuldigt, um ins Bad zu gehen, ihr Kleid hochzuheben und ihm das Foto zu schicken. Blanco konnte nur darüber lachen. »Ich liebe dich«, schrieb er und bemitleidete sich selbst, weil er so ein Idiot war.

Ohne anzuklopfen, öffnete Alicia die Tür und betrachtete seinen nackten Körper mit einem Befremden, als hätte sie noch nie im Leben diesen erigierten Penis gesehen. Blanco bildete sich ein, dass sie zwei, drei Sekunden länger hinschaute als nötig, aber vermutlich stimmte das nicht. Wortlos legte sie ihm ein Bündel Kleider von Flores auf den Nachttisch und stellte ein Paar Schuhe dazu, drehte sich um und ging hinaus. Schwer atmend setzte sich Blanco aufs Bett und stieß einen Seufzer aus. In diesem Moment wurde ihm klar, dass es keine Versöhnung geben würde. Alicia hatte ihm schon vor Jahren den endgültigen Tritt in den Hintern gegeben und beabsichtigte nicht, es sich anders zu überlegen. Jetzt, da er endlich akzeptierte, dass es keine Hoffnung mehr gab, fühlte er sich sogar erleichtert. Vielleicht würde sie ihn immer noch »Hund« nennen, aber wenn, dann im Stillen, nur für sich, nie mehr laut. Die Hundeleine war gerissen. Er war alt, und er war frei. Oder etwa nicht? Die Kleider und die Schuhe des Bauunternehmers waren natürlich zu groß. Und nicht sehr elegant: eine Jeans (er musste den Gürtel enger schnallen, damit sie nicht runterrutschte), ein weißes Hemd und ein schwarzer Pullover mit Muster, den er schrecklich fand und der nach Flores' Kölnischwasser roch. Die Schuhe schienen schneller zu laufen als er, und bei jedem Schritt spürte er, wie seine Füße in den zu großen Schuhen hin und her schwappten.

Als er das Esszimmer betrat, saßen schon alle um den Tisch herum. Die Mädchen mussten soeben zurückgekommen sein, denn sie waren aufgeregt, wie elektrisiert. Carlos Flores in einer sauberen Jacke, eine Flasche Tequila vor sich. Alicia, jetzt ohne die blutbefleckte Schürze, mit zerlaufenem Make-up und verrutschtem Ausschnitt, noch erhitzt von der Anstrengung. Sie hatte Leberflecken am Brustansatz, erinnerte sich Blanco. Er musste die Augen zusammenkneifen, um das Bild zu verscheuchen und seine schmerzvolle Begierde zu unterdrücken. Er musste sie sich verbieten und ein für alle Mal aus seinem Leben verbannen. Warum weiter daran denken? Carlita hatte das Gesicht in den Händen vergraben, und Wendy, sehr mit sich zufrieden, berichtete mit dröhnender Stimme von ihrem Abenteuer. »Wir haben den Wagen von diesem Arschloch auf freiem Feld abgestellt, irgendwo auf dem Weg nach Chapala. Ich hab die Fenster hochgekurbelt, sie sind getönt, also werde ich auf keiner Überwachungskamera zu sehen sein. Auf der Rückfahrt war alles ruhig. Wir haben die Autopapiere und die Nummernschilder mitgenommen, und ich hab das Lenkrad abgewischt. Ganz schön clever, was?« Euphorisch, hochrot im Gesicht, streichelte sie Carlas Rücken und nippte an ihrem Tequila. Ihr kräftiger nordmexikanischer Akzent klang hart und ließ sie einen Meter größer wirken. Blanco hatte sich neben seine Tochter gesetzt und brauchte eine Minute, um zu bemerken, dass Carla sich aus Wendys Armen befreit hatte und ihn ansah. Ohne Ekel, ohne Angst. Sie war blass, zitterte aber nicht mehr. In einer plötzlichen Anwandlung berührte er ihre Fingerspitzen. Carlita reagierte nicht. Nicht einmal, als ihr Vater seine Hand auf die ihre legte und sie streichelte. Das erste Mal seit fünfzehn Jahren. »Jetzt muss ich aber was essen«, sagte Wendy plötzlich mit kindlicher Miene. »Habt ihr keinen Hunger? Nein? Ein Stück Fleisch?« Niemand antwortete. Alle sahen sich an, erschöpft, beklommen.

»Erst mal müssen wir anstoßen«, sagte Carlos Flores, wieder

ganz das energische Familienoberhaupt. Und das war er: der Kopf eines Clans. Das honorige Profil, von ungeheurem Ehrgeiz zerfressen. »Auf uns! Auf die Familie!« Er nahm die Flasche Champagner, die der Tote mitgebracht hatte, und kämpfte mit dem Korken, der sich schließlich dem Korkenzieher und dem Druck der Kohlensäure geschlagen gab und mit einem Knall in die Luft flog. Alle sprangen auf. Es hörte sich an wie ein weiterer Schuss.

DAS WAS IST

Der Kondensstreifen eines Flugzeugs zerschnitt den Februarhimmel. Keine Wolke war zu sehen, aber der Wind machte die brutale Sonnenhitze erträglich. Vögel flogen von der Weide auf und bildeten einen schwarzen Schwarm, der in kriegerischen Formationen davonflog: ein Rhombus, ein riesiges V, eine Spirale. Schließlich verlor er sich am Rande der Barranca. Blätterrauschen drang vom Wald herüber, und der Wind wirbelte Staub von den Wegen Olinkas auf. Blanco musste die Lider schließen, um keinen Staub in die Augen zu bekommen. Rechtsanwalt Piña wurde von einem Hustenanfall geschüttelt. Sie gingen um den Sockel herum, auf dem die Büste von Doktor Atl thronte. Nun, da das Rondell drum herum endlich fertiggestellt war, sah der Ort herrlich aus. Blanco hatte mithilfe eines Druckstrahlers die Büste des Malers säubern lassen, sodass sie jetzt glänzte. Das Rondell war riesig, wie ein kleiner Park, und zwischen den Bänken, den Büschen und den Pflanzenbeeten gab es genügend Platz für Buggys, Hunde und Ball spielende Kinder. Doch dafür brauchte es freilich mehr Anwohner. In seiner jetzigen Form war Olinka wenig mehr als die Ansammlung von ein paar prachtvollen Villen. Genau das sagte Piña zu Blanco, um das Gespräch wieder in Gang zu bringen, als sie sich auf eine der Steinbänke setzten. »Jetzt, wo du die Leitung hast, musst du nachdenken, Yeyo. Gut nachdenken. Das alles hier ist tot.« Er machte eine ausholende Armbewegung, die alles um sie herum umfasste. »Ich kann dir einen cleveren Finanzberater empfehlen, der sich um die Geschäfte dieses Fußballstars kümmert ... Der kennt sich aus.«

Blanco hörte dem Anwalt zu, während sein Blick in die Ferne gerichtet war, auf Baugruben, Grundstücke, Sträucher, Baumaschinen. In den vergangenen Wochen hatte er sich nur deshalb nicht von der Angst auffressen lassen, weil er einen klaren Kopf bewahrte und sich nicht mit irgendwelchen unausgegorenen Ideen herumschlug. Doch Piña machte alles kompliziert. »Ich weiß es noch nicht ...«, antwortete Blanco. Der Anwalt verengte die Augen zu einem Schlitz, um sie gegen die helle Sonne zu schützen. Er wollte nicht aufbrechen, ohne mit seinem Klienten eine Vereinbarung getroffen zu haben. Das schien ihm äußerst dringend zu sein. Er musste die günstige Gelegenheit nutzen. »Schau mal, ich weiß nicht, was du mit den Flores ausgemacht hast, und ich will mich da auch nicht einmischen. Du warst dabei, als wir den Abtretungsvertrag und die Schenkungsurkunde des Hauses deines Schwiegervaters unterzeichnet haben. Damals habe ich nichts dazu gesagt. Aber ich würde die Augen offen halten, Yeyo. Du hast schon einmal eine Abmachung mit den Flores getroffen, und es hat viel Mühe gekostet, sie dazu zu bringen, sie einzuhalten.« Natürlich wusste Blanco das, wusste es besser als Piña, aber er wollte jetzt nicht daran denken. Also sah er auf sein Handy, obwohl er noch vor einer Stunde mit Estrella gesprochen hatte und es lächerlich war, so schnell eine SMS von ihr zu erwarten. Er suchte nach den Fußballergebnissen vom Sonntag und sah sie sich eine Minute lang an. Lang genug, um sich abzulenken. Die Chivas hatten gewonnen, und Atlas war wieder einmal untergegangen. Wie immer. »Also, was ist?« Piña hatte es darauf abgesehen, seinen Frieden zu stören. Blanco sah sich gezwungen, irgendetwas zu antworten. »Wir haben abgemacht, dass ich so viel wie möglich verkaufen soll. Und ich bekomme ein Viertel des Gewinns. Der Rest ist für sie. Ja, so sieht's aus.« Piña wand sich wie die Schlange im Paradies. »Aber sie haben keine Investoren, nicht wahr? Hier ist seit Ewigkeiten nichts passiert. Ein paar

Häuser pro Jahr, das ist nichts. In den letzten Monaten wurde nur das verdammte Rondell angelegt, oder?« Blanco hob die Arme über den Kopf, als wollte er sich gegen einen Hagel imaginärer Schläge schützen, und lächelte ironisch. »Lass gut sein, Piña. Es sollte fertig werden, bevor verkauft wird«, erklärte er. »Das Rondell ist alles. Es ist die Identität des Ortes. Und daran wird nicht gerüttelt, egal, was und wie viel verkauft wird. Auch der Name Olinka wird nicht geändert. Über alles andere können wir reden.« »Und wenn der Käufer Hochhäuser bauen will?« Der Anwalt wusste, dass Don Carlos sich immer dagegen gewehrt hatte. Blanco dachte eine Sekunde darüber nach und zuckte dann mit den Achseln. »Wohntürme, Brücken oder Unterführungen. Scheißegal. Außer dem Namen und unserem Freund Doktor Atl steht hier alles zum Verkauf.«

Der Anwalt klopfte Blanco auf den Rücken. Die neue Situation kam ihm sehr gelegen, und ein Gefühl der Freude bahnte sich einen Weg von seinen Eingeweiden bis hinauf in seine Kehle. Seine Zunge glich einem glücklichen Vögelchen. »Das ist sehr gut, Yeyo. Sehr gut. Sehr weise. Dann brauchst du ja vielleicht keinen Berater, sondern einen Kontakt.« »Einen Investor?« Es sollte wie nebenbei klingen, aber beide sahen sich komplizenhaft an. »Einen Kontakt mit einem Investor, klar. Sieh mal, wir sind eine kleine Kanzlei, so etwas ist eine Nummer zu groß für uns. Aber wir kennen Leute. Estrella, meine Partnerin, deine Freundin ... « Piña grinste. »Estrella hat ein paar Klienten, die die richtigen Leute kennen.« »Ja?« »Investoren, Yeyo. Mit Kohle. Mit viel Kohle. Genau das, was du brauchst, um das hier endlich ans Laufen zu bringen.« Der Anwalt hob ermahnend den Zeigefinger. »Aber du solltest wissen, dass diese Leute Hochhäuser bauen wollen, wie alle. Das muss dir klar sein. Wohntürme, Yeyo.« Blanco spürte die beißende Kälte trotz der Mittagssonne. Ein Kind tauchte in der Ferne auf und sah zu den beiden herüber. Ein sehr ernster Junge, der sich nicht vom Fleck rührte, verloren in Zeit und Raum. Ein Reh, das Wölfe gewittert hatte. Blanco lächelte ihm zu, obwohl der Kleine zu weit weg war, um es zu sehen.

Piña seufzte melodramatisch. »Ich weiß nicht, was du den Flores erzählt hast, dass sie von hier fortwollten. Und dir alles überlassen haben. Mach dir nichts vor, Yeyo. Bestimmt taucht irgendwann ein neues Problem auf. Sie wollen, dass du baden gehst, wie schon mal … Aber das hier ist eine Goldgrube, Mann. Erste Sahne.« Blanco schaute den Anwalt an, der in seinen kakifarbenen Shorts, dem hellblauen Polohemd und den Sandalen eher dafür angezogen war, in einen Segelklub zu gehen, als mitten im Februar durch den Staub von Olinka zu spazieren. Als Blanco wieder hochsah, war der Junge verschwunden. »Es wird keine Probleme geben«, sagte er zu Piña. »Die Flores sind nach Kalifornien geflogen, weil sie in Carlas Nähe sein wollten, nichts weiter. Sie haben einen Teil ihrer Schulden bei mir bezahlt und mich gebeten, mich um das Geschäft zu kümmern. Aber es gibt keine Probleme, wirklich nicht. Wir haben die Probleme begraben.« Er trat zwei Mal gegen einen Stein des Rondells, um seine Worte zu unterstreichen. Und der Anwalt, der keine Ahnung hatte, wie sehr sie zutrafen, nickte. Er setzte seine Sonnenbrille auf und lehnte sich auf der Bank zurück, im Kopf tausend Pläne, um die Kuh zu melken.

Blanco entschloss sich, das Thema zu wechseln, denn er hatte keine Lust mehr, über seine Angelegenheiten zu reden. Mit sich selbst zusammenzuleben war ein Vollzeitjob, da musste man nicht noch Überstunden machen. »Hör mal«, sagte er, und der Anwalt wandte sich ihm zu. »Haben sie dich bezahlt? Steht noch was aus?« Piña schüttelte den Kopf und breitete die Arme aus, so als wollte er den Himmel umarmen. »Nichts, Yeyo. Sie haben alles bezahlt, bis auf den letzten Centavo. Wir sind quitt. Eventuell müssen noch ein paar Papiere unterschrieben werden, denn es gibt immer irgendwelche Papiere, die unterschrieben werden müssen. Aber ansonsten ist alles in Ordnung.« »Sehr gut«, erwiderte Blanco, »dann kann ich es dich ja fragen.«

»Was?« Der Anwalt richtete sich neugierig auf. Seine Oberschenkel waren schwabbelig, und das Polohemd spannte sich über der Brust und dem fetten Bauch, der wie Gelatine wackelte. Er war nicht mehr besonders hübsch, im Gegensatz zu früher. »Du hast meine Schwester gevögelt, stimmt's? Deswegen hast du mich vertreten. Weil Anita dir einen gelutscht hat.« Der Anwalt brach in schallendes Gelächter aus, was Blanco irritierte. »Das sag ich dir nicht mal auf eine richterliche Anordnung hin, Yeyo.«

Als Estrella ein paar Stunden später nach Olinka kam, saß Blanco noch immer auf derselben Bank, durchgefroren, den Kragen der Jacke aus weichem Leder bis über die Nase hochgezogen, die Hände in den Taschen vergraben und die Beine angewinkelt unter dem Sitz. Er betrachtete seine Umgebung und schaffte es irgendwie, dass die Minuten vergingen, ohne dass er sich von der Stelle rührte. Nach all den Jahren im Gefängnis konnte er das gut, einfach still dasitzen. Der Himmel war noch derselbe, stellte er fest. Carlita war fortgegangen, ebenso Alicia. Don Carlos verfiel zusehends, er würde nicht zurückkommen. Die Telefone, das Fernsehen, die Trikots der Mannschaften, all das hatte sich verändert, nur der Himmel war derselbe geblieben. Und die Stadt auch. Guadalajara war immer noch dieselbe Jauchegrube, sie hatte sich in Wirklichkeit keinen Zentimeter bewegt, auch wenn sie um das Doppelte angewachsen war. Und die Barranca, weit davon entfernt, die Stadt in Stücke zu reißen und sie unter sich zu begraben, was, wie man allgemein annahm, irgendwann passieren würde, wurde zur Kulisse für die endgültige Ausdehnung der Stadt. Guadalajara würde schließlich auch bis hierhin vorrücken, bis nach Olinka, dem letzten seiner wild wuchernden Vororte. Estrella küsste ihn auf den Mund und setzte sich neben ihn auf die Bank im Schatten der klobigen Büste von Doktor Atl, die sie gegen die Nachmittagssonne schützte. »Dir ist tatsächlich kalt?« Die Anwältin trug ein Kleid aus dickem Stoff, das ihre Arme und Schenkel jedoch frei ließ. Blanco nickte und vergrub sich wieder in seiner Jacke. Die Frau strich ihm zärtlich übers Haar. »Wer hätte gedacht, dass du einmal Unternehmer sein würdest?« Sie schenkte ihm dasselbe mitleidige Lächeln wie im Gefängnis, wenn sie mit den Dokumenten kam. »Weißt du, dass ihr nicht mehr auf der Liste der Gringos steht?« Estrella betrachtete jetzt ebenfalls die Umgebung, so als schätzte sie die Anzahl der Hochhäuser ab, die man hier bauen konnte, ohne dass Olinka das Etikett »exklusiv« verlieren würde, mit dem die Siedlung geboren und bis hierhin mehr schlecht als recht gewachsen war. »Die Strafe, die du abgesessen hast, hat ihnen genügt, nehme ich an. Oder das, was mit den Investoren passiert ist. Keine Ahnung. Jedenfalls kannst du jetzt kaufen und verkaufen, was du willst, sogar drüben in den Staaten, sie werden nichts sagen. Heute wurde die neue Liste veröffentlicht, und Olinka ist sauber.« Blanco wusste natürlich nichts davon. Er hatte sich geschworen, in seinem Leben keine Zeitung mehr aufzuschlagen. Aber er nickte zufrieden. Die Nachricht war ihm nicht unrecht, auch wenn er wusste, dass die Gringos noch nie jemandem untersagt hatten, Geld zu verdienen, wenn sie auf irgendwelchen krummen Wegen oder auf lange Sicht etwas davon abbekommen konnten. Er nahm Estrellas Hand, und sie überließ sie ihm, sanft und folgsam. »Alle wohlauf bei dir zu Hause?« Die Anwältin lächelte mechanisch, als handelte es sich um ein Gespräch im Supermarkt. »Ja, die Kinder sind schon groß. Das ist mir bewusst geworden, als ich sie zum Schwimmunterricht gebracht habe. Sie wachsen wie Pflanzen, blühen und gedeihen. Du blinzelst einmal, und sie sind zwei Meter groß. Dem Jungen musste ich wieder neue Sneakers kaufen. Die, die ich ihm letztes Jahr aus Los Angeles mitgebracht habe, passen nicht mehr.« Sie saßen schweigend da, Hand in Hand, zerzaust vom Wind, der über die Wege und das Weideland fegte und sie mit Zweigen und Sandkörnern bombardierte. Doch Estrella hatte nicht vergessen, dass sie hier war, um ein Geschäft anzubahnen, und das Schweigen hielt nicht lange an. »Hat dir Piña schon was gesagt? Es ist nämlich so ... Wir haben Klienten, die ...« »Bevor du hergekommen bist, hat er mich angerufen, um mir zu sagen, dass ich das mit dir besprechen soll«, unterbrach Blanco sie. »Ja ... also, Klienten mit viel Geld.« Blanco schnaubte resigniert. Dieses Thema würde er nicht mehr loswerden. Und schon gar nicht jetzt, da er der Bevollmächtigte war. Ich bin der letzte Wachmann, dachte er. Der Idiot vor der Tür. Der am Telefon. »Ja, er hat so was gesagt«, räumte er ein. Estrella fuhr sich mit der Zunge über die Schneidezähne. Blancos Hand kam ihr seltsam unruhig vor, eine Art Tiefseefisch auf der Lauer. »Und? Was sagst du dazu? Ich könnte für nächste Woche ein Frühstück mit dem Anwalt arrangieren, der sich um ihre Angelegenheiten kümmert. Und ich glaube, dass so etwas ...«, fügte sie mit einer weit ausholenden Armbewegung hinzu, »etwas, das noch völlig unbebaut ist, sie begeistern könnte.« »Ja«, stimmte Blanco ihr zu. »Das soll Olinka ja auch: begeistern.« Und er spürte, wie Estrellas Mittelfinger sich plötzlich freudig erregt in seine Handfläche bohrte, als wollte er ihn an all die Glücksmomente erinnern, die auf sie beide warteten. Zumindest in den Stunden, in denen sie sich aus dem Büro, ihrem Haus und von ihrem Mann und den ordentlich gekämmten Kindern fortschleichen konnte, um sich auf und unter ihn zu legen und sich mit ihm und für ihn zu öffnen.

Blanco verbrachte noch den ganzen Nachmittag auf der Bank, nachdem Estrella gegangen war. Irgendwann ließ seine Konzentration nach, und er fing an, das Licht zu betrachten, das mit der untergehenden Sonne langsam nach Westen wanderte. Er spürte die Luft, die sich immer mehr abkühlte, und stellte sich die Siedlung mit Hochhäusern und hell erleuchteten Geschäften vor, dazu die großräumigen Autos, die jetzt die Stadt verstopften. Er stellte sich Dutzende junger Mütter mit Kinderwagen vor und ihre schon großen Kinder mit wunderschönen Hunden wie Plastikspielzeuge, prachtvolle Tiere, die an der Leine zerrten. Und elegante Männer, wie geleckt, affektiert, die sich einen guten Tag wünschten, und die Sonne, die an einem Ende der Szene auftauchte und am anderen wieder verschwand, während die Scheißstadt, auf ewig den Investoren zu Füßen liegend, jenseits der Mauern von Olinka versank, jenseits der Wand aus Wohntürmen, so riesig wie die Zinnen einer Burg, umgeben von einem Graben zu Ehren derjenigen, die draußen blieben und nicht reinkamen, nie reinkommen würden, und den Namen »Olinka« ehrfürchtig flüsterten, als redeten sie von Oz, Cibola, Eldorado. Er stellte sich eine grüne, weiche Wiese vor, auf der er mit einem kleinen Mädchen spielte, demselben wie in seinen alten Träumen im Gefängnis, das aber jetzt nicht mehr seine Tochter war, sondern die Tochter seiner Tochter, und im Hintergrund der Szene Carlita und Wendy, die mit kaum verhohlener Liebe die Kleine ansahen, der dieser Mann endlich zeigen konnte, wie man einen Drachen steigen ließ oder ein Rad schlug oder sich versteckte und bis zehn zählte. Er stellte sich vor, dass es möglich und ehrenhaft war, sein eigen Fleisch und Blut auf den mit Füßen getretenen Knochen seiner Feinde großzuziehen. Er stellte sich vor, dass er eine Ameise war, Kind einer anderen Ameise und Mutter einer weiteren, und dass er seinen Platz im Ameisenhaufen zurückerobert hatte, dass man ihm verziehen hatte und es ihm egal war, weil es ihm immer egal gewesen war, weil jener Kreislauf von Ausbeutung, Demütigung und Unterwürfigkeit, den die anderen »Stadt« nannten, nie endete. Er stellte sich vor, dass die Kälte nachließ und nur die Wärme des Vertrauten blieb und dass alle zu ihm kamen, zu seiner Bank. Don Carlos, Alicia, Carlita und Wendy mit ihrer erträumten Tochter. Und Estrella und ihr aufgeblasener, gehörnter, glücklicher Mann und ihre beiden bildhübschen, entsetzlichen Kinder, und Piña mit seinen Sekretärinnen und Assessoren. Und der Comandante, mit einem Gewehr bewaffnet, und seine Frau. Und die Mithäftlinge, auch der Dicke, dieses Arschloch, auch Marquitos und seine begehrenswerte Frau. Und Anita, seine Schwester, zusammen mit Moncada und der ganzen Familie, die ihn nie dazu ermuntert hatte, ein Teil von ihr zu werden. Und alle anderen, all die lächelnden Gesichter, die diese Erde bevölkerten und noch bevölkern würden, unverwechselbar und identisch. Und alle kamen zu ihm und legten ihm die Hand auf die Schulter und strichen ihm über den Kopf und verstanden ihn, endlich verstanden sie Aurelio Blanco, die Ameise, den Mann, der sich verlor, weil er dem Rest des Ameisenhaufens gehorchte, und nach ein paar Jahren irgendwann zurückkam und weitermachte. Und weiter gehorchte.

Schließlich war er des Schauderns und des Zähneklapperns müde. Er streckte und reckte sich und wusste, dass es Zeit war, nach Hause zu gehen, in sein neues Haus, das Haus von früher. Gute Nacht, sagte er zu Jacobos Knochen, die noch immer unter der Erde lagen und dort bleiben würden bis zu dem Tag, an dem ein Erdbeben die Stadt, die jemand Guadalajara genannt hatte, zerstörte und seinen Zufluchtsort verwüstete, jenen Schlupfwinkel zwischen Wald, See und Schlucht. Gute Nacht, wiederholte er und verschwand langsam, im Schneckentempo, in der Dunkelheit.

GUADALAJARA, *illustres Palladion der Freiheit, hatte lange Zeit die politische Vorherrschaft in der Republik inne und erstritt sich den Rang der heimlichen Hauptstadt des Landes. Dank der Geistesgaben seiner vortrefflichen Söhne und Töchter verdiente es sich die Bezeichnungen* DAS ATHEN VON MEXIKO *und* DIE PERLE DES WESTENS. *Vitrine aus ziseliertem Alabaster, angefüllt mit Geschichten und Legenden; blühender Garten, in dem der zarte Duft seiner Rosen von der unvergleichlichen Schönheit seiner Frauen noch übertroffen wird. [...] An seinem Himmelsgewölbe leuchtet bereits der Stern seines höheren Schicksals nach der kommenden Palingenese.*

Lob Dir, WEISSE STADT, *und Deinem Himmel, dem Wunder an Kobaltblau!*

LUIS PÁEZ BROTCHIE, Historiker aus Guadalajara (natürlich),
Grande finale, aus: *Jalisco. Historia mínima* (1939).

Die Übersetzung aus dem Spanischen wurde mit Mitteln des Auswärtigen Amts unterstützt durch Litprom e.V. – Literaturen der Welt.

LITPROM
LITERATUREN
DER WELT

Die Originalausgabe erschien unter dem Titel *Olinka* bei Editorial Seix-Barral, Mexiko City 2019
Umschlaggestaltung: Marion Blomeyer, München
Typografie und Satz: frese-werkstatt.de
Druck und Bindung: Pustet, Regensburg
ISBN 978-3-95614-285-7